MAGDALENA
WITKIEWICZ

Moralność pani Piontek

FILIA

Copyright © by Magdalena Witkiewicz, 2015
Copyright © by Wydawnictwo FILIA, 2015

Wszelkie prawa zastrzeżone

Żaden z fragmentów tej książki nie może być publikowany
w jakiejkolwiek formie bez wcześniejszej pisemnej zgody Wydawcy.
Dotyczy to także fotokopii i mikrofilmów oraz rozpowszechniania
za pośrednictwem nośników elektronicznych.

Wydanie I, Poznań 2015

Projekt okładki: Olga Reszelska
Fotografia na okładce: © Vaida Abdul / Arcangel Images

Redakcja: Paulina Zajdel, Editio
Korekta: Ewelina Zarembska, Editio
Skład i łamanie: Jacek Bociąg, Editio
Druk i oprawa Abedik SA

ISBN: 978-83-7988-494-0

Wydawnictwo Filia
ul. Kleeberga 2
61-615 Poznań
www.wydawnictwofilia.pl

Wszelkie pytania prosimy kierować na adres: czytelnicy@wydawnictwofilia.pl

Dołącz do nas na Facebooku!

WARWICKSHIRE LIBRARY
& INFORMATION SERVICE

0135602159	BFBA067882
BOOKS ASIA	01/08/2016
POL 891.85 WIT	£19.97
LEA	

Warwickshire County Council

9/16			LEA
31. JAN			

This item is to be returned or renewed before the latest date above. It may be borrowed for a further period if not in demand. **To renew your books:**

- **Phone the 24/7 Renewal Line 01926 499273 or**
- **Visit www.warwickshire.gov.uk/libraries**

Discover • Imagine • Learn • *with libraries*

Working for Warwickshire

0135602159

Magdalenie Fryt i Icie Radziałowskiej,
Cudownym czytelniczkom, które o „Augustyna" mnie wręcz nękały!
Bez Was pewnie by go nie było. A na pewno nie już teraz!

Spis treści

Wstęp

Gertruda Poniatowska, *de domo* Piontek, przeżywała kryzys. Nie był to kryzys wieku średniego, bo ten przeżywała już kilka albo kilkanaście lat temu. Obecnie cierpiała na choroby poważniejsze. W pewnym wieku, jak twierdziła, przytrafiają się tylko choroby na „d" i „do d".

Była pewna, że cierpi na depresję, demencję i jeszcze kilka innych chorób na „d", których z racji tejże demencji nie mogła sobie przypomnieć. Życie wydawało jej się być do dupy (też na „d").

– Wyleciało mi. – Usłyszała głos męża, spokojnego, raczej małomównego Romualda, który podniósł mętny wzrok znad krzyżówki.

– Co ci znowuż wyleciało? – zapytała nerwowo. Zresztą, co ją obchodziło wylatywanie? Przecież to jej problemy były najbardziej istotne.

– No, to... „Zabieg sanitarny polegający na tępieniu szczurów i innych szkodliwych gryzoni".

– Deratyzacja.

– O, właśnie.

O, właśnie. Deratyzacja. Dobrze, że na to nie cierpi. Ale już „destrukcja" – tak. I demotywacja do działania.

Gertruda westchnęła głośno. Oczywiście jej mąż, Romuald, nie zareagował. Wzniosła oczy ku niebu, nabrała powietrza w płuca i westchnęła jeszcze głośniej.

Znowu bez echa.

– Ja bym mogła umrzeć, a i tak nikt by nie zareagował – stwierdziła nadąsana.

– Masz rację, kochanie. – Mąż uśmiechnął się do niej serdecznie, wiedząc, że lepiej zgadzać się z żoną we wszystkim.

Akurat teraz było odwrotnie. Niestety, Romualda już to wcale nie obchodziło, bo zastanawiał się, jak naprawdę nazywała się księżna Sissi. Nie zapytał jednak o to Gertrudy, bo jakiś czas temu wybiegła z pokoju, śmiertelnie na niego obrażona. A z pewnością znałaby odpowiedź. Odkąd wyszła za człowieka z TAKIM nazwiskiem, poczuwała się do tego, by na temat arystokracji wiedzieć wszystko. A jeżeli nie wszystko, to jak najwięcej.

Rozdział 1

O Augustynie Poniatowskim, czyli synu, którego wychowa na ludzi

To, że będzie miała syna, którego wychowa na ludzi, Gertruda Piontek wiedziała niemalże już od momentu urodzenia. Swojego urodzenia, dodajmy.

O tym, że Augustyn będzie Augustynem, dowiedziała się nieco później. Wcześniej zaś, w dziekanacie Akademii Medycznej w Gdańsku, przez przypadek otrzymała indeks należący do kogoś zupełnie innego. Z indeksu spoglądał na nią mężczyzna i lekko, przyjaźnie się uśmiechał. Po chwili przeczytała, że lekko uśmiechnięty mężczyzna nosił piękne nazwisko „Poniatowski" i był studentem tego samego roku co Gertruda.

Panna Piontek, przyszła pani doktor, niemal natychmiast postanowiła, że tenże Poniatowski będzie jej mężem. Doszła do wniosku, że musi Poniatowskiego zdobyć jak najszybciej. Nie zważając na żadne okoliczności. Nie zależało jej wprawdzie na nim samym, ale na jego nazwisku.

Gertruda Poniatowska.

Pięknie.

Tak, niezależnie od wyglądu i charakteru tegoż Poniatowskiego, musiała go mieć. Uśmiechnęła się, zagryzając usta.

Już wtedy Gertruda Piontek postanowiła być jego żoną oraz matką jego dzieci, a przynajmniej syna. Tego, którego wychowa na ludzi.

Jeszcze przed urodzeniem syna, a nawet przed poznaniem jego ojca, Gertruda zaplanowała swemu pierworodnemu całe życie, skupiając się przede wszystkim na karierze zawodowej. Życie rodzinne nigdy nie było dla niej zbyt ważne.

Gertruda od zawsze wiedziała, że jej syn będzie lekarzem, i to laryngologiem, jakim ona również (te czterdzieści lat temu) zamierzała zostać, spędzając długie noce na wkuwaniu łacińskich nazw wszelakiego ustrojstwa, z jakiego składa się *homo sapiens*.

Młoda panna Piontek, używając wdzięku i podstępu (w większej połowie tego drugiego – bo tego, że nie ma „większej połowy", Gertruda nie przyjmowała do wiadomości), uwiodła nic nie przeczuwającego, Bogu ducha winnego Romualda Poniatowskiego, który to okazał się na tyle poczciwy, że z Gertrudą wziął ślub, czego gorzko żałował przez wszystkie lata swojego późniejszego życia.

Chwila, w której syn zaczął żałować, że jego matką jest Gertruda, nastąpiła bardzo wcześnie, bo już w momencie, gdy pani Poniatowska pognała swojego męża, by zarejestrował syna w Urzędzie jako Augustyna Zygmunta. Pośród Kubusiów, Tomków i Krzysiów, imię Augustyn brzmiało nader dziwacznie, czego chłopak doświadczał przez całe swoje dzieciństwo. Według Gertrudy do TAKIEGO nazwiska pasowało jedynie coś w tym stylu.

Augustyn Poniatowski.

Niemalże król.

A co najmniej szlachcic.

Pięknie.

O edukację Augustyna matka dbała już od najmłodszych lat. Trzy lata swojej kariery zawodowej poświęciła na jego bardzo intensywne wychowanie, po czym Augustyn poszedł do elitarnego przedszkola, załatwionego w zamian za prawie natychmiastową operację przegrody nosowej głośno chrapiącego męża dyrektorki.

Dla lepszego wykształcenia swego syna i zwiększenia jego możliwości w życiu, pewnego pięknego dnia Gertruda stała się posiadaczką małej czerwonej książeczki, świadczącej o przynależności do pewnej organizacji, dzięki której w „tamtym świecie" wiele drzwi stawało otworem.

Czerwona książeczka wywołała wielki niesmak na twarzy Romualda Poniatowskiego. Przez kilka lat życia z Gertrudą zdążył się już przyzwyczaić do tego niesmaku, ale to przelało czarę goryczy. Jeszcze żaden z Poniatowskich nie był w partii. Oczyma duszy Romuald widział swoją żonę zawierającą pakt z czerwonym diabłem, na dodatek podpisującą cyrograf własną krwią.

Przeokropny był to widok.

Nawet dla Romualda, który wiele potrafił znieść. Nawet życie z Gertrudą.

***

Gertruda Piontek (właściwie Poniatowska, ale duchem zdecydowanie Piontek) konsekwentnie wmawiała synowi, że będzie lekarzem.

Podczas gdy inni chłopcy z obdartymi kolanami i zasmarkanymi nosami oświadczali światu z dumą, że będą strażakami, policjantami i żołnierzami, Augustyn, zwany przez kolegów Gutkiem, a przez mamę Gusiem (czego szczerze nienawidził), z nosem na kwintę szeptał cicho, że będzie lekarzem. Mama Gusia spoglądała wtedy z wyższością na matki przyszłych strażaków. Na ojców przyszłych policjantów również.

Gdy przyszedł czas buntu (nie mówimy tu o buncie dwulatka, który jakimś cudem ominął Augustyna, a raczej jego rodziców), Gutek ósmoklasista stwierdził, że na pewno lekarzem nie będzie, i ku wielkiej rozpaczy mamy wybrał klasę matematyczno-fizyczną w jednym z trójmiejskich liceów z tradycją.

Ta tradycja trochę jego mamusię uspokoiła, jednakże Gertruda długo próbowała nakłonić panią dyrektor tegoż liceum do przymusowego przeniesienia Augustyna do klasy o profilu biol-chem.

Sama nazwa „biol-chem" wydawała się Gutkowi odrażająca, jednak po pierwszej lekcji fizyki z jedyną nauczycielką z tytułem doktora w całej szkole zwątpił w słuszność swojego wyboru. Była to urocza, aczkolwiek konsekwentna kobieta, u której na lekcjach podniesienie z podłogi czegokolwiek groziło śmiercią lub kalectwem. Tak przynajmniej wydawało się przerażonym pierwszoklasistom. Niemniej jednak, Gutek postanowił na przekór matce zostać inżynierem i – by skutecznie dążyć do swojego celu – usiadł w pierwszej ławce, zaraz naprzeciw srogiej nauczycielki. Do końca szkoły był najlepszy z fizyki, bo też ta pani była chyba najlepszą nauczycielką, jaką miał kiedykolwiek.

Chwile zwątpienia przeżywał również na biologii, gdzie eteryczna blondynka słodkim głosem mówiła o „chryzolaminarynie". Długi czas śniło mu się, że trzyma ją w objęciach, szepcząc do niej czule. Chryzolaminaryna Poniatowska. Tak się nazywała. W snach.

Jednakże chęć zrobienia na złość upiornej mamuśce była silniejsza niż platoniczna miłość do Chryzolaminaryny. Augustyn dalej pilnie uczył się matematyki i fizyki, by zostać inżynierem, ku chwale ojczyzny.

Jego silne postanowienie zmieniło się za sprawą pewnej Ewy, a raczej jej zranionej nogi. Na obozie żeglarskim był zmuszony bawić się w doktora (nie żeby mu to specjalnie przeszkadzało), opatrując najdłuższą chyba na świecie nogę, należącą do Ewy, koleżanki z klasy.

Bez pamięci zakochał się zarówno w tej nodze (nie mówiąc już o jej właścicielce), jak i w czynnościach, które wykonywał przy ranie.

– Idę na medycynę – oświadczył któregoś dnia w domu.

– Alleluja! – krzyknęła matka i spojrzała na ojca z wyższością.

– Ekhm – odparł ojciec znad gazety.

Dla Gertrudy Piontek oczywistą oczywistością było to, iż jej syn pójdzie w ślady jej oraz swego ojca i będzie laryngologiem.

Kiedy Augustyn, będąc na drugim roku medycyny, zaglądał nieudolnie do nosa swojej matki, nieporadnie trzymając narzędzia niekoniecznie służące do oglądania tego organu, matka stwierdziła z przekąsem:

– Od dupy strony się do tego zabierasz, syneczku.

W tym momencie Augustyna olśniło. Już wiedział, jak być lekarzem, robiąc na złość matce. Proktologiem nie będzie, o nie. Ale od dupy strony była też ginekologia. I w ten oto sposób zostały określone przyszłe losy Gusia.

Augustyn Poniatowski wybrał specjalizację.

Rozdział 2

O Gertrudzie Poniatowskiej, *de domo* Piontek, słów kilka

Gertruda Piontek urodziła się pod znakiem Skorpiona, w pewien zimny, październikowy poranek. Pięć minut po Gertrudzie na świat przyszła jej siostra Krystyna.

Jako że Gertruda na świat przyszła wcześniej – niedużo, ale zawsze – w życiu też we wszystkim musiała grać pierwsze skrzypce. Do pewnego momentu udawało jej się to, jednakże siostra dzielnie deptała jej po piętach. No i – jak się miało okazać – w niektórych, tych najbardziej istotnych kwestiach w końcu ją przegoniła.

Mimo wszechogarniającej rywalizacji siostry kochały się niezmiernie i były gotowe oddać za siebie życie.

Wychowywały się na wsi, pośród krów, kur, gęsi oraz prosiaków, i obie nie były pewne, czego bardziej nienawidzą. Od momentu, kiedy ojciec zabrał je do miasta w odwiedziny do ciotki Julki, wiedziały, że na wsi nie pozostaną. Za żadne pieniądze... Problemem było tylko to, że tych pieniędzy nikt im nie proponował...

Gdy kończyły szkołę średnią, ciotka Julka zmarła, zostawiając im mieszkanie w Gdańsku. Nie wahały się ani chwili. Porzuciły rodziców wraz z całą trzodą chlewną oraz bydłem rogatym i pojechały do Gdańska.

Jednym z najszczęśliwszych dni w życiu Gertrudy Piontek był dzień, kiedy to „Piontkiem" być przestała. Zgodnie ze ślubną modą lat siedemdziesiątych ubrana w długą, bardzo romantyczną białą suknię, dumnie kroczyła do ołtarza w Katedrze Oliwskiej, wsparta na ramieniu swojego męża, Romualda Poniatowskiego. Uśmiechy rozdawała na prawo i lewo, bacznie obserwując rodzinę męża, której nie zdążyła poznać z racji przyspieszonego ślubu.

Rodziny Gertrudy na ślubie nie było prawie wcale. Pani Poniatowska miała ze swojej strony jedynie siostrę, która – prezentując ekstremalny brzuch z potomkiem w środku – wręczyła jej olbrzymi bukiet płomiennych róż.

– Szczęścia, kochanie – wyszeptała. – Oby wszystko było po naszej myśli – dodała cicho. – Spełnienia TWOICH marzeń, pani Poniatowska! – Mrugnęła porozumiewawczo.

Za siostrą stał jej mąż, który nie mógł się dopchać do młodej pary.

– Mareczku, kochanie, nie pchaj się! – rozkazała siostra panny młodej. – Znaj, kotku, swoje miejsce... – Zmroziła męża wzrokiem.

Mareczek usunął się posłusznie. Swoje miejsce zdążył już poznać. Bardzo dokładnie.

Siostry Piontek od najmłodszych lat lubiły pokazywać wszystkim, gdzie jest ich miejsce. Gertruda była starsza, więc przodowała niemalże we wszystkim. Niemalże. Niestety, później wyszła za mąż, po czym zaszła w ciążę – ale nazwisko miała zdecydowanie lepsze, co też trochę ją uspokoiło i upewniło, że na niektóre rzeczy warto czekać.

Gertruda i Krystyna urodziły synów i zarówno jedna, jak i druga posłały ich na medycynę. Z tym, że Gusio został ginekologiem, a Mariusz, cioteczny brat Gusia – dentystą.

– No popatrz, kochana Trudko – powiedziała kiedyś Krystyna. – Mariuszek będzie zaglądał przez górną dziurę, a twój Gusio przez dolną, hihihi! – Wybuchła perlistym śmiechem.

– Hihihi – odparła sarkastycznie Gertruda, krzywiąc się paskudnie.

– Trudko, kochanie, nie jesteś zadowolona? – zapytała mama Mariuszka. – Przecież to taki dobry fach w ręku…

– Dobry, dobry, „mąszeri" – odparła Gertruda. Odkąd naczytała się literatury o francuskich arystokratach, zwracała się „mąszeri" do kogo tylko mogła. Nazwisko w końcu zobowiązuje. – Jestem zachwycona. „Mąszeri".

W rzeczywistości Gertruda Poniatowska nie była wcale zachwycona. Zadowolona również nie.

To, że syn został ginekologiem, traktowała jako osobistą porażkę. Synem ginekologiem nawet nie można się pochwalić.

– Romualdzie, „mąszeri", moje koleżanki w życiu do niego nie pójdą! – mówiła zmartwiona. – Dentysta, laryngolog, co innego, ale przecież żadna nie będzie się obnażać przed chłopcem, który na czworakach biegał w ich towarzystwie. – Wzdychała. – „Mąszeri", jestem zdruzgotana. Mówiłam, przekonywałam... Toć, w razie czego, on nawet matce nie pomoże!

Romuald spojrzał znad książki.

– W razie czego – pomoże.

– Nie pomoże, nie, nie... Ech, los nas pokarał, Romualdzie, takim nieposłusznym synem!

– Gertrudo, on tylko realizuje swoje marzenia!

– Ech, „mąszeri". Jak ja bym chciała, by ktoś moje marzenia zrealizował. Na przykład, chciałabym napić się teraz kawy – stwierdziła głośno. Nie widząc reakcji ze strony męża, dodała: – Kawy z mlekiem.

Romuald Poniatowski tylko schował się głębiej za okładkę, odczekał trzy minuty i poszedł do swojego pokoju, by w spokoju spocząć w objęciach Morfeusza.

Gertruda ostentacyjnie westchnęła, mając nadzieję, że małżonek to usłyszał, i poszła sobie zrobić kawę w porcelanowej filiżance.

Odkąd Gertruda stała się posiadaczką tak wspaniałego nazwiska, pijała kawę tylko w porcelanowej filiżance z Ćmielowa, pochodzącej z serwisu zakupionego zaraz po ślubie w Desie. No, czasem jeszcze zaplątał się jakiś Rosenthal.

– To rodowa porcelana Romualda, „mąszeri". Od wieków w NASZEJ rodzinie – informowała przyjaciółki.

Odkąd odkryła aukcje internetowe, do rodowej porcelany dołączyły srebra i ręcznie haftowane obrusy po babci...

– Romualdzie? Twoja babcia miała na imię Józia? – krzyknęła, gdy tylko rozpakowała paczkę z płótnem pięknie zdobionym bladoróżowymi kwiatami, przyniesioną przez listonosza.

– Ehe – mruknął Romuald, jak zwykle znad gazety czy książki.

Gertruda się uśmiechnęła. Haftowane obrusy babci Józefiny.

„Żosefin".

Znacznie lepiej brzmi. Uśmiechnęła się, spoglądając na nowy nabytek.

„Grą mer Żosefin" – pięknie!

„Mąszeri".

Rozdział 3

O wielkiej ucieczce Augustyna od Harpii i Piranii

W dniu swoich trzydziestych piątych urodzin Augustyn Poniatowski oświadczył swojej rodzicielce, że się wyprowadza. Nie miał wprawdzie pojęcia, gdzie się wyniesie i za co utrzyma, ale był pewien jednego: od upiornej mamuśki trzeba zwiać jak najdalej. I jak najszybciej. Najlepiej jeszcze dziś. Bał się nieco, że jeżeli nie nastąpi to ekspresowo, mamuśka zrobi wszystko, by przekonać go do pozostania. Kochał ją wprawdzie, ale całym sobą czuł, że relacje między nimi będą układały się znacznie lepiej, gdy dzielić ich będzie kilka kilometrów. Najlepiej tyle, by nie można było tam dojść na piechotę. A tym bardziej wyskoczyć w kapciach.

Wyprowadzi się na jakiś czas, na początek coś wynajmie, potem rozejrzy się za kredytem, kupi coś swojego... Byle osobno... Więcej niż trzydzieści lat z własną matką, TAKĄ matką, mogłoby spowodować, że zacznie szukać pocieszenia w ramionach co ładniejszych absolwentek medycyny, interesujących się zagadnieniami psychiatrii. A pocieszenia wolał szukać u kobiet, które zachwycały go intelektem i ciałem (niekoniecznie w tej kolejności), a nie wybraną specjalizacją. Zwłaszcza gdyby była to psychiatria.

Augustyn Poniatowski zrobił specjalizację. W szpitalu na oddziale położniczym zbierał coraz więcej plusów. Nie było z tego zbyt wiele kasy, ale na pewno mu wystarczy... Da radę. Powoli, ale da radę. Może kiedyś założy własny gabinet?

– Mamo, wyprowadzam się – oznajmił, jedząc jajecznicę.

– „Mąszeri", nie mów z pełną buzią, kochanie – zwróciła mu uwagę Gertruda ze stoickim spokojem. – Romualdzie, podaj mi proszę masło.

Romuald, podając masło, uśmiechnął się do syna i mrugnął okiem.

– Mamo, słyszałaś?

– Oj, Gusiu, gdzie ty chcesz się wyprowadzić? Źle ci z nami?

Owszem. Gusiowi było źle. A nawet bardzo źle. Przed oczyma przesuwały mu się niczym film fabularny różnorakie wspomnienia. Bardzo często niezbyt miłe. Bo czyż miło wspominać dni, kiedy matka, niczym Kargul z Pawlakiem, wparowywała do pokoju Gusia, gdy namiętnie obściskiwał się ze swoją sympatią?

Czyż miłym było przeglądanie jego osobistych rzeczy, papierów, zdjęć? Miłym było bezustanne udawanie palpitacji serca, zawałów i innych śmiertelnych chorób, gdy Gusio udawał się na noc do koleżanki, tudzież na imprezę, nie mówiąc o wyjazdach na dłużej niż trzy dni?

Nie. Gusio, czyli Augustyn Poniatowski, dalej tego nie zniesie.

– Gusiu, „mąszeri", nie rób tego matce! Matka ma takie słabe serce! – Wzdychając, Gertruda złapała się za pierś.

– Mamo, o ile mi wiadomo, serce jest po środku. No, w zasadzie mogłabyś się łapać też po lewej stronie – stanowczo oświadczył Gutek, wstał od stołu i poszedł przygotować się do pracy.

– „Mąszeri", no powiedz coś! – Gertruda szturchnęła męża. – Nie siedź tak obojętnie, „mąszeri"! Świat nam się wali!

– Świat by się Gutkowi zawalił, gdyby jeszcze choć chwilę z tobą pomieszkał – oświadczył ostro Romuald i zostawiając niedojedzoną kanapkę, udał się do swojego pokoju.

Gertruda była zdruzgotana. Jej jedyny, wychuchany syneczek opuszcza gniazdo rodzinne i ona, matka opiekuńcza, nie będzie miała nad nim kontroli. A co gorsza nie będzie miała kontroli nad lafiryndami, które będą do niego przychodzić, czyhając na jego nazwisko i pochodzenie! Ona już wie, do czego zdolne są kobiety, by zdobyć mężczyznę! Zołzy jedne...

Zapomniała jedynie, że wie to z autopsji...

***

O północy doktor Poniatowski był u kresu wytrzymałości. Odebrał cztery porody naturalne i trzy cesarki. Do izby przyjęć napływały coraz to nowe pacjentki, nawet nie miał jak w spokoju poczytać gazety z ogłoszeniami. I znowu telefon. Dokładnie wtedy, gdy wyciągnął się na tapczanie i chciał zmrużyć oczy. Nie ma to jak *baby boom*. Westchnął i poszedł do izby przyjęć.

– Panie doktorze – przywitała go rozhisteryzowana dziewczyna, ubrana w bluzeczkę odsłaniającą pępek, w którym błyszczał kolczyk. – Jestem w ciąży!

– Gratuluję – stwierdził Gutek, głośno ziewając. – A co się dzieje?

– Panie doktorze, bo ja myłam naczynia!

– Mi też się to czasem zdarza... – odparł ze stoickim spokojem. – To się chwali. I?

– Panie doktorze, czy Ludwik szkodzi? – Zrozpaczona dziewczyna złapała go za poły fartucha.

– Ludwik to pani mąż? Jak mąż, to powinien pomagać... No, ale z tym różnie bywa...

– Jaki mąż? – zapytała zdezorientowana. – Męża nie mam, to płyn do zmywania naczyń!

Doktor Poniatowski wiele już dziwnych rzeczy słyszał, jednak z takim czymś jeszcze się nie spotkał. Spojrzał na zaryczaną dziewczynę jak na zjawisko z innej planety i stwierdził:

– Ludwik bardzo szkodzi… – Dziewczyna spojrzała na niego przerażona. – Pod warunkiem, że się go wypije – dodał. – W dużych ilościach – szepnął za zamykającymi się drzwiami.

Dziewczyna już tego nie słyszała, bo wykrzykiwała coś przez telefon.

Augustyn zdążył jednak usłyszeć jeszcze jej głos dobiegający zza drzwi: „Misiu, nie szkodzi, wszystko w porządku!”. Mężczyzna po raz kolejny tego dnia westchnął. Urodziny jak cholera. No nic, na urodziny sprawi sobie prezent w postaci przeprowadzki. Sięgnął po „Anonse” – wolał wersję tradycyjną niż online, rozsiadł się w fotelu, nogi położył na biurku i zaczął przeglądać oferty, co ciekawsze zaznaczając markerem.

Była to bardzo nudna lektura. Po chwili zasnął. Był już wyćwiczony w krótkotrwałych drzemkach. Na szczęście jego dyżur dobiegał już końca. Poszedłby do domu, gdyby jakiś miał. Jednak, jak wiemy, chwilowo był człowiekiem bezdomnym i jedynym miejscem, gdzie w cieple i względnym spokoju mógł pomyśleć, był fotel w dyżurce lekarzy. Drzemka w fotelu po dyżurze była zatem jedynym możliwym sposobem na szybką regenerację.

Gdy się obudził, cały połamany, zadzwonił pod numer widniejący w pierwszym ogłoszeniu zaznaczonym różowym markerem.

„Mieszkanie: 2 pokoje, kuchnia, łazienka, wysoki standard, w starym Wrzeszczu odnajmę. Halinka".

Uśmiechnął się i zadzwonił do pani Halinki.

Po chwili wiedział już wszystko. Cudne, dwupokojowe mieszkanie, z tym że do wynajęcia jest jeden pokój. Drugi pozostanie niezamieszkały i czy to szanownemu panu doktorowi nie przeszkadza?

Szanowny pan doktor był urzeczony panią Halinką. Czuł, że to miejsce czeka na niego. Nie musiał go nawet oglądać.

***

Zanim jednak Augustyn wynajął mieszkanie, postanowił przedyskutować sprawę z Cyrylem. W zasadzie podjął już decyzję, jednak przyzwyczajenie do omawiania z przyjacielem ważnych wyborów życiowych zostało mu do dziś.

Cyryl był przyjacielem Augustyna niemalże z czasów przedszkolnych. Chociaż wtedy nie można było tego nazwać przyjaźnią. Zdecydowanie nie.

W drugim tygodniu pobytu w przedszkolu (jak ustaliliśmy wcześniej – ekskluzywnym) Cyryl ugryzł małego Augustyna w rękę na tyle mocno, że chirurg, przy akompaniamencie łez i wyzwisk Gertrudy skierowanych ku temu „małoletniemu przestępcy", założył dzielnemu bohaterowi trzy szwy. Gertruda nie pozostawiła zdarzenia bez echa. Najpierw stanowczo doradziła mamie Cyryla, by zaszczepiła dziecko przeciw wściekliźnie oraz kupiła mu kaganiec, a następnie prawie pół roku bezskutecznie walczyła o wydalenie przestępcy z placówki – bądź co bądź – publicznej. Jednak pani dyrektor w życiu by tego chłopca nie wyrzuciła z przedszkola. Prędzej pożegnałaby się z Augustynem.

Matka Cyryla była bardzo wpływową personą w okolicy. Nie można było się jej narazić. W żadnym wypadku.

Była kierowniczką sklepu mięsnego.

Kierownik sklepu mięsnego w tamtych czasach, kiedy w sklepach był sam ocet, zdecydowanie był KIMŚ.

A nie jakiś tam laryngolog.

Phi.

Bo ileż to razy korzysta się z pomocy laryngologa, a jak często kupuje mięso?

Nie, na wydalenie z placówki Cyryla Kowalskiego pani dyrektor nie mogła sobie pozwolić.

Gertruda Poniatowska musiała poprzestać na przeniesieniu Augustyna do wyższej grupy, a że był inteligentnym dzieckiem, to nieźle sobie poradził. Na jej nieszczęście, Cyryl również rozwijał się ponadprzeciętnie, w związku z czym także poszedł rok wcześniej do szkoły i wylądował w jednej ławce razem z Augustynem.

Chłopcy od razu przypadli sobie do gustu, puszczając w niepamięć zdarzenie z lat przedszkolnych, w przeciwieństwie do ich mam, które nadal czuły do siebie zdecydowaną niechęć. Jednak w tym wieku zakazany owoc smakuje jeszcze lepiej, więc przyjaźń nieustająco rozkwitała. Działo się tak tym bardziej, że każdy z chłopców uznał – ku swojej radości – że imię kolegi jest jeszcze głupsze od jego własnego. Przyznali się jednak sobie do tego dopiero po pijaku, oblewając dwudzieste pierwsze urodziny Cyryla prawie dwudziestoletnim domowym winem, które pili prosto z gwinta, siedząc w piwnicy.

***

Prosto ze szpitala Augustyn Poniatowski udał się więc do Cyryla, gdzie po czwartej puszce piwa ustalili wspólnie, że mieszkanie w starym Wrzeszczu zdecydowanie powinien wynająć, bo czymże jest pozostawienie jednego pokoju pani Halince do nieuciążliwego użytkowania „naprawdę bardzo rzadko" w porównaniu do powrotu do tej harpii i piranii, upiornej mamuśki Gertrudy Poniatowskiej.

Nie bacząc na stan upojenia alkoholowego, Augustyn zadzwonił ponownie do pani Halinki i powiedział jej, że mieszkanie ma dobrą energię, pozytywne *feng shui* i rewelacyjne wibracje, i on je chce mieć od zaraz. Halinka bardzo się uradowała i powiedziała, że klucze zostawi u sąsiadki, gdyż wyjeżdża na jakiś czas, a skoro pan doktor taki niecierpliwy, to niech się wprowadza choćby zaraz.

– Ty, a co ci z tymi wibracjami? – zapytał Cyryl, wyjmując ogórka kiszonego ze słoika z naklejką „Cyrylowi – Magda 2013". – Agnieszka robiła lepsze. Nie były takie miękkie.

– Co miękkie?

– Ogórki miękkie.

– No tak. Miękkie – niedobre.

– To co z tymi wibracjami?

– A, coś w telewizji ostatnio oglądałem. Kobiety lubią takie rzeczy.

Rozdział 4

O krowie na torach, pokoju Chińczyków i nowym domu

Anna Błaszkowska z uśmiechem przekroczyła próg akademika na gdańskim Przymorzu.

– Dzień dobry, pani Steniu! – przywitała portierkę serdecznie.

Pani Stenia, siwowłosa kobieta po sześćdziesiątce, podniosła oczy znad gazety, na okładce której Doda wytykała język Joli Rutowicz, a ta się jej odwzajemniała. Musiał to być jakiś bardzo stary numer. Na obu językach lśniły ponoć brylantowe kolczyki. Ania nie mogła się powstrzymać przed wysunięciem języka w stronę panny Rutowicz. Niestety, na jej języku brylant nie zabłysnął.

– Anula! – zawołała wyraźnie ucieszona portierka. – Co ty, mi język wytykasz?

– No co pani! Joli wytykam! – Wytknęła jeszcze raz. – Doda może, a ja nie? – Roześmiała się głośno.

– Miło cię widzieć, Anula. – Pani Stenia odłożyła gazetę. – Co cię do nas sprowadza?

– Jak to co? – Ania zmarszczyła brwi, powątpiewając w stan zdrowotny pani Steni. – Studia pani Steniu, piąty rok! Przecież ja tu mieszkam!

Pani Stenia badawczo spojrzała na Anię.

– Anula, ale ja nie mam ciebie na liście… – Zaczęła przeszukiwać jakieś papiery. – Sama byłam zdziwiona, że nie dostałam twojego zgłoszenia… Myślałam, że za mąż wyszłaś, albo co…

– Ja, za mąż? – Ania zrzuciła plecak na podłogę. – Jak to nie ma mnie na liście? Dorota mi mówiła, że wszystko OK! – Była wyraźnie zdenerwowana. – Pani pokaże te listy! – Wydarła papiery z rąk portierki.

– Banaszak… Bęckiewicz… Ciastowska… – mruczała, czytając nazwiska. – To musi być pomyłka! – Spojrzała z wyrzutem na panią Stenię. Ta wzruszyła tylko ramionami.

– To nie jest pomyłka, Anula. Też byłam zdziwiona…

– A Dorota? Pani zobaczy Dorotę. Jest?

– Dorota jest. W dwunastce.

– Pani Steniu, idę do niej.

– Leć, dziecko, leć, zostaw tu te klamoty… – Zatroskana portierka wyciągnęła rękę po ciężki plecak.

***

Kilka godzin później Anna Błaszkowska zalewała się łzami, siedząc po turecku przed portiernią. Dochodziła dwudziesta druga, a ona nie miała gdzie się podziać. Chlipała głośno, a pani Stenia co chwilę podsuwała jej pod nos chusteczki higieniczne. Zołza Dorota, jak nazywała swoją – zdecydowanie już byłą – przyjaciółkę, nie dostarczyła papierów Ani na czas, o czym przed chwilą beztrosko ją poinformowała. Zołza Dorota papiery te zgubiła i zapomniała powiedzieć o tym drobnym fakcie... Sama siedziała zadowolona w przytulnym, dwuosobowym pokoiku, wraz z koleżanką ze swojego roku.

– Pani Steniu, zołza jedna!

– Ano zołza, Aniu. Do Marcina nie możesz iść?

– Nie ma go jeszcze... Zresztą on u ciotki mieszka i nie bardzo...

– Hmm... Nie przejmuj się zatem, coś wymyślimy. Na razie mam jeden pokój wolny przez ten tydzień, bo jakieś Chińczyki mają przyjechać, ale to dopiero za kilka dni.

Zmartwiona Ania udała się do pokoju Chińczyków, gdzie pół nocy ubolewała nad swoim losem, a drugie pół zastanawiała się nad wybrnięciem z sytuacji. Podczas pierwszej połowy nocy, oprócz obmyślania coraz to bardziej wyrafinowanej zemsty na zołzie Dorocie, oczyma duszy widziała siebie wśród bezdomnych, wyciągającą trzęsącą się z zimna dłoń i błagającą na ulicy o kawałek chleba. Efekt porannych przemyśleń był bardziej optymistyczny. Anna Błaszkowska wstała skoro świt, narzuciła na piżamę jeansowy płaszczyk i pobiegła do kiosku po gazetę z ogłoszeniami.

***

Trzy godziny później Ania oglądała mieszkanie należące do pani Halinki. Na całe mieszkanie nie bardzo było ją stać, zatem wynajęła jeden, mniejszy pokój z używalnością kuchni i łazienki, drugi pozostawiając niezamieszkały.

– Pani Halinko, to ja dziś wieczorem przyjadę – oświadczyła.

– Dobrze dziecko. Ten większy pokój zostaje pusty, na wypadek gdyby mój syn z Niemiec przyjechał. Więc będziesz sama panią na włościach.

Przyszła pani na włościach uśmiechnęła się i pobiegła do akademika, żeby zabrać rzeczy z pokoju Chińczyków. Jej chłopak, Marcin – biedny student architektury – miał dziś przyjechać z Olsztyna, zatem wpakowała się do autobusu i pojechała do jego ciotki.

***

Biedny student architektury niestety jeszcze nie dojechał do ciotki. Drzemał w pociągu gdzieś między Iławą a Malborkiem. Pociąg stał w szczerym polu, gdyż na tory wyszła krowa i – mimo usilnych prób zepchnięcia jej z trasy pociągu pospiesznego – nie chciała z nich zejść. Maszynista wraz z konduktorem próbowali biednemu zwierzęciu przemówić do rozsądku, jednak stworzenie to, jak widać, zechciało dokonać swego żywota właśnie na trasie pociągu relacji Białystok–Szczecin.

Marcinowi zupełnie to nie przeszkadzało. Spał jak zabity, kurczowo trzymając teczkę pełną projektów, które gwarantowały mu zaliczenie czwartego roku. Ciężkie to były studia i – mimo olbrzymiego samozaparcia w trakcie roku akademickiego – Marcin połowę lata wymyślał i kreślił plany, prawdę mówiąc nie mając zbytnio czasu na jakikolwiek wyjazd z Anią. Ania lojalnie siedziała w domu, o ile „siedzeniem w domu" można nazwać leżenie na trawie i codzienną, niemalże nieustanną kąpiel w Jeziorze Mausz, do którego to miała dwa kroki z rodzinnego domu. Wypoczęła i z niecierpliwością wyczekiwała roku akademickiego, a tym samym chwili, kiedy stęskniona wpadnie w objęcia Marcina. Nie spodziewała się, że jej marzeniom zaszkodzi krowa, stojąca na trasie pociągu pospiesznego.

Pukając w drzwi mieszkania w bloku na gdańskim Przymorzu, Ania zaklęła cicho, gdyż odpowiedziało jej ino echo. Usiadła przed klatką schodową na plecaku i wpatrując się w wielki falowiec naprzeciwko, rozmyślała, co począć.

Na piątym piętrze jakaś pani wieszała pranie, na siódmym po prawej pan się przeciągnął, ukazując potężną klatę, a na trzecim inna pani trzepała obrus.

Ta z trzeciego non stop coś trzepała. Ile razy Ania ją widziała, kobieta machała to jednym obrusem, to drugim, to prześcieradłem. Od czterech lat, w ciągu których Ania prowadzała się z Marcinem i była częstym gościem mieszkania na Przymorzu, pani trzepała coś nieustannie.

Ania również strzepnęła niewidoczny pyłek ze spodni, podniosła się i stwierdziła, że niestety trzeba jechać zasiedlić mieszkanie, które dopiero co wynajęła od pani Halinki.

***

Marcin Lewandowski, prowadzający się z Anią – jak wiemy – od kilku lat, był chłopakiem potwornie inteligentnym i zapracowanym. Potwornie zapracowanym, oczywiście. Sam niemalże codziennie zastanawiał się nad tym, czy jest bardziej taki czy taki. Na początku wydawało mu się, iż był również potwornie zakochany w Ani, lecz pozostało z tego chyba jedynie to „potwornie".

Chłopak miał cel w życiu i tym celem bynajmniej nie była panna Anna.

Jak każdemu studentowi architektury, marzyły mu się szklane domy, wyposażone jedynie w żelastwo (aluminium czy inną stal) oraz lustra. Pełny minimalizm, który – o dziwo – wbrew oczekiwaniom przytłaczał Annę.

Ona najchętniej leżałaby pod patchworkową kołderką w kwiatki, przy cieple kominka, pijąc grzańca z glinianego kubka. Ania uwielbiała wiklinę, starocie i przesyt. Nieliczne kwiaty, jakie dostawała od Marcina, suszyła. Jej pokój przypominał uroczą rupieciarnię. Stara maszyna do szycia Singer, na niej żelazko z duszą. Ba, żelazko. Każdy przedmiot w tej zbieraninie miał swoją historię i – jak twierdziła Ania – duszę.

– Nie susz dziecko kwiatków – mawiała jej babcia. – Jak suszysz kwiatki, usycha miłość.

– Phi! – prychała Anula. – Nasza nie uschnie. W żadnym wypadku.

O tym usychaniu myślała również, tachając wielki karton zasuszonych róż na wysokie drugie piętro do mieszkania pani Halinki.

Ciężkie toto nie było, ale jakie nieporęczne! No, ale róż od Marcina nie mogła wyrzucić, o nie.

– Zbierają kurz – mawiała Dorota z przekąsem.

– Ech, Dorota. – Westchnęła Anula. – Po numerze z akademikiem Dorota pozostanie tylko wspomnieniem – stwierdziła, trafiając pod drzwi z numerem trzynaście.

Dzwonek nie odpowiadał. Pani Halinki nie było.

Drzwi obok otworzyły się i wychyliła się zza nich książka, a za nią postać kobiety. Dokładnie w tej kolejności. Kobieta, zupełnie nie przerywając czytania, szepnęła na jednym oddechu:

– King-*Ręka-Mistrza*-Halinka-klucze-zostawiła-pani-się-rozgości-papa. – Wręczyła jej klucze, pomachała ręką i zamknęła drzwi.

– Papa – odpowiedziała Anula, również wstrzymując oddech.

Otworzyła powoli drzwi i weszła do cichego mieszkania.

Położyła karton z różami w przedpokoju, zrzuciła z siebie wielki plecak zawierający jej dobytek i weszła do pokoju.

– Moje! – szepnęła i położyła się na kanapie, opierając nogi o ścianę. – Moje. I żadne Chińczyki nie będą mi przeszkadzać. Ani nikt nie będzie chciał soli pożyczać… Ani nie będzie zakładał mojego szlafroka po kąpieli… – Uśmiechnęła się. – Moje!

Postanowiła nawet się nie rozpakowywać. Pościeliła łóżko, wzięła gorący prysznic i położyła się.

Zdążyła wyciągnąć z torby książkę, szepnąć cicho słowa sąsiadki „King-*Ręka-Mistrza*-Halinka-klucze-zostawiła-pani-się-rozgości-papa" i – nie doczytawszy strony do końca – zasnęła.

Rozdział 5

O tym, że niespodziewany współlokator może zburzyć plan latania po domu na golasa

Czwarta puszka piwa u Cyryla zamieniła się w szóstą albo i siódmą (miała rację mamusia Poniatowska, że Cyryl to zło wcielone i szatan piekielny).

– Szczenślifii puszek nie liszą... – oświadczyła przyszła sława polskiej ginekologii, ucięła w połowie zdania i wpadła w objęcia Morfeusza.

Obok niego już od dawna spał Cyryl przebrzydły, z pilotem w dłoni. Mali mężczyźni zwykle śpią z misiami, dorośli wybierają kobiety bądź piloty do telewizorów. Cyryl, z braku kobiety na stanie, musiał spędzić noc z pilotem. Na Viva TV jakaś chuda, prawie goła laska skakała w rytm umpa-umpa, ale tego już przyjaciele nie widzieli i nie słyszeli. Skakała zatem w samotności.

Umpa-umpa.

***

– Przesadziłeś, Gutek. – Cyryl otworzył jedno oko. – Po cholerę ty już wstałeś? I kto do ciebie wydzwaniał od szóstej rano?

– Ha – odpowiedział zwięźle Gutek.

– Ha?

– Mamusia.

– I?

– No nic.

– Nic?

– Nie odebrałem.

– Nie dziwne. Też bym nie odbierał. – Wzruszył ramionami. – Znam twoją mamusię. O! Teraz do mnie ktoś dzwoni. Podaj mi telefon. – Wyciągnął rękę.

Augustyn spojrzał na wyświetlacz. Przerażony szepnął:

– Mamusia.

– Moja?

– Nie, moja. – Pokiwał głową.

– Żartujesz. – Cyryl wzruszył ramionami i odebrał telefon, nie patrząc na wyświetlacz.

– Ty-Cyrylu-Przebrzydły-ty! Pewnie-znowu-sprowadzasz-mojego-Gusia-na-drogę-zła-wszelakiego!

– Dzień dobry – odparł przerażonym szeptem Cyryl. – I do widzenia – powiedział jeszcze szybciej i wyłączył telefon. – Mamusia… Twoja! – szepnął zachrypniętym głosem. – Dlaczego nie mówiłeś, że twoja dzwoni? Moją na kacu bym zniósł, ale twoja to zdecydowana przesada.

– Przecież mówiłem, że moja. Wstawaj. Bez sensu tak siedzieć. Matka ma dyżur, trzeba resztkę rzeczy wziąć i zawieźć do Wrzeszcza.

– Po tym telefonie, to już nawet kac mi przeszedł. – Cyryl wzruszył ramionami. – Jemy coś czy lecimy?

– Lecimy. Znając życie, ona zaraz wróci do domu i drzwi zastawi swoim jestestwem, bym pozostał z nią do końca swoich dni.

***

„Ona" i jej jestestwo byli zdruzgotani.

Ten Cyryl Przebrzydły rzucił słuchawką!

Gertruda się gotowała. Gotowała się w sobie. Zrobiła się cała czerwona i dygotała.

– Pani doktor, pani nie powinna chyba w takim stanie pracować... – szepnęła nieśmiało pielęgniarka.

– Kto tu jest lekarzem? – wysyczała pani Poniatowska. – Ja, czy pani? – Zaczęła chodzić od jednej ściany gabinetu do drugiej. – Był tam z Gusiem. Naprawdę. Czuję to, jakiem matka. Matka takie rzeczy czuje, wie pani?

Pielęgniarka wzruszyła ramionami.

– Nie wie pani. Pani przecież nie ma dzieci. Teraz te kobiety tylko o karierze myślą. Ja mojemu Gusiowi oddałam trzy lata mojego życia. Całe trzy lata, słyszy pani? Zero pracy, zero literatury, zero teatru. ZERO! Tylko pieluchy i dbanie o rozwój psychofizyczny dziecka! Książkowo! A on mi się tak odwdzięcza! Wszystko przez tego Cyryla. – Pokiwała głową z dezaprobatą. – Zawsze on mojego chłopaka sprowadzał na złą drogę. Ja wiem. I tym razem Cyryl Przebrzydły był z Gusiem.

Albo z jakąś lafiryndą. On lafiryndy lubi. Był z nią w łóżku. – Trzy kroki do przodu, w tył zwrot, trzy kroki w stronę pielęgniarki. – Albo z Gusiem…

– Z Gusiem w łóżku? – Pielęgniarka się zaciekawiła.

– No co też pani? – Doktor Poniatowska spojrzała z wyrzutem na młodą dziewczynę. – Cyryl z Gusiem w łóżku. Też mi coś. – Złapała się za serce. – Pani ma rację. Ja naprawdę nie mogę w takim stanie pracować. Ja muszę do domu. – Zdjęła okulary, spakowała w pochewkę i włożyła do torebki. – Cyryl z Gusiem. Też mi wymysły. W łóżku. Pff.

***

Gertruda Poniatowska otwierała drzwi swojego domu dokładnie w trzy minuty po tym, jak zamknął je jej syn marnotrawny. Wchodząc do jego pokoju, zaklęła. Nie zdarzyło jej się to nigdy. No, może ostatnio w czasie porodu. Gdy rodziła Gusia. Spojrzała na ogołocone pomieszczenie i zakryła usta dłonią.

– Gusiu, co też ty zrobiłeś? Dziecko? – szepnęła sama do siebie.

Usiadła na tapczanie, nic nie widząc, i wpatrywała się w ogołocone z książek regały.

– Romualdzie – on nawet wziął swoją pierwszą encyklopedię zdrowia! Tę, którą porysował – razem z tym Cyrylem Przebrzydłym – kredkami! Romualdzie, tu jest zupełnie pusto! – szlochała w słuchawkę telefonu. – On odszedł naprawdę! Zrób coś! Na Boga! Zrób coś! Nie pozwól naszemu synowi odejść!

***

Romuald nie miał zamiaru nic „na Boga" robić, ale za to robił to Augustyn.

Augustyn wraz z Cyrylem wnosili właśnie walizki i kartony prosto do mieszkania pod numerem trzynastym.

– Tu ktoś mieszka? – zapytał Cyryl, widząc plecak na korytarzu.

– No, właścicielka mówiła, że jeden pokój sobie zostawia. Ale nie wspominała, że teraz ktoś tu będzie. – Zmarszczył brwi.

– No nic, będziesz miał towarzystwo. – Zajrzał do plecaka. – Ulala! – wykrzyknął, wyciągając koronkowy stanik. – Nieźle zaczynasz, chłopie! – Klepnął przyjaciela po plecach. – I Mark Joyner! No, no. „Prosta droga do celu". Muszę poznać tę twoją współlokatorkę.

– Kto to Joyner?

– Guru, chłopie, guru marketingowe. Musisz to przeczytać, a z mamusią lepiej ci się ułoży.

Augustyn wzruszył ramionami.

– Gdyby ten Joyner miał taką mamusię, też by sobie nie radził...

– Joyner? – Cyryl nie przestawał czytać. – Joyner by sobie radził... – wymamrotał. – Muszę to od niej pożyczyć.

– Dobra, przestań grzebać w jej plecaku.

– OK. OK. Masz coś do picia? – Cyryl otworzył drzwi lodówki.

– Jasne – odparł Augustyn z przekąsem i wzruszył ramionami. – Przecież ja nawet nie wiedziałem, że tu jest lodówka – dodał. – Chodź, kupimy coś.

***

Podczas gdy przyjaciele wyszli z domu, by pod pretekstem zakupu hektolitrów wody (w sumie zupełnie nie wiadomo, dlaczego) zwiedzić okolicę, Anula Błaszkowska w niezbyt dobrym humorze wróciła do domu. Otworzyła drzwi wejściowe, uśmiechnęła się mimo przeciwności złego i okrutnego losu, po raz kolejny wyszeptała: „moje" i leniwie poszła do łazienki, by wziąć prysznic. Zawsze zmywała z siebie problemy długim, gorącym prysznicem. Oczywiście jeśli w pobliżu nie było jeziora. Na Anulę, jak na każde stworzenie wodne, woda działała relaksująco.

– Nowe miejsce, nowe wyzwania – powiedziała głośno, gdy wyszła spod prysznica.

Udała się do swojego pokoju. Przytargała swoje rzeczy z korytarza, wyjęła z plecaka ten sam koronkowy stanik, który tak bardzo zachwycił Cyryla, jak również i majtki do kompletu, włożyła w uszy słuchawki od empetrójki (w głośnikach Red Hot Chili Peppers zagrzewali do boju), usiadła na tapczanie i zabrała się do znienawidzonej przez niemalże wszystkie kobiety czynności, jaką jest depilacja nóg plastrami na zimno.

To sadomasochistyczne zajęcie, wzmocnione muzyką w słuchawkach, tak ją zaabsorbowało, że nie zauważyła zupełnie, jak do domu wtargnęło dwóch młodzieńców. Złożyli szafkę, jeden z nich wziął prysznic, po czym na wpół goły stanął w drzwiach jej pokoju.

***

W pierwszym momencie Anula oczywiście nie dostrzegła Cyryla, który z zachwytem spoglądał na jej nogi, które były już prawie-prawie wydepilowane.

Niestety – dla półnagiego mężczyzny – dziewczyna po chwili go zauważyła. Równie nieprzyjemną dla niego sprawą było to, że owa niewiasta miała w dłoni okrutną broń w postaci plastra z woskiem do depilacji na zimno.

Kobieta ta była porywcza i nim pomyślała, zaczęła wrzeszczeć i okładać Cyryla czym popadnie, między innymi trzymanymi w ręku plastrami, które ściśle przylgnęły do jego solidnie owłosionej męskiej klaty.

– Złodzieje!!! Mordercy!!! Gwałciciele!!! – piszczała Ania, bijąc chłopaka swoimi drobnymi pięściami po czym popadnie. Cyryl niewzruszony stał w drzwiach. Nawet nie próbował się tłumaczyć, bo widok boksującej go dziewczyny w samej tylko bieliźnie działał na niego paraliżująco. – Wynoś się! Ty, ty!

– Cyryl – przedstawił się Cyryl, próbując osłaniać się przed atakami.

– Wynoś się z mojego domu, ty Cyrylu przebrzydły!

Cyrylowi zabrzmiało to znajomo. Druga kobieta tego dnia nazwała go Cyrylem Przebrzydłym. Na jego gust to o jakieś dwie za dużo.

Rozdział 6

O tym, jak Romuald wchodzi na salony oraz depilacji męskiej klaty jako początku czegoś zupełnie nowego

Romuald Poniatowski był dumny z syna.

Dumny z syna był wielokrotnie, ale teraz szczególnie.

– Moja krew! – pomyślał, po czym zaraz się zasępił. – Kurde, kurde. Jaka moja krew? Toć ja stary nie mogę się uwolnić od niej tak długo... A, bo najpierw dzieci małe, jak małe to szkoda się uwalniać, potem dojrzewają, to z kolei nie można, bo psychikę się im zniszczy, a teraz co ja, na stare lata będę żonę zmieniał? No, ale kto tu mówi o zmianie? – zamyślił się Romuald. – Nie zmieniać, nie zmieniać, Alduś. Porzucić i cieszyć się życiem. – Spojrzał w lustro i ujrzał całkiem przystojnego pana. Starszego pana. Westchnął. – Aldzio, stary już jesteś. Cieszyć się życiem? Kiedy ona będzie płakać za tobą?

No, przecież jak ją zostawi, to ona z pewnością będzie płakać.

Aldzio Poniatowski komara by nawet nie skrzywdził. A tym bardziej żony. Komarem co prawda ona nie była, prędzej żmiją, albo – jeżeli już trzymać się kategorii owadów – złą osą.

Okropną.

– Co tu zrobić, co tu zrobić? – zasępił się Poniatowski.

To, że zabić i zakopać, przeszło mu przez myśl, ale tylko raz. I to po lekturze książek Agathy Christie. Naprawdę. Raz jedyny. Miał potem olbrzymie wyrzuty sumienia i zabrał żonę do restauracji. Marudziła cały wieczór. Ale w sumie dobrze, że marudziła, bo tym marudzeniem skutecznie zagłuszała jego wyrzuty sumienia. Wyrzuty były spore, ale marudzenie jeszcze silniejsze, zatem zagłuszyło je skutecznie. Niemniej jednak Romuald postanowił skończyć z Agathą Christie. W ogóle skończył z kryminałami. Z horrorami również. Rzadko kiedy zabójca jest pozytywnym bohaterem. A przecież Romuald Poniatowski był bohaterem zdecydowanie pozytywnym. Robił wyjątek dla serialu *Dexter*, gdyż jego zdaniem tytułowy Dexter, mimo iż był seryjnym zabójcą, był też bardzo dobrym człowiekiem.

Romuald Poniatowski był dumny z syna, bo ten, po trzydziestu pięciu latach niewoli, wreszcie się wyprowadził. To, że syn będzie lekarzem, i to dobrym, będzie mądry, inteligentny i ceniony w środowisku, było pewne. Ale w to, że wreszcie uda mu się uciec od Gertrudki – nie wierzył.

– Hehehehe – zaśmiał się wesoło. – Moja krew – powtórzył.

– Jasne, że twoja krew – usłyszał z kuchni. – Jasne. Poszedł i trzasnął drzwiami. Gdyby mógł, nawet „do widzenia" by nie powiedział. Ale to ja, JA wychowałam go na ludzi. I Gusio wie, jak się zachować w towarzystwie. – Rzuciła okiem na potargane włosy męża. – W przeciwieństwie do niektórych. Uczesz się, zanim wyjdziesz.

– Ale ja nigdzie nie idę! – obruszył się Romuald.

– Ależ owszem, Aldeczku, wręcz przeciwnie – oświadczyła Gertruda. – Idziesz. Idziesz po naszego Gusia, a ja, niczym ten ojciec, przyjmę syna marnotrawnego na swoje łono. – Złapała się za brzuch. – *Comprendo*? – Wstała i otworzyła szafę. Wyjęła koszulę. – Ubierzesz się, Alduś, ładnie i pójdziesz ratować naszego syna ze szponów tego Cyryla Przebrzydłego. To na pewno jego wina.

Winą Cyryla Przebrzydłego (Gertruda traktowała ten epitet niemalże jak imię oraz nazwisko) było całe zło tego świata. Dlatego nie dziwnym było to, że i tym razem ten do cna zepsuty młody człowiek był przyczyną tragedii życiowej, jaka ją spotkała, czyli odejścia jedynego syna w wielki świat.

Świat pełen złych ludzi. Na przykład takich Cyrylów Przebrzydłych. No, ale czego można się spodziewać po chłopaku, którego matka na co dzień obcowała z tasakiem.

Fuj.

***

Cyryl Przebrzydły świecił właśnie gołą klatą w pokoju Ani. W zasadzie w dwudziestym pierwszym wieku młody mężczyzna z gołą klatą w pokoju pięknej dziewczyny nie jest niczym dziwnym. Nie jest też niczym wyjątkowym, że dziewczyna ta paraduje w samej bieliźnie. Zdarza się w najlepszych rodzinach, nieprawdaż? Niezbyt popularnym jest jednak to, że młody mężczyzna ma na swojej owłosionej klatce piersiowej przyklejone dwa plastry z woskiem, zdecydowanie przeznaczone do depilacji. I to niekoniecznie męskiej klaty. Nawet tej najbardziej owłosionej.

Bo, jak już zauważyliśmy wcześniej, Anna Błaszkowska miała lekkie skłonności masochistyczne i zamiast normalnie ogolić nogi maszynką w różowym kolorze, ona wyrywała włosy za pomocą plastrów. Wydzierała je z cebulkami, śpiewając razem z Red Hotami. Właśnie krzyczała (wydawało jej się, że śpiewa): *Take it on the other side! Take it on! Take it on!*, gdy ujrzała na wpół nagiego Cyryla, więc – jak to zaradna kobieta – rzuciła się na niego z tym, co miała pod ręką. A że była uzbrojona jedynie w zielone plastry, posmarowane z jednej strony klejącym woskiem, nie zastanawiając się przykleiła je na owłosionej klatce piersiowej mężczyzny, krzycząc głośno.

Głośny krzyk wywołał Gusia z łazienki.

Nie muszę dodawać, że ów był PRAWIE nagi. Spowodowane to było stosownym wychowaniem pani Poniatowskiej. Prawie, jak wiemy, robi wielką różnicę.

Augustyn Poniatowski okrył się ręcznikiem i ruszył na pomoc krzyczącej kobiecie.

– Co ty jej robisz? – krzyknął.

– Raczej: co ona mi robi! – Zdenerwowany Cyryl wskazał na dwa zielone plastry, przyklejone w najbardziej owłosionych miejscach na jego piersi. – Co ja mam z tym zrobić? Ta wariatka mi coś przykleiła.

Augustyn wpatrywał się intensywnie w klatkę piersiową – nie tyle Cyryla, ile Anuli.

Dziewczyna zmroziła go wzrokiem.

– Dobra. Trochę niefortunnie... Augustyn jestem. – Gusio wyciągnął rękę.

– A ja Cyryl. – Cyryl powtórzył jeszcze raz. Z niechęcią oderwał ręce od swoich piersi.

– Przecież wiem. Co za imiona – mruknęła Ania. – Jedno gorsze od drugiego.

– Jego gorsze – wykrzyknęli oboje.

Dziewczyna się skrzywiła.

– A co panowie tu robią? – zapytała. – Pani Halinka wprawdzie mówiła, że czasem ktoś tam może mieszkać, ale CZASEM. A nie od razu. Panowie są tymi kuzynami, co tam mają CZASEM mieszkać?

– Czasem? – zdziwił się Augustyn. – Jak to CZASEM? To pani jest tą kuzynką, czy siostrzenicą? – kontynuował. – Pani Halinka wspominała. – Pokiwał wyrozumiale głową i się uśmiechnął. – Ale nie mówiła, że już pani będzie.

– Jaką siostrzenicą? – wysyczała zdenerwowana Ania. – Ja tu mieszkam. Od wczoraj tu mieszkam! Widzi pan? Tu są moje rzeczy. O! Moje książki, mój szlafrok. – Spojrzała na swoje odbicie w lustrze. – O cholera! – Założyła na siebie szlafrok.

– No właśnie – przerwał Cyryl. – Może byśmy się nieco ubrali. – Spojrzał wymownie na przyjaciela. – A potem na spokojnie pogadamy. OK?

– Nie będę rozmawiać na spokojnie. Ja w ogóle nie zamierzam rozmawiać! Z nikim! – denerwowała się Ania. – W spokoju poczekam, aż sobie pójdziecie.

– I tu jest problem... – zaczął Augustyn. – My sobie nie idziemy nigdzie...

– No, ja idę – powiedział Cyryl, próbując zerwać sobie bezboleśnie plaster z piersi, co, jak wiemy, nie mogło mu się udać. – Cholera! – syknął.

– No, ty idziesz. Oczywiście. – Augustyn zwrócił się do Cyryla. – Ale, jakby to powiedzieć... – zająknął się. – Ja tu mieszkam. – Spojrzał na Anulę z zakłopotaniem. – Ja tu mieszkam, a pani jest kuzynką, czy siostrzenicą, która przyjechała na chwilę, weekend czy wakacje.

– Jakie wakacje? O czym pan mówi? – Anula była zdecydowanie wyprowadzona z równowagi. – Ja tu mieszkam! Od wczoraj!

– Jednak powinniście pogadać – zadecydował Cyryl. – Gutek, ubieraj się, a pani mi powie, jak usunąć to zielone coś, skoro już mi to pani nakleiła.

W oczach Anuli zamigotały złośliwe iskierki.

– Zerwać. – Uśmiechnęła się. – Tak rach-ciach.

– Zerwać? Rach-ciach? – zatrwożył się Cyryl, który mimo ponad stu dziewięćdziesięciu centymetrów wzrostu zaczął wyglądać całkiem niepozornie. – Ale to boli!

– Boli – odpowiedziała Anula. – Boli jak cholera! – Uśmiechnęła się i zniknęła za drzwiami do swojego pokoju, zostawiając za nimi przerażonego mężczyznę.

***

– Pani miała się ubrać! – stwierdził Cyryl po chwili, mierząc wzrokiem Anię w spodenkach, które niezupełnie przykrywały pupę, i w koszulce na zsuwających się co chwilę ramiączkach.

– A pan miał zerwać z siebie plaster – stwierdziła Ania wyciągając rękę w kierunku mężczyzny. – Może pomogę?

– W życiu! – ryknął Cyryl. – Sam sobie poradzę.

– Jak pan woli – odparła Ania, siadając w fotelu w drugim pokoju. Nie przyjmowała do wiadomości, że to pokój Augustyna. Założyła nogę na nogę, po czym zaczęła kołysać stopą z krwistoczerwonymi paznokciami.

– Już w szlafroku byłaś bardziej ubrana. – Cyryl zmarszczył nos i zupełnie zapomniał, że przed chwilą nie byli jeszcze „na ty".

– Lato jest. A przynajmniej jest tak gorąco jak latem. Efekt cieplarniany i te sprawy. – Wzruszyła ramionami. – Ty zresztą też masz tylko spodnie.

– Bo nie mogę tego odkleić.

– Daj – powiedziała Ania, po czym podeszła do chłopaka i jednym szybkim ruchem zerwała mu plaster, na którym pozostały tysiące włosów.

– AAAAAAj! – Rozległ się ryk mężczyzny. – Co ty mi zrobiłaś? To boli!

– Jasne, że boli. Mówiłam ci. Z cebulkami wyrywa. – Spojrzała z zadowoleniem na nieowłosiony pasek na piersi Cyryla.

– One nie odrosną? – zmartwił się Cyryl, wciąż masując obolałe miejsce. – Będę wyglądał jak idiota.

– Niestety, odrastają. Reklama kłamie. Jak zawsze. Po trzech tygodniach powinny odrosnąć.

– Po trzech tygodniach? Ajj – jęknął. Trzy tygodnie bez pokazywania klaty. Wprawdzie była jesień, ale mimo jesieni Cyryl uważał, że klatę ma na tyle atrakcyjną, że warto ją wszędzie pokazywać. Na saunie, na siłowni. No i w łóżku z kobietą.

– Co wy znowu robicie? – Przyszedł Gutek, tym razem ubrany. – Miałaś się ubrać. – Spojrzał na Anię.

– Toć się ubrałam! O co wam chodzi? Mówiłam, lato jest.

– Jesień.

– O jeny, ciepło jak latem.

– No właśnie. To może porozmawiamy – zaczął Augustyn. – Jest ciepły wrzesień, koniec wakacji… Skąd jesteś? Przyjechałaś tu nad morze? – zapytał, łudząc się.

– Nie! – krzyknęła Anula. – Ile razy mam ci mówić! Ja tu mieszkam! Mie-szkam! I się stąd nie ruszam. Przyjechałam tu na studia, wynajęłam pokój i się nie ruszam!

– Spokojnie, kochana. – Augustyn próbował zrozumieć sytuację, która zaczynała go już lekko niepokoić. – To ja tu mieszkam. Ten pokój jest mój. Wynająłem go na rok od pani Halinki. – Gestem uciszył próbującą odezwać się Anulę. – Powiedziała mi, że wprawdzie są dwa pokoje, ale w tym drugim będzie czasem mieszkać NIEUCIĄŻLIWA – zaakcentował – siostrzenica czy kuzynka. CZASEM będzie mieszkać. Nieuciążliwa – powtórzył. – Mówiła coś o weekendzie majowym i wakacjach.

– Boże! – Westchnęła Ania i złapała się za głowę. – Na weekend majowy i wakacje to ja mam zamiar pojechać do domu. A nie siedzieć tutaj. Kąpać się w jeziorze albo leżeć na trawie. Robić cokolwiek, ale na Kaszubach. – Wstała szybko z fotela. – Dzwonię do pani Halinki!

Gusio podał jej swój telefon.

– Dzwoń.

Anula przyłożyła telefon do ucha.

– Nie odbiera. – Oddała telefon. – Może mój odbierze? – Wyjęła komórkę z kieszeni. – To samo – stwierdziła po chwili oczekiwania. – No nic. Może potem?

Siedzieli w milczeniu przez kilka minut, popijając wodę.

– A ty nadal sobie tego drugiego nie zerwałeś? – Ania podeszła do Cyryla, który cały czas próbował sobie odkleić drugi plaster. Myślał, że jeśli będzie robił to powoli, będzie mniej bolało. Niestety. – Nie ma to jak prawdziwy mężczyzna – parsknęła Anula i po raz kolejny gwałtownym ruchem zerwała plaster, wyrywając mu kolejne włosy.

Oczywiście Cyryl wrzasnął.

– Toś się urządził! – zaśmiał się Gutek.

– Śmiej się, śmiej. To ona mnie tak urządziła. „Siostrzenica" – stwierdził drwiąco.

– Halo, ja tu jestem – powiedziała Ania.

– No, niestety. Wiemy o tym – skwitował Cyryl. – Zauważyliśmy. – Nadal pocierał dłonią obdarte z włosów miejsca.

– Spróbuję jeszcze raz. – Gucio wyciągnął telefon. – Nic z tego – stwierdził po chwili.

– A może sąsiadka coś wie? – myślała na głos Ania. – Wiecie, ta co „czyta-*Rękę-Mistrza*-Kinga" – powiedziała na bezdechu. – A, wy i tak nic nie rozumiecie. – Wstała i wyszła na klatkę schodową. Po chwili uchyliła drzwi. – Mam nadzieję, że wpuścicie mnie z powrotem.

Gucio westchnął.

– Moja matka by powiedziała: „A nie mówiłam? Gusiu, »mąszeri«, wracaj na łono rodziny" – powiedział, parodiując panią Poniatowską.

– „Mąszeri"! – powtórzył Cyryl. – Gusiu, „mąszeri", masz jeszcze coś do picia?

– Wodę, bracie, wodę. – Pokazał na butelkę. – W sytuacji kryzysowej, a nawet powiem: wojny domowej, w dosłownym tego słowa znaczeniu, nie pijemy nic innego, jak tylko trunki pozbawione wszelakiego alkoholu. Wojna domowa, bracie, pamiętaj.

– Halinka wyjechała na wakacje – oznajmiła Anula, ledwo co zamykając za sobą drzwi wejściowe. – Wraca za pół roku. Pojechała do SIOSTRZENICY – podniosła głos – do Australii. A ta od *Ręki Mistrza* mówiła mi, że doskonale wie, że u pani Halinki ma mieszkać urocza studentka wraz z przystojnym, młodym lekarzem. Pff.

Anula nie dodała już, że kobieta powiedziała z przekąsem, że nie będzie zbytnio stać na straży moralności swoich sąsiadów zza ściany, bo ma własne życie i życie bohaterów swoich książek. Rzekła to oczywiście, kończąc tę *Rękę Mistrza*, którą zaczynała, gdy Anula wprowadzała się pod trzynastkę.

– No i Gusio. – Anula usiadła na dywanie, opierając głowę na kolanach.

– Wypraszam sobie – oburzył się Gusio.

– Ech… To co robimy? – zapytała Anula. – Kiedy się wyprowadzasz?

– Ja? – zdziwił się Augustyn. – Ja się nie wyprowadzam.

– Przecież „młody lekarz" nie będzie mieszkał ze współlokatorką!

– A właściwie, dlaczego nie? – Do rozmowy włączył się Cyryl. – Co wam szkodzi?

Augustyn spojrzał na Anulę. Olśniło go.

– No właśnie, dlaczego nie? – zapytał. – Przeszkadza ci to?

– Boże. Całe życie z wariatami! – mruknęła Ania. – Oliwką to posmaruj. – Wskazała na poturbowane piersi Cyryla. – Zejdzie resztka wosku. W szafce jest, w łazience. – Wskazała na korytarz. – Górna szafka jest moja, jakbyś pytał. A w lodówce dolna. I pierzemy osobno. Ja z twoimi skarpetami nie będę prała. I w czasie sesji nie robisz imprez. Mojej sesji. I jak będziesz jakieś panienki sprowadzał, to mnie uprzedź, to sobie gdzieś wyjadę. – Pokiwała głową. – A miało być tak pięknie. Miałam być sama, chodzić goła po całym domu i na cały regulator słuchać Red Hotów.

– Red Hotów lubię – cicho i nieśmiało szepnął Gusio.

– To drugie też mu nie przeszkadza – krzyknął Cyryl za zamykającą już drzwi do swojego pokoju Anią…

***

Aldeczek, pieszczotliwie zwany tak przez żonę jedynie w momentach, w których żądała od niego heroicznych wyczynów, stał właśnie przy drzwiach pod numerem trzynastym i słuchał wrzasków dobiegających wprost stamtąd. Z synem miał dobry kontakt, więc uzyskanie informacji na temat jego nowego adresu zamieszkania nie było niczym trudnym. Jednakże kolejny wyczyn, jakiego miał dokonać, czyli wejście w sam środek tych wrzasków, z pewnością było czynem bohaterskim. Nie dość tego: oprócz głosu syna zza drzwi dobiegał głos Cyryla, którego Aldeczek bardzo lubił – chyba nieco na przekór małżonce – oraz donośny wrzask jakiejś niewiasty. To właśnie ona krzyczała najgłośniej.

Zaniepokojony Aldeczek na wszelki wypadek postanowił nie wchodzić. Usiadł na schodach i słuchał. Po kolejnej głośnej wymianie zdań uchyliły się sąsiednie drzwi, zza których usłyszał:

– *Miasteczko-Salem*-teraz-lecę-wszystkie-Kinga. – Wysunęła się drobna postać w okularach z grubą książką w rękach. – Oni tak cały dzień dzisiaj. Wrzeszczą, kłócą się... Nie to, żeby mi to przeszkadzało. – Wzruszyła ramionami. – Młodość rządzi się swoimi prawami. Halinka nawaliła, bo kasy na Australię nie miała. I wynajęła i lekarzowi, i tej studentce. Teraz jeszcze jakiś trzeci jest, ale on chyba przejściowo – ściszyła głos do szeptu. – Ten to nawet się darł!

Romuald Poniatowski nic nie rozumiał.

– Jak to się darł? – zapytał. – Powinniśmy interweniować!

– Nieeee. – Kobieta machnęła ręką. – Ja wszystko kontroluję. Mam podzielną uwagę. – Wskazała na książkę. – I czytam, i słucham. I wszystko wiem. Wejdzie pan na kawę, poczeka pan, aż się uspokoją? Czy wchodzi pan tam w sam środek zadymy?

Oj, Romuald Poniatowski całe życie unikał zadym. Tym bardziej samego ich środka. I tym razem zdecydowanie wolał pójść sobie gdziekolwiek, byle nie do mieszkania pod numerem trzynastym. Ale co z Gertrudą? Jak wróci, będzie gadała i gadała. Jej gadania też nie znosił. Z dwojga złego wolał chyba zadymę.

– To co? Wchodzi pan na tę kawę? – usłyszał ponownie pytanie. – Co pan będzie tak sam siedział tu na schodach. Jak trochę się uspokoją, odwiedzi ich pan. Po krzyku.

Romuald wstał ze schodów, otrzepał spodnie i wszedł do mieszkania zaczytanej kobiety.

– Poniatowski jestem. – Wyciągnął rękę. – Romuald.

– A ja Janina. Kowalska. – Potrząsnęła jego dłonią. – W porównaniu do pańskiego nazwiska, nic bardziej trywialnego nie można było wymyślić. Ale nie szata zdobi człowieka, tak jak i nie nazwisko, prawda?

Romuald pokiwał głową, rozglądając się wokoło. Mieszkanko było małe, dość ciemne. Jeden pokoik, w którym właśnie siedział na miękkim tapczanie, mały stoliczek, na którym stały dwa kubki po kawie i stosy książek. Wszędzie książki. Oprócz tego, że książki były na półkach, stały też ułożone jedna na drugiej na parapecie i na podłodze przy ścianie.

Chwycił pierwszą z brzegu.

Zaczął czytać.

Nie zauważył nawet, kiedy pani Janina postawiła obok niego kawę w wielkim, pomarańczowym kubku w motyle.

Ocknął się dopiero po kilkunastu stronach. Spojrzał na Janinę, również zaczytaną.

– *Coma*. Robin Cook – stwierdził. – Czytałem to sto lat temu. Film też widziałem. – Machnął ręką. – Ale co książka to książka, prawda?

– Prawda – powiedziała pani Janina. – Proszę kawę wypić. Zimna będzie. Taki pan był zaczytany, że nie chciałam przeszkadzać. Zrobiłam w kubku, żeby było więcej. Mam jakąś porcelanę dla gości, ale pan mi wyglądał na takiego, co lubi kubki – mówiła, patrząc znad okularów. – Filiżanki lubię, ale w nich jest za mało do normalnego picia. No i w zmywarce nie można myć. A ja wygodna jestem.

Romuald tylko przytakiwał, popijając co chwilę kawę.

– Słodzik dałam – kontynuowała pani Janina. – W naszym wieku to trzeba uważać. Lekarze tak mówią. Panu też to mówią? – zapytała.

– Ja… Ja jestem lekarzem – powiedział cicho.

– No, widzi pan? To pan wie, że cukru nie wolno. A jakim?

– Laryngologiem – odparł.

– Ach. Uszy mam zdrowe, na szczęście. Gardło i nos też. To mi się pan nie przyda.

– A szkoda – wyrwało się doktorowi Poniatowskiemu. – Znaczy się, w sensie… W sensie, że szkoda, że… – gubił się. – W sensie takim, że książkę bym wtedy pożyczył.

– Może pan pożyczyć. – Pokiwała głową. – Przyjdzie pan następnym razem do syna, to pan odda. Bo to syn pana, ten lekarz tam, tak?

– Tak. – Romuald skinął głową.

– Niedaleko pada jabłko od jabłoni – powiedziała pani Janina. – Ale miałam panu opowiedzieć, o co chodzi. Proszę jeszcze chwilę usiąść. – Powstrzymała go gestem, gdy próbował wstać. – Bo, jak już mówiłam, Halinka nie miała pieniędzy na podróż do Australii. A tam jest jej siostrzenica. I wie pan, jakby jednej osobie wynajęła to mieszkanie, to by jej zabrakło. Więc wpadła na szatański pomysł, od początku go nie popierałam, by wynająć mieszkanie podwójnie. No, a mnie zostawiła z kłopotem. Ale ja nie z takich opresji wychodziłam. Nie jest to miłe, ale cóż. Nie zawsze w życiu musi być miło.

– No, ale oni się teraz wyprowadzą stamtąd! Oboje!

– Pan żartuje. Ja już wszystko wiem. No co? Słyszałam przez ścianę! – Obruszyła się, widząc wzrok mężczyzny. – Mówiłam już, mam podzielną uwagę. Młody lekarz za żadne skarby nie chce wracać do matki, pana żony, jak mniemam?

Romuald smutno pokiwał głową.

– A dziewczyna – kontynuowała pani Janina – nie ma się gdzie podziać. I tyle – powiedziała, wydawałoby się, że na koniec, ale po chwili dodała: – A może i dzieci z tego jakie będą?

– Dzieci? Jak to? – zatrwożył się Romuald.

– No jak, jak to? No, lekarzowi to ja już chyba nie muszę tłumaczyć, skąd się dzieci biorą, prawda? Idzie pan, pogada z synem. Ja wracam do wampirów z Salem. Pożyczę potem panu, bardzo dobra książka. Czytam chyba po raz trzeci. Śpię potem przy zapalonym świetle.

– Dziękuję, pani Janino – szepnął Romuald, ściskając książkę. – Oddam jak najszybciej. Przeczytam.

– Do widzenia. Napiszę panu mój telefon, jak pan się będzie niepokoił o syna, choć to stary chłop, zadzwoni pan do mnie. Bo, wie pan… Mogą mieć nawet sześćdziesiąt lat, ale zawsze będą naszymi dziećmi, prawda?

Romuald pokiwał głową, wziął karteczkę z numerem telefonu i cicho wyszedł.

Rozdział 7

O tym, jak oaza dobroci i spokoju – Aldeczek – niecnie planował pozbyć się żony

– Kawki nie, przed chwilą piłem. – Romuald rozglądał się po pokoju syna. – No nie powiem, żeby tu było przytulnie. Pusto jakoś.

– Piwa chcesz? – zapytał Augustyn.

Ojciec łypnął okiem.

– Jasne, że chce – wtrącił się Cyryl. – Prawda, panie Romualdzie?

Oj, doktor Poniatowski zawsze wiedział, że na Cyryla można liczyć. I to w każdej sytuacji. Na piwko miał olbrzymią ochotę, w domu nie pił, bo przecież piwo jest nieeleganckie. Pił tylko wino, i to wytrawne. Wolał zwykłą, najtańszą Kadarkę, którą żona zwalczała, mówiąc, że to sikacz. A tam, zaraz sikacz. Lubił półsłodkie i już!

– Nie wlewaj do szklanki, z butelki się napiję.

Augustyn podniósł brwi ze zdziwienia.

– No, co tak patrzysz. Nie mogę piwa z butelki wypić? – Ojciec wzruszył ramionami. – No, w sumie nie mogę... Masz rację...

– Ja nawet nie wiedziałem, że ty pijasz piwo!

– Nie pijam. Nie pijam piwa, nie piję wina półsłodkiego, „bo to, »mąszeri«, mało francuskie". Co ona z tym francuskim? – zapytał, gdy Augustyn wyszedł do kuchni po kolejne piwo.

– Ja to się dziwię, że pan z nią wytrzymuje – stwierdził Cyryl.

– I właśnie o to chodzi, Cyrylu – huknął Romuald, ale zaraz spojrzał w stronę kuchni, w której był jego syn, i ściszył głos. – O to chodzi, bracie. – Klepnął go po plecach. – Ja z nią nie wytrzymuję. Ja z nią doprawdy nie wytrzymuję, Cyrylu! – Spojrzał na chłopaka z nagłym olśnieniem. – Ja muszę coś z tym zrobić! I ty mi powiesz, co!

Cyryl szukał ratunku u przyjaciela, ale Augustyn wciąż siedział w kuchni.

– Ale jak ja mogę cokolwiek radzić? Może się pan po prostu wyprowadzi?

– Nie, nie... Nie mogę zrobić tego Trudzi. – Wypił ostatni łyk piwa. – Ech, Cyrylu... – Romuald otworzył kolejne piwo. – Bo wiesz, mój drogi, Trudzia w gruncie rzeczy jest wrażliwa. Nie chcę, by płakała, że mąż ją opuścił. Bo wiesz, to dla kobiety rzecz straszna. Takie kobiety jak Trudzia nie są porzucane. Nigdy. – Westchnął. – Niestety.

Siedzieli w milczeniu zamyśleni. Cyryl pił piwo.

W tym momencie zadzwonił telefon.

– Trudzia! – jęknął doktor Poniatowski z przerażeniem. – Co ja mam robić?

– Nie odbierać. – Cyryl leniwie wyciągnął się na tapczanie. – Po prostu.

– Nie da się. Tak, Gertudo? – zapytał poważnie.

– „Mąszeri", czekam i czekam na informacje, obiecałeś mi je dostarczyć czym prędzej, a ty czas sprzeniewierzasz, „mąszeri". A ja tutaj cierpię z niewiedzy. Jak tak możesz?

– Gertrudo…

– Gertrudo, Gertrudo. Powiedz mi lepiej, kiedy Augustyn wraca do domu. I zastanów się, jak go ukarzemy. Taki los nas spotkał, syn nam z domu uciekł. Romualdzie, czym my sobie na to zasłużyliśmy? Czyż żyliśmy w jakiś niegodziwy sposób?

– Ale…

– Żadne ale, Romualdzie. Żadne ale. Po prostu sprowadź Augustyna do domu!

– Trzasnęła słuchawką, Cyrylu… – Spojrzał na telefon jakby widział go po raz pierwszy w życiu. – Co ja mam jej powiedzieć?

– Prawdę – odparł Cyryl. – Gutek, czy ty to piwo produkujesz w tej kuchni? – zawołał.

– Idę! – usłyszeli odpowiedź. – Anuli słoik odkręcałem. – Wszedł do pokoju.

– Zaczyna się od odkręcania słoików, a potem kończy na pieluchach. Tak to w życiu bywa.

– Na pieluchach? – Zainteresował się pan Poniatowski. – To ty z tą dziewczyną, co wrzeszczała…

– Skąd wiesz, że wrzeszczała? Ona niestety tu mieszka – powiedział Gutek. – Ale skąd wiesz, że wrzeszczała? Cyryl też wrzeszczał.

– Ja wiem, ja wiem… – Romuald pospiesznie wstał z miejsca. – Nieważne, już wiem, co Trudzi powiem. Nic mi nie mów, nie mów, bo zapomnę, co mam jej powiedzieć. Pa, chłopaki…

– Dzień dobry. – Do pokoju weszło zjawisko. A przynajmniej ucieleśnienie młodzieńczych marzeń Romualda. Było ubrane w sukienkę w kwiatki, kasztanowe włosy miało niedbale związane w kok. Lekko zadarty nosek, wydatne usta i kilka piegów na nosie.

– Dzień dobry. – Romuald szybko podniósł się z fotela, po czym natychmiast złapał się za plecy. – Nie ten wiek. – Uśmiechnął się.

– Ależ co pan opowiada! – Anula podała mu rękę. – Jestem Ania Błaszkowska.

– Pani tu mieszka? Z moim synem? – zapytał zatroskany ojciec.

– Niestety – stwierdziła krótko Ania.

– A, przepraszam… – kontynuował Aldek nieśmiało. – A czy coś was łączy? Że tak wścibsko zapytam…

– Nie – odparła Ania.

– Tak – powiedział równocześnie Augustyn.

Ania spojrzała na Augustyna podejrzliwie.

Młody lekarz wzruszył ramionami.

– No co. Pani Halinka nas łączy.

– No, niby tak. – Westchnęła. – I to, że oboje chyba za bardzo nie mamy wyjścia.

Romuald patrzył to na Anulę, to na syna, wspomniał piskliwy głos swojej żony i stwierdził, że faktycznie nie mają wyjścia. O życiu prywatnym Anuli jak na razie nic nie wiedział, ale jeżeli chodzi o Augustyna, to chłopak naprawdę powinien zamieszkać jak najdalej od matki.

Romuald Poniatowski westchnął po raz setny tego ciężkiego dnia. Ale tutaj, w tym zwariowanym domu, mógł być przede wszystkim sobą. Nie musiał pić z miniaturowych filiżanek, które były tak kruche, że zawsze zastanawiał się, czy nie zgniecie ich w swoich dużych dłoniach, mógł głośno się śmiać i sączyć piwo prosto z butelki.

Augustyn da sobie radę. Jeszcze trzeba określić rolę Cyryla w tym całym trójkącie, bo zupełnie niepotrzebnie się wciskał pomiędzy tę ładną dziewczynkę a jego syna.

Augustyn zrealizował swój plan.

Plany Romualda też zostaną zrealizowane.

Po kolei.

Co się odwlecze, to nie uciecze.

Na razie Gutek się wyswobodził, a potem nadejdzie kolej na Romualda.

Romuald był cierpliwy. Nie musiał tego udowadniać…

***

Nie pierwszy raz Romuald Poniatowski myślał o tym, jakie cudowne byłoby jego życie, gdyby Gertrudy nie było u jego boku. Mógłby spokojnie chodzić sobie do pracy, jeść lunch w klinicznej stołówce, po pracy wracać do domu i kłaść się spokojnie na tapczanie z książką czy gazetą. Teraz niby też mógł, ale wibrujący głos żony wprowadzał go zwykle w stan zbyt dużej nerwowości – nie do czytania. Nawet w rozwiązywaniu krzyżówki mu przeszkadzał.

Kiedyś myślał, że w końcu się do niej przyzwyczai. Przecież uczył się na studiach o habituacji – czyli o tym, że u każdego normalnego człowieka, gdy bodziec się wciąż powtarza, reakcja na ten bodziec zanika. Czyli po ponad trzydziestu latach małżeństwa Gertruda powinna w końcu przestać go irytować. Niestety. Jego przyjaciel psycholog powinien prowadzić na nim badania naukowe. Reakcje na bodźce generowane przez jego żonę były coraz bardziej intensywne. Coraz bardziej miał jej dość i coraz częściej zazdrościł szwagrowi, Markowi, który w wolnych chwilach wyrywał się z domu, by jeździć konno. On nawet nie miał hobby. Całe życie jego jedynym hobby były przegrody nosowe jego pacjentów i nawet nie pomyślał, by zrobić coś wyłącznie dla siebie. Teraz nadszedł czas na zmiany.

Od wyprowadzki jego pierworodnego i jedynego syna minęły jakieś dwadzieścia cztery godziny, a – ku zaskoczeniu Romualda – na Augustyna nie spadły przez wyprowadzkę ani gromy piekielne, ani żadne plagi egipskie.

Podczas drogi powrotnej z pewnym niepokojem spoglądał wprawdzie w niebo, czy nie widać gdzieś szarańczy. Komary i muchy pojawiały się, ale w ilościach śladowych, co we wrześniu było raczej normą, a nie zwiastunem nadchodzących rychło plag.

Romuald cicho wszedł do domu. Przez krótką chwilę pomyślał, jak idealnie by było, gdyby Gertruda właśnie postanowiła wyjść, albo gdyby zadzwonili po nią ze szpitala. Czasem zdarzały mu się takie miłe, samotne wieczory. Miło by było, gdyby i teraz się taki trafił. Miał książkę od sympatycznej sąsiadki Augustyna. Jak jej było? Pospolicie jakoś. Kowalska. O! Janka Kowalska. Uśmiechnął się. Akurat ten uśmiech zobaczyła Gertruda, która, tradycyjnie łapiąc się za prawą pierś i wzdychając, wbiegła do przedpokoju. Zdążyła wykrzyknąć „Mąszeri!", gdy zobaczyła ten uśmiech.

– A tobie co? – Skrzywiła się. – Nie za wesoło ci? Syn cię porzucił, opuścił, a ty się śmiejesz w głos?

– Nie w głos – szepnął cicho Romuald.

– To nie ma znaczenia! Śmiejesz się, uśmiechasz! A twój syn mieszka w jakiejś norze!

– Nie w norze, ma mieszkanko. Pokój.

– Pokój? – Gertruda wyrwała mężowi z ręki książkę i zaczęła się nią wachlować. – Romualdzie! Syn najlepszego laryngologa w Trójmieście wynajmuje POKÓJ?

– Dokładnie tak.

– No, a ktoś tam jeszcze mieszka? – krzyczała, wachlując się *Comą*.

Romuald bezskutecznie próbował zabrać jej książkę, należącą wszak do pani Janiny. Bał się, że książka ta zaraz zostanie uszkodzona i nie będzie mógł spojrzeć w oczy pani Janinie.

– Mieszka – odparł cicho Romuald.

– Kto? Czyżby ten Cyryl Przebrzydły? – Zmarszczyła brwi. – Nie, on przecież ma swoje mieszkanie. Lafirynda jakaś?

Romuald się skrzywił. Tej cudownej istoty nie da się nazwać lafiryndą. Pod żadnym pozorem.

– Nie, kochanie.

Z przyzwyczajenia nazywał żonę „kochaniem". Czy ją kochał? Nie wiedział tego. Może trochę się do niej przyzwyczaił, ale miał wrażenie, że nie jest jej już do niczego potrzebny. Miała siebie, swoją porcelanę i całą garderobę butów. Po cholerę jej tyle butów? Nie wiedział. On miał jedne zimowe i jedne letnie. I kapcie miał. Takie fajne, Gutek mu z gór przywiózł. Sportowe też jakieś miał, bo stary już jest, to powinien więcej chodzić na spacery. Zaczął od kupna butów.

– Jak nie lafirynda, to ja już nie wiem kto. – Gertruda wzruszyła ramionami. Stwierdziła, że najwyraźniej tym razem nie dogada się z mężem. Zazwyczaj się z nim nie dogadywała, więc nie zdziwiło jej to zbytnio. Westchnęła teatralnie i poszła do sypialni. Wydawało jej się, że już gorzej być nie może, jednak życie nauczyło ją, że kiedy tylko sobie tak pomyśli, zaraz dzieje się coś jeszcze gorszego.

Romuald z uśmiechem sięgnął po najnowszą gazetę. Lubił te wieczory, które mógł spędzać sam ze sobą.

Burza przechodząca nad niewielkim obszarem w indyjskiej prowincji Andhra Pradesh przyniosła niezwykłe gradobicie. Kule lodowe wielkości głazów doszczętnie zniszczyły uprawy na polach, połamały drzewa i podziurawiły dachy zabudowań. Niestety, ludzie pracujący na roli nie zdążyli na czas schronić się w bezpiecznym miejscu. Lodowe głazy upadały im na głowy, w najlepszym razie powodując tylko wstrząśnienie mózgu. Stan dziewięciu osób był na tyle ciężki, że nie udało się ich uratować.

Meteorolodzy są zdania, że był to największy grad, jaki kiedykolwiek spadł w środkowych Indiach, w drugim co do liczebności państwie świata. Co roku w Indiach potężne gradobicia powodują śmierć dziesiątek osób.

Kilka dni wcześniej w Bangladeszu spadł grad o wadze 1 kilograma, który rozmiarami przypominał dynię. Zginęły wówczas dziewięćdziesiąt dwie osoby.

Romuald z przerażeniem odłożył gazetę. Boże. Komary, szarańcze, muchy i gradobicie. Plagi egipskie.

Otarł pot z czoła. Co tam jeszcze było? Rzeka krwi i śmierć pierworodnych.

O Boże. Może jednak niech ten Gutek wraca do domu.

***

O piątej rano Romuald dopijał Kadarkę, którą w tajemnicy przed żoną kupił w „Biedronce", i kończył książkę pożyczoną od pani Janiny. Najchętniej zaraz by się z nią podzielił wrażeniami po skończonej lekturze. No, ale przecież o piątej rano każdy normalny człowiek śpi. Chyba że czyta książkę.

Gertruda też czytała. Nawet dużo czytała. Ale ona tylko noblistów, albo tych od NIKE. Nie tolerowała czytania wciągającej sensacji czy trzymających w napięciu kryminałów. Jak mówiła, literatura popularna jest dla pospólstwa. No i co? Ale jakże miło było być takim pospólstwem o piątej rano, siedząc w fotelu i dopijając wino za całe 8,99. Romuald uśmiechnął się do siebie. Dobrze, że nie musiał nazajutrz iść do pracy. Wiek emerytalny jednak jest rewelacyjnym pomysłem. Oczywiście wpadał czasami do kliniki, był pod telefonem albo przyjmował pacjentów prywatnie, ale nie zamierzał robić tego regularnie. Musi natomiast koniecznie iść do pani Janeczki po kolejną książkę. Może tym razem pożyczy tego Kinga.

Tymczasem jednak trzeba iść spać. Poszedł na górę do sypialni. Na drugiej połowie łóżka leżała Gertruda. Spała. Podczas snu jej twarz wydawała się łagodna. Uśmiechnęła się przez chwilę. Romuald odpowiedział uśmiechem. Chyba jednak ją kochał. Gdy spała, był o tym przekonany. Gdy jednak słyszał te jej piskliwe „mąszeri", to wydawało się mu, że powinien uciekać. Romuald jednak miał klasę. Nie zostawi Gertrudy. Takich rzeczy się nie robi kobietom w tym wieku i tego rodzaju. Ale naprawdę zrobi wszystko, by to ona go zostawiła.

Położył się w sztywno wykrochmalonej białej pościeli, przykrył się swoją kołdrą i po chwili już spał.

***

– Romualdzie! – Dwie godziny później budziła go żona. – A może byśmy tak naszego syna wraz z tą... lafir... dziewczyną... zaprosili na obiad? Albo chociaż na podwieczorek?

O siódmej dwadzieścia rano Romualdowi doprawdy było wszystko jedno kogo i po co zaprasza na podwieczorek. No, może nie wszystko jedno. Gdyby miał zaprosić Krystynę, siostrę swojej małżonki, wolałby uciec gdzie pieprz rośnie. Czyli na Sri Lankę. A może do Wietnamu? Tak! Do Wietnamu by pojechał. Z przyjemnością. Nawet bez wizyty Krystyny.

***

Gertruda wstała naburmuszona. Świat jej się walił. Jedyny syn wyprowadził się Bóg wie gdzie, a ona przez to zupełnie straciła nad nim kontrolę. Tego się matce nie robi. Starej matce. Złapała się za serce. Bardziej odruchowo, bo wcale ją to serce nie bolało, a poza tym nie było w pobliżu nikogo, kto by mógł się tym gestem przejąć. Gutek zawsze się przejmował. Romuald też, no, ale on czytał do nocy, więc bardziej przejmował się losem świata w swojej książce.

Gertruda założyła jedwabny szlafroczek i wsunęła stopy w kapcie na lekkim obcasiku. Kochała buty nade wszystko. No, może syna kochała TROCHĘ bardziej, ale nieznacznie. Buty były jej obsesją. Od zawsze. Jak tylko wydostała się ze wsi, wskoczyła w buty na wysokich obcasach i tak naprawdę już ich nie zdjęła. Mówiła, że urodziła się w szpilkach. Na szczęście nie była zbyt wysoka i mogła sobie pozwolić na te szpilki.

– Krystyna, ja w ogóle nie rozumiem, jak ty możesz chodzić w tych płaskich butach. Wyglądają jak obuwie ortopedyczne! – mawiała do siostry.

Kupiła jej nawet dwie pary szpilek. Jednak gdy po roku zobaczyła, że nadal tkwią w tym samym kartonie, w którym zostały sprezentowane, zabrała je ze sobą do domu. Na szczęście miały podobne stopy i buty doskonale pasowały.

Romuald nie mógł zrozumieć, co jego żona widzi w butach. On sam sprawił sobie jedne buty na zimę i jedne na wiosnę i lato już kilka lat temu, i cały czas w nich chodził. A gdyby mu się zniszczyły, kupiłby dokładnie takie same. Zresztą dokładnie tak zrobił trzy lata temu. Bardzo się zdenerwował, bo nie mógł znaleźć dokładnie takich samych i musiał kupić PODOBNE.

Miał też jedne dyżurne buty do garnituru. Te miał już chyba piętnaście lat. Był przekonany, że nawet go w nich pochowają. O ile Gertruda nie wpadnie na pomysł, by kupić mu jakieś super buty specjalnie do trumny. Szkoda pieniędzy. Gertruda miała już buty do trumny. W ogóle była bardzo dobrze zorganizowana i przygotowana na najgorsze. Miała białą bluzkę i ciemnogranatową garsonkę jakiegoś znanego projektanta, Romuald oczywiście zapomniał jakiego. Na wieszaku z garsonką wisiał woreczek. Z bielizną i pończochami. Bielizna, jakaś koronkowa. On by wolał założyć do trumny jakieś ciepłe gacie, bo przecież trumna otwarta, a w kaplicy zimno. Ale ona robiła, jak chciała. Najwyżej termofor jej włoży do trumny. Chociaż ona by wolała umrzeć z zimna, niż pokazać się z termoforem. No tak, ale w trumnie będzie już martwa.

Gertruda tyle razy mu przypominała, że w tych pończochach te szwy z tyłu muszą być równo. Zupełnie nie wiedział, dlaczego, wszak szwy i tak są na dole, a przecież ona nie będzie w tej trumnie leżeć na brzuchu. Ale kazała przysiąc, że tego dopilnuje. Zatem przysiągł. I najważniejsze: buty. Na buty do trumny wydała trzy tysiące złotych. Tego to już w ogóle nie mógł pojąć. Zwykłe czarne buty na niebotycznych obcasach, z dziwną czerwoną podeszwą. Według niego ta podeszwa zupełnie nie pasowała. Jak buty są czarne, to czarne, a nie z kolorową podeszwą. Przecież jak się chodzi w takich butach, to tej podeszwy i tak wcale nie widać. No, a może lepiej, że nie widać, bo nie pasowałaby do reszty. A w trumnie? Przecież jak ona będzie leżeć, to ta czerwoność będzie przyciągała wzrok wszystkich żałobników. Romuald wolałby, żeby na niego w trumnie nikt nie patrzył. Najchętniej zostałby spalony i rozsypany nad Doliną Radości. Niezbyt często rozmyślał o śmierci, ale gdy otwierał szafę i widział tę garsonkę, a pod spodem kartonik z butami z czerwoną podeszwą, to od razu mu się przypominało, że było mu już bliżej niż dalej do końca tej cudnej drogi. Tym bardziej że wielu znajomych odchodziło. Takie czasy. Taki los. Czasem chodził na pogrzeby. Tych najbliższych. Gertruda chodziła na wszystkie. Czasem się zastanawiał, czy to nie jest jakiś rodzaj hobby.

– Pamiętasz tą Mariolkę, co była rok niżej?

– Pamiętam. Taka piegowata?

– O, właśnie. Ruda i piegowata. Idę w poniedziałek na pogrzeb. Może wybrałbyś się ze mną?

– No co ty mówisz, Mariolka nie żyje?

– Nie, Mariolka żyje! Ale ona się przyjaźniła z taką drugą. Nie pamiętam, jak miała na imię. No i jej męża brat odszedł.

– Znałaś go?

– Nie, nie znałam, ale wiesz, Mariolkę trochę znałam. A to była przyjaciółka żony tego męża mającego brata, który odszedł.

Romuald oczywiście nie rozumiał. Jak zwykle. Ale uważał, że każdemu człowiekowi należy się jakaś forma rozrywki, a skoro jego żona woli pogrzeby od czytania książek, to doprawdy nie mógł jej ograniczać. Niech każdy robi to, co lubi najbardziej. On zdecydowanie wolał czytać.

Niemniej jednak teraz spał, a Gertruda zadawała mu trudne pytania dotyczące jakichś obiadów. Obiady lubił. Chodził sobie czasem na domowe obiady do pani Iwonki do „Perły Bałtyku", gdzie placki ziemniaczane z sosem kurkowym nie miały sobie równych. Ale to tylko placki ziemniaczane. Gertruda na obiad podałaby małże, ostrygi i inne ośmiornice, a Romuald po prostu chciał się najeść ziemniaczkami z koperkiem i kotletem schabowym. No, może nie było to zupełnie zdrowe, ale w tym wieku doprawdy było już mu wszystko jedno. Dobrze, że przeszedł już na emeryturę. Powinien zupełnie zrezygnować z kliniki. I z prywatnej praktyki również. Człowiek pracuje i pracuje, i w zasadzie nic z tego nie ma. Albo może prywatną praktykę pociągnąć, ale ją bardzo, bardzo ograniczyć? Trzeba o tym pomyśleć.

***

– Romualdzie, wstawaj!

– Nie muszę – burknął Romuald.

– Musisz. Musisz porozmawiać ze swoim synem.

– Yhm. Jak się wyśpię.

Oczywiście sam sobie nie wierzył, bo przez ponad trzydzieści lat słuchał Gertrudy w każdej kwestii. Po prostu robił tak, jak ona zarządziła. Tak było i tym razem. Skoro jego żona postanowiła, że on wstanie, to wstanie na pewno.

– Romualdzie. Syn cię opuścił, a ty tak spokojnie śpisz?

Romuald usiadł na łóżku. Podrapał się w całkiem jeszcze gęste, choć zupełnie siwe włosy.

– Trudka. To normalne, że dzieci się wyprowadzają. I to musiało kiedyś nastąpić.

– Ale dlaczego tak wcześnie? I to bez przygotowania psychicznego?

– Uwierz mi, że on się do tego przygotował psychicznie.

– No, może siebie przygotował, ale biedną schorowaną matkę... – Złapała się swoim zwyczajem za prawą pierś.

– Tam nie ma serca – mruknął jak zawsze Romuald.

Gertruda obrażona wyszła z pokoju. Przez krótką chwilę Romuald zastanawiał się, czy nie wskoczyć jeszcze pod kołderkę, ale wiedział, że mogłoby to grozić śmiercią lub kalectwem. Jego energiczna żona zapewne za chwilę wkroczy do sypialni i będzie domagać się od niego jakiejś aktywności ruchowej. Gertruda była bardzo aktywna i nie cierpiała, gdy ktoś leżał albo siedział. Generalnie każdy brak ruchu świadczył zapewne o tym, iż osoba nieruchliwa jest chora, co najmniej śmiertelnie. Albo że jest już w stanie agonalnym. A ci, co w ogóle się nie ruszali, to na pewno byli już martwi.

Gertruda zawsze była energiczna. Gdy mały Gutek przespał swoją pierwszą noc w zupełnym spokoju, sterczała nad nim kilka godzin, trzymając przy jego ustach lusterko, by sprawdzić, czy ukochany syn oddycha. Oczywiście, że oddychał. Lusterko zaparowało, to oddychał. Kiedyś jednak nie zaparowało. Swoim zwyczajem, Gertruda złapała się z przerażenia za prawą pierś, po czym pogłaskała syna. Nie reagował. Dotknęła go mocniej. Nic. Dopiero, gdy go uszczypnęła, zaczął mocno płakać. Gertruda odetchnęła z ulgą. Żył.

Romuald zwykle chrapał, więc nie musiała go w nocy szczypać, ale gdyby nie chrapał, zapewne by to sprawdzała.

– Gotowy? – usłyszał zza drzwi.

– Gotowy – odsapnął.

– Zaprowadzisz nas do Augustyna, „mąszeri". Ja tego tak nie zostawię. Nie będzie mój syn mieszkał bez ślubu z jakąś lafiryndą.

Rozdział 8

O ginekologu praktyku i pannie dziedziczce, która na pewno była lafiryndą

Lafirynda również wiele by dała, by nie mieszkać bez ślubu z synem pani Poniatowskiej vel Piontek. Ani bez ślubu, ani tym bardziej po nim. Lafirynda, przez wszystkich zwana zazwyczaj Anulą, jeszcze nie wstała. Czekała, aż jej współlokator wreszcie wyjdzie z łazienki. I, prawdę mówiąc, nie mogła się tego doczekać. Augustyn najwyraźniej z łazienki nie zamierzał wychodzić. Co on tak długo tam robił?

Anula postukała w ścianę. Woda w łazience nadal lała się strumieniami, a upiorny współlokator podśpiewywał coś całkiem niezłym głosem. Zwariować można. Wstała z łóżka, wyszła z pokoju i podeszła do drzwi łazienkowych. Trzy razy uderzyła w nie pięścią.

– Zesikam się! – wrzasnęła.

Augustyn zakręcił kran.

– Pięć minut!

– Nie wytrzymam pięciu minut!

Boże. A miało być tak miło. Samodzielne mieszkanie, bez kolejek do prysznica. Bez kolejek do ubikacji. W ogóle bez żadnych kolejek!

Drzwi się otworzyły. Wyszedł z nich Gusio, owinięty ręcznikiem. Jej ręcznikiem.

– No bez przesady! – wrzasnęła. – Nie dość, że muszę cię tu znosić, to jeszcze używasz moich rzeczy!

Gusio patrzył na nią zdziwiony.

– Zdejmuj to! – Wskazała na ręcznik.

– Teraz? – zapytał bezradnie Augustyn.

– Ech! – jęknęła Anula, odepchnęła intruza od drzwi i weszła do łazienki. Jej ręcznik wisiał na wieszaku, tak jak powiesiła go poprzedniego dnia.

Jęknęła ponownie. Na zlewie leżała niezakręcona pasta do zębów. Zwariować można.

Usiadła na toalecie i wzięła pierwszą z brzegu gazetę. Otworzyła na chybił trafił.

„Zgony okołoporodowe żon królów Polski" – przeczytała.

O Boże.

„Wiedza pacjentów na temat powstawania raka jamy ustnej w wyniku uprawiania seksu oralnego" – brzmiał tytuł kolejnego artykułu. Była przerażona. Mieszka z jakimś zboczeńcem. Bo kto normalny czytał takie gazety. I to siedząc na sedesie. Przecież od samego czytania robi się słabo. Przewertowała kilka kolejnych stron. „Hemoroidy i nietrzymanie moczu". Przełknęła głośno ślinę. Spuściła wodę, z niesmakiem odkładając gazetę.

O matko. *Ginekologia praktyczna.*

Nie dość, że ginekolog, to jeszcze praktyk.

Weszła pod prysznic. Namydliła się i szorstką rękawicą umyła całe ciało. Spłukała się najpierw ciepłą wodą, a na koniec lodowatą. Marcin mówił, że ona się umartwia. Albo pokutuje za swoje grzechy. Za jakie grzechy? O, właśnie. Marcin. Miał dzwonić, a nie dzwonił. A ona po tym całym wieczorze, pełnym niespodziewanych wydarzeń, nie miała do tego głowy. Była bardzo ciekawa, co jej facet na to, że mieszka pod jednym dachem z „ginekologiem-praktykiem". No, może to lepiej, niż mieszkać pod jednym dachem z ginekologiem-amatorem. Westchnęła.

To chyba nie w porządku, że takie rzeczy dzieją się w jej życiu, a Marcin o tym nie wie. Może by się zmartwił? A może powinna wreszcie z nim porozmawiać, że powinni razem zamieszkać. W końcu to ostatni rok studiów, są ze sobą od lat... Zawsze lepiej mieszkać z własnym facetem niż z obcym, na dodatek ginekologiem. O ile ten cały Augustyn jest praktykiem, to jego przyjaciel, Cyryl Przebrzydły, na pewno jest amatorem. Uśmiechnęła się złośliwie na samo wspomnienie zielonego plastra na jego piersiach. No, nieźle go załatwiła. Ale nie musiał pchać się do jej pokoju. I to prawie goły.

Wytarła się do sucha swoim ręcznikiem – jak widać Gutek miał dokładnie taki sam – założyła koszulkę i krótkie dżinsowe spodenki i wyszła z łazienki. Poszła do kuchni, gdzie Augustyn robił sobie kawę.

– Ubrałbyś się – powiedziała, widząc go w dalszym ciągu opasanego ręcznikiem.

– A ty to niby co? – Spojrzał na nią. – Krótszych spodenek nie mieli?

– Nie. Sama je sobie obcięłam.

– Nie mogłaś bardziej? – zapytał. Ale najwyraźniej nie chciał uzyskać odpowiedzi. – Zrobić ci kawę?

Anula spojrzała na niego podejrzliwie.

– No co? Sobie robię, to co za problem. Może wreszcie usiądziemy przy kawie i pogadamy jak ludzie, skoro mamy ze sobą mieszkać przez... Przez...

– Przez jakiś czas – dokończyła Ania. – Dzisiaj będę się widziała z moim chłopakiem. Może on coś wymyśli. Najprawdopodobniej wynajmiemy coś razem. – Wzruszyła ramionami.

Augustynowi na kilka sekund zrobiło się smutno. Przez te kilka godzin zdołał się już do tej dziewczyny przyzwyczaić. Mimo iż znali się tak krótko, dodawała energii jego życiu. Przecież przez te trzydzieści lat przywykł do buzującej energii swojej matki i trudno było mu żyć w zupełnym spokoju i stagnacji. No, ale planował mieszkać sam, a nie z dziewczyną. Właśnie po to, między innymi, chciał mieszkać sam, by te dziewczyny mógł sobie sprowadzać. A tak? Anula już na samym wstępie zapowiedziała, że jak będzie sprowadzał dziewczyny na noc, to ona się wynosi. No, ale jak to, uprzedzać ją za każdym razem? A jak po imprezie napatoczy się dziewczyna, zupełnie przypadkowo i nieprzewidywalnie, to co? Cyrylowi nieustannie się takie sytuacje zdarzają. Aż dziw, że się mu te kobiety nie mylą. A może i się mylą. Czasem jakaś się do niego uśmiecha na ulicy, a on potem przez pół dnia zastanawia się, kim ona jest. Niektóre rzucają mu się na szyję i obcałowują.

– Cześć, kotku – mówi wtedy zdawkowo.

– Pamiętasz mnie? – Uśmiecha się przeszczęśliwy kotek.

– Oczywiście! Jakbym mógł cię zapomnieć? – Cyryl zwykle obejmuje wtedy wdzięczącego się doń kotka wpół i patrzy mu głęboko w oczy. – Zadzwonię – cicho szepcze. – Teraz się spieszę. – Mruży oczy. – Przepraszam cię bardzo, kotku.

Dziewczyna dostaje wtedy skrzydeł i z uśmiechem na ustach odchodzi w inną stronę.

Augustyn wielokrotnie był świadkiem takich rozmów.

– Skąd ją znasz? – pytał wtedy zwykle.

Cyryl wzrusza ramionami, marszczy brwi, stęka, jęczy i w końcu mówi:

– Nie wiem.

– Szkoła? Studia? Praca?

– Nie wiem. – Wzrusza ramionami. – Ale chyba z nią spałem.

Wtedy Augustyn również wzdycha i nawet nie wie, co powiedzieć.

– Instrumentalnie je traktujesz. Co chwilę inna.

– I kto to mówi? – prycha Cyryl – Ten, który co chwilę ma inną, co przed nim nogi rozkracza!

– Cyryl, to moja robota!

– Robota. Ale co się napatrzysz, to twoje. Chodzi o dywersyfikację. Jak we wszystkim.

Oczywiście Augustyn na głos potępiał Cyryla, jeżeli chodzi o tę kobiecą różnorodność w jego łóżku (a jak już mamy być szczegółowi, to nie tylko w łóżku, bo robił to w różnych miejscach w swym domu), jednak w duszy bardzo mu zazdrościł tych podbojów miłosnych. Augustyn, mimo wykonywanego zawodu, był w gruncie rzeczy nieśmiały w relacjach damsko-męskich. Poza tym kobiety, gdy dowiadywały się o jego specjalności, reagowały nader dziwnie. Zupełnie jak Anula.

– Powiedz mi, co ty za gazety czytasz w kiblu?

– Gazety? – Spojrzał na nią zdziwiony.

– No... *Ginekologia praktyczna*... Czy jakoś tak.

– A to...

– I?

– Nie mówiłem ci, że jestem lekarzem?

– Jeny... Ginekologiem?

– Tak.

– Boże. Do gardła mi nie zajrzysz.

– Do gardła nie. – Augustyn się uśmiechnął.

– Zboczeniec. – Anula uderzyła go ręcznikiem, który właśnie trzymała w ręku.

– No i widzisz. Każda tak reaguje.

– Kobieta, każda? – Ania wzruszyła ramionami. – Przynajmniej nie będziesz mi tu żadnej sprowadzał. – Zobaczyła jego pytający wzrok. – No, przynajmniej dopóki tu mieszkam. Dobra, pijemy tę kawę. W kuchni pijemy?

– Nie, chodź do mnie. Tylko się ubierz.

– I znowu to samo. Jestem ubrana.

– No, skoro tak twierdzisz... – Augustyn wyjął mleko z mikrofalówki, po czym włączył mały mikser, by je spienić.

– Ty zawsze tak? – zapytała zdziwiona Ania.

– Jak?

– No, filiżanka, spienione mleko...

Augustyn położył herbatnika na spodku.

– Ciasteczko do kawy – kontynuowała zachwycona Ania. – Ja się poważnie zastanowię nad wyprowadzką, bo przecież nikt nigdy mnie tak nie rozpieszczał!

– No co ty? A ten twój...

– Marcin.

– Marcin?

– Hmm... To ja chyba go rozpieszczam...

– Szczęściarz.

– Czy ja wiem?

– Ja wiem. Szczęściarz. Długo ze sobą jesteście? Sądząc po ilości tych kwiatów, długo...

– No, długo. Na początku dostawałam kwiaty co chwilę. Teraz trochę mniej. Kilka lat jesteśmy razem.

– To co? Ślub niedługo?

Ania wzruszyła ramionami.

– Nie wiem. Ja kończę studia w tym roku, Marcin też. Nie wiem, co potem. Ja jestem z Kaszub, on z Mazur.

– Zamieszkacie razem. Ślub, dzieci. Fajnie. Jakby co, masz u mnie zniżkę.

– Szalony! – Roześmiała się.

– A ty co studiujesz?

– Marketing i zarządzanie. Sama czasem się zastanawiam, czy to dobry kierunek. Marcin studiuje architekturę. Wiesz, jakoś cały czas mi daje do zrozumienia, że ci po polibudzie to jakby mądrzejsi są...

– A ty go słuchasz?

– Wiesz, niby nie słucham. Ale jakoś tak przykro mi jest czasem.

– Nie słuchaj. Słuchaj tylko tych, którzy ci dobrze życzą. – Zamyślił się. – A zresztą ci, którzy ci dobrze życzą, czasami też mają nietrafione pomysły... Siebie chyba trzeba słuchać. Słuchasz siebie czasem?

– Staram się. Czytam te wszystkie książki... Takie wiesz, po krótce mówiące o tym, jak być szczęśliwym. Niektóre rzeczy stosuję, inne wydają mi się bezdennie głupie... – Wzruszyła ramionami.

– Tak pewnie będzie całe życie. Trzeba wierzyć w swoje decyzje. Ja uwierzyłem. Myślałem, że jak się wyprowadzę, to dojdzie do jakiegoś kataklizmu na skalę światową. A nie doszło. Jednak... Jednak myślę, że to cisza przed burzą. Moja mama potrafi być naprawdę upiorna. Chce, by wszystko było tak, jak ona zaplanowała. A wiadomo, mam już trzydzieści pięć lat, swoje życie... Nie mogę cały czas czekać, aż ona poda mi kawę z herbatnikiem. Ja też czasem komuś chcę ją podać. – Wskazał na kawę.

– To bardzo miłe. – Ania się uśmiechnęła. – Ja nie uciekałam z domu. Mamy gospodarstwo. Wiesz, takie typowe. Kury, kaczki. Trzy krowy mamy. Niedaleko las, a zaraz przy samym domu jezioro.

– Moja mama nie cierpi wsi...

– Dlaczego? Przecież tam jest naprawdę pięknie.

– Sama wychowała się na wsi. I chce jak najdalej uciec od tego wszystkiego... Dom rodzinny sprzedała. Byłem tam tylko raz. Nie za bardzo nawet pamiętam... Chciała się odciąć od swoich korzeni. Przejęła wszystkie cechy arystokratycznego rodu Poniatowskich.

– A wy z tych Poniatowskich?

– Podobno z tych. Matka tak twierdzi. Ale kto to wie? – Uśmiechnął się. – Pewnie gdyby było inaczej, zatuszowałaby dowody. Mamy w domu pełno starych filiżanek z monogramami czy haftowanych obrusów. Pierwsze co zrobiłem, gdy postanowiłem się tu wprowadzić, to kupiłem sobie pościel z froty. U nas w domu zawsze była sztywno wykrochmalona. Na przekór...

– Ja zabrałam z domu. Moją ulubioną.

– Ja chciałem wreszcie poczuć się dorosły. Głupio brzmi, prawda? Facet, który pomaga tylu ludziom przyjść na świat, mówi, że jest niedorosły. Ile lat ma ten twój Marcin?

– Dwadzieścia cztery. Tyle co ja.

– Gówniarz – stwierdził Augustyn.

– Nie mierz każdego swoją miarą. – Ania dumnie uniosła głowę. – Dziękuję. Pyszna była kawa.

– Proszę. Jakbyś chciała to powtórzyć, polecam się.

Ania nic nie powiedziała. Wyszła z pokoju Augustyna i poszła do swojego. Wyjęła telefon. Po raz kolejny zezłościła się, widząc obitą szybkę, i wybrała numer do Marcina.

Marcin akurat załatwiał jakieś sprawy w pobliżu i miał na nią czekać w centrum handlowym. Oczywiście przemknęło jej przez myśl, że – skoro był blisko – mógł zadzwonić, ale potem uświadomiła sobie, że jej facet, ukochany mężczyzna, nawet nie zdawał sobie sprawy, że ona, jego ukochana kobieta, jest tak blisko. Najwyraźniej w tej układance brakowało kilka elementów. Co więcej, Marcin nie miał pojęcia, gdzie Anula znajdowała się przez ostatnie czterdzieści osiem godzin. Mogłoby jej wcale nie być. Mogłaby nie istnieć. I tak by się nie zreflektował. No, może dopiero po czasie, jakby poziom testosteronu kazał mu się rozejrzeć za jakąś kobietą. Jednak te wszystkie myśli Anula zostawiła daleko za sobą w momencie, w którym wpadła w jego ramiona w pobliskim centrum handlowym, gdzieś pomiędzy Starbucksem a stoiskiem oferującym telefony komórkowe.

***

Gertruda Poniatowska (chociaż przyznajmy, że z charakteru i usposobienia bardziej Piontek) siedziała w garderobie i próbowała dobrać ubiór i – co najważniejsze – buty do okoliczności. Okoliczność była nader smutna, bo dotyczyła wyszarpywania syna innej kobiecie, więc powinna założyć coś ciemnego. Co najmniej żałobnego, jak na pogrzeb. Jednak po dłuższym namyśle stwierdziła, że syn powinien ją zobaczyć pogodną, uśmiechniętą i najlepiej całą w kwiatach. Wybrała zatem kwieciste szpilki i pod te szpilki dobrała resztę garderoby. Uśmiechnęła się do swojego odbicia w lustrze. Wyglądała bardzo dobrze. Bardzo nie lubiła, gdy ktoś mówił, że wygląda dobrze „jak na swoje lata". Gertruda Poniatowska w ogóle wyglądała dobrze. Zawsze. I lata nie miały tu nic do rzeczy. Poprawiła buty na półce i przewiesiła turkusową bluzkę zaraz za niebieską. Lubiła porządek. Szczególnie w takim miejscu jak garderoba. Ponad dwadzieścia lat temu kupili stary, rozwalający się dom w Oliwie. Zburzyli go doszczętnie i na jego miejscu powstał dom idealny. Dom idealny, bo projektowany przez panią Gertrudę Poniatowską. Przy nieznacznej pomocy architekta, który w życiu by się tej roboty nie podjął, mimo ogromu pieniędzy, jakie mu oferowała. Rozumiał różne wymysły swoich klientów. Mur pruski – proszę bardzo, współczesny zamek – proszę bardzo. Miejsce na stół na dwadzieścia osób, bo wie pan, my mamy dużą rodzinę – nie ma problemu. Ale z tą niezdecydowaną kobietą, którą interesowała tylko i wyłącznie garderoba, naprawdę nie mógł dojść do ładu. No, zaraz po garderobie interesował ją pokój dziecinny dla – powiedzmy już – bardziej nastolatka, ale garderobie poświęcała zdecydowanie więcej uwagi.

Oczywiście Romuald myślał, że garderoba będzie dla wszystkich. Nieśmiało powiesił swoje trzy garnitury na wieszaki.

– Kochanie, ty masz szafę w sypialni. – Gertruda się uśmiechnęła.

– Ale…

– Garderoba będzie moja.

Romuald grzecznie wyniósł garnitury do sypialni na piętrze, a Gertruda z lubością głaskała półki i przesuwała dłonią po wieszakach, na których miały za chwilę zawisnąć jej rzeczy. Jej cudowne, wyprasowane, doskonałej jakości ubrania, powieszone czy poukładane kolorystycznie.

Teraz właśnie stała w tej garderobie i zakładała czółenka w kwiaty, na nieco niższym obcasie. „Nieco niższy obcas" miał jakieś sześć centymetrów i Gertruda czuła się na nim wyjątkowo niewielka. Ale był to zabieg celowy. Chciała pokazać synowi, że jest mała, krucha i bardzo potrzebuje opieki. To znaczy – syna w domu. Bo co do opieki Romualda, nie była przekonana.

– „Mąszeri", ubranyś?

„Mąszeri" zakładał właśnie koszulę. Był bardzo niewyspany. „Bardzo" to za mało powiedziane. Był niewyspany jak cholera. Ale, jak zawsze, nie miał nic do gadania. Przez chwilę pomyślał, że byłoby cudownie pospać do południa. Tak, by obudził go Hejnał Mariacki. Niestety tylko w wersji radiowej, ale zawsze.

Miał takiego wujka, który zawsze wstawał „switkiem skoro hejnał". I on też tak by chciał. Gertruda zdecydowanie była skowronkiem, a on był sową. Dopiero w nocy funkcjonował rewelacyjnie. Oczywiście o ile potem mógł się wyspać w dzień. Teraz, gdy jego żona nie pozwoliła mu wypocząć, wiedział, że będzie w ogóle funkcjonował źle. Przez cały dzień. A nocą to już w ogóle nie będzie chyba żył. Naprawdę dobrze, że miał ten urlop, może jakoś uda mu się przekimać w samochodzie, albo u Gusia… Po raz kolejny Romuald westchnął. O ile życie byłoby łatwiejsze, gdyby mieszkał sam w jakimś małym mieszkanku. Że też wcześniej na to nie wpadł. Mógł wyprowadzić się z Gusiem. Tylko nie był do końca przekonany, czy jego syn byłby zadowolony. No, Gertruda też by tak łatwo nie odpuściła.

Zapiął koszulę pod szyją, narzucił ulubioną marynarkę w drobną krateczkę i wyszedł z sypialni. Gertruda właśnie wchodziła na górę.

– Wreszcie.

– A ty dziś do pracy nie idziesz?

– Nie, odwołałam. Wiesz, w sytuacjach kryzysowych trzeba ratować rodzinę – odparła wyniośle. – Że też ja ci takie rzeczy mam mówić.

Romuald jęknął. Nie da się od niej uciec. Jakby on odszedł, też by ratowała rodzinę. Swoim sposobem. Nie wiedział wprawdzie, jaki byłby to sposób, ale na pewno skuteczny i nie do końca mu odpowiadający. Bo przecież w jej rodzinie nie ma rozwodów. A poza tym w „wyższych sferach" też nie ma rozwodów. A Gertruda uważała oczywiście, że noszenie nazwiska jednego z królów Polski wystarczy, by uważać się za arystokrację czy wyższe sfery.

***

Gdy zadzwonili do drzwi, Anula była już w objęciach swojego mężczyzny, a Augustyn siedział na kanapie, zastanawiając się, co począć z tak pięknie zapowiadającą się sobotą. Telefon miał wyciszony, bo spodziewał się oczywiście telefonów od swojej mamy, próbującej go nawrócić.

Usłyszał dzwonek do drzwi. Cyryl. I bardzo dobrze. Pojadą pewnie gdzieś na rowerach albo gdzieś wyjdą.

Wstał i podszedł do drzwi. Otworzył z uśmiechem, który zgasł mu tak szybko, jak się pojawił.

O Boże. Mamusia.

– Kochanie! – Gertruda zaczęła obcałowywać syna jakby nie widziała go kilka dobrych tygodni.

– Dzień dobry, mamo. Cześć, tato. – Spojrzał na ojca pytającym wzrokiem. Romuald wzruszył bezradnie ramionami.

– Przyszliśmy zobaczyć jak mieszkasz. – Uśmiechnęła się podejrzanie miło Gertruda. – I czy ci czegoś nie potrzeba. – Strzepnęła z sofy pyłki, po czym usiadła na niej.

– Zrobię kawy. – Augustyn zerwał się do kuchni.

– Poproszę. Café au lait.

– Ja też z mlekiem, synu – mruknął Romuald. Jemu też żona się wydawała trochę podejrzanie miła. Oczywiście nie skomentował tego, bo mogłoby się zrobić niesympatycznie, a przecież nie chciał sobie – no i synowi – psuć humoru.

Augustyn zniknął w kuchni. Najchętniej spędziłby tam cały czas wizyty rodziców. O ile tata był taki jak zawsze – mama była zbyt słodka. Zbyt słodka Gertruda Poniatowska nie wróżyła nic dobrego. Nic. Trzeba przyjąć to na klatę i powiedzieć jej, że się nie wyprowadza. Z tego mieszkania. Zrobił trzy kawy, spienił mleko, wlał je do filiżanek. Oczywiście na każdym spodeczku położył herbatnika. Położył wszystko na tacy i zaniósł do pokoju, gdzie jego rodzice siedzieli w zupełnym milczeniu. Tata przeglądał *Ginekologię w praktyce*, a mama, pozornie oaza spokoju, nerwowo poruszała nogą, obutą w dość niską jak na nią szpilkę.

Gdy zobaczyła filiżanki, uśmiechnęła się. Chwyciła za uszko, odchylając mały palec. Upiła łyk.

– Wyborna – stwierdziła.

– Wyborna – potwierdził Romuald, zaczytany w artykule na temat szybkiego powrotu do sprawności seksualnej po porodzie.

Jego żona kątem oka spojrzała na niego z dezaprobatą.

Siedzieli przez chwilę w milczeniu. Augustyn bardzo tego nie lubił. Nie był nigdy tym, który pierwszy zabiera głos, ale ta cisza mu ciążyła.

– Cieszę się, że do nas przyszliście – powiedział w końcu.

– Do was?

– No tak... Bo... Mieszkam tu z Anulą...

– Z Anulą, mówisz... A kim jest Anula?

Augustyn zamarł. Nawet nie mógł powiedzieć, że Anula jest obcą dziewczyną, na dodatek ze wsi, bo wsi jego matka nienawidziła od momentu, gdy tylko się tam urodziła.

– Anula? Koleżanką...

– A Anula nie ma domu? – drążyła matka.

– No, ma dom… Tutaj…

– A jej rodzice? Nie ma ich? Są nieodpowiedzialni, by córce pozwolić zamieszkać z obcym mężczyzną?

– Myśmy się zdążyli już poznać…

Augustyn zupełnie nie rozumiał, jak to możliwe, że w towarzystwie matki natychmiast stawał się małym, posłusznym chłopcem. Do cholery, chłopcem już dawno przestał być!

Dzwonek do drzwi.

Pewnie Anula. Gorzej nie mogła trafić. Cóż. Sama będzie się tłumaczyć.

– Ja… Ja tylko otworzę.

Nie wiedział, że Anula w tym czasie odbywa z Marcinem jedną z najważniejszych rozmów w jej życiu. Długowłosym, nieogolonym studentem architektury.

– Stary! – ryknął tubalny głos od progu. Augustyn spojrzał wymownie w stronę pokoju.

Cyryl skrzywił się i chciał się wycofać. Gutek pokręcił głową.

Cyryl westchnął i wszedł do pokoju, mówiąc z promiennym uśmiechem „dzień dobry".

– Dzień dobry, Cyrylu. – Gertruda wyciągnęła dłoń. Nie lubiła faceta, ale dobre maniery nakazały się jej z nim przywitać. – Może ty nam powiesz, kim jest… – zawiesiła głos: – Anula?

– Anula? – Cyryl rozpaczliwie spojrzał na Augustyna. Ten wzruszył ramionami. – Anula…

– Tak. Anula…

– Anula studiuje zarządzanie i tu mieszka.

Gertruda podniosła lewą brew w oczekiwaniu.

– A jej rodzice?

Cyryl zmrużył oczy. To, że jego matka była od lat szefową mięsnego, Gertrudzie by się nie podobało, więc pewnie gospodarstwo rolne Anuli też nie. A po co ma mieć dziewczyna problemy.

– Aaaa, rodzice! – powiedział. – Anuli rodzice mieszkają poza Gdańskiem. – Gertruda się skrzywiła. – Są właścicielami ziemskimi. To potentaci! – stwierdził. – Pełno ziemi, lasy, jeziora i niewielki, sympatyczny dworek na skraju dróg. – Cyryl się dopiero rozkręcał. – Jest też stadnina koni. Ich konie zdobywają trofea na międzynarodowych wyścigach… No i chcieli swoją jedynaczkę wykształcić, by ogarnęła ten cały biznes…

Gdyby Augustyn mógł, zabiłby przyjaciela wzrokiem. Gertruda była coraz bardziej zachwycona. Cyryl zobaczył minę kolegi i się zająknął.

– Dobra. No i to wszystko, co o niej wiem.

Gertruda się uśmiechnęła. Nie jest tak tragicznie jak myślała. Spadkobierczyni stadniny, do tego jedynaczka.

– Jak ona ma na nazwisko?

Przyjaciele popatrzyli na siebie, wzruszając ramionami.

– No nic. Potem się zobaczy.

Augustyn nerwowo wypił kawę.

– Nie tak szybko, „mąszeri", czy się gdzieś spieszymy? – Pani Poniatowska uśmiechnęła się do syna. – Wypijemy kawkę, porozmawiamy.

Augustyn jęknął. Cyryl zaczął się zbierać do wyjścia, gdy ujrzał błagalny wzrok kolegi.

– To ja pójdę sobie wziąć wodę – stwierdził i wyszedł do kuchni.

***

Tymczasem niczego nieświadoma dziedziczka fortuny, zdobytej na koniach czystej krwi arabskiej, siedziała w Grycanie nad deserem lodowym, a łzy ciekły jej prosto do pucharka.

– Anula. No, przecież świat się nie kończy – przekonywał ją długowłosy, zarośnięty facet.

Anula wytarła głośno nos w serwetkę.

– Myślałam, że będzie cię obchodziło to, że mieszkam z obcym facetem.

– Ależ Anula, obchodzi, ale ja nie chcę się na razie wiązać. Ja nie wiem, co będzie za rok, za dwa. Może wyjadę gdzieś za granicę. Tam są lepsze perspektywy.

– A ja? Nie pomyślałeś o mnie?

– Ania. Myśl rozsądnie. Przecież najpierw trzeba zdobyć wykształcenie. Myślę o tobie, oczywiście.

– W wolnych chwilach – mruknęła dziewczyna.

– Tak, w wolnych chwilach.

– A masz je w ogóle?

– Ostatnio rzadko.

– Czyli w ogóle o mnie nie myślisz?

– Anula, łapiesz mnie za słówka!

– A za co mam cię łapać? Za nic innego nawet nie mam okazji! Marcin, czy ty mnie w ogóle kochasz?

Marcin spojrzał na nią uważnie.

– Nie wiem.

– Jak to: nie wiesz? Jesteś ze mną już tyle lat i nie wiesz?

– No... Jestem do ciebie przywiązany na swój sposób.

Marcin nigdy nie był zbyt romantyczny. „Przywiązany na swój sposób". Gorzej być nie mogło.

– Marcin...

– Aniu... My chyba potrzebujemy przerwy. To wszystko zbyt szybko idzie. Ja chyba nie jestem jeszcze gotowy.

– Ale czy ja na coś naciskam? Ja tylko zaproponowałam, żebyśmy wynajęli razem mieszkanie, dokładnie tak, jak ja teraz z Augustynem.

– Ja nie jestem gotowy do mieszkania z tobą.

Anula zrozumiała wszystko w mgnieniu oka.

– Marcin... To koniec?

Chłopak nic nie odpowiedział.

– Rozumiem. Szkoda, że dowiaduję się o tym tak późno.

Marcin spuścił głowę.

– Przepraszam.

Anula wyjęła portmonetkę z torebki i położyła na stole banknot dwudziestozłotowy.

– Pa.

Wstała od stolika i wyszła. Wszystkimi siłami woli powstrzymywała się, by się nie odwrócić, nie rzucić mu na szyję i nie powiedzieć ze śmiechem:

– Żartowałeś, prawda?

A on oczywiście by ją mocno przytulił, najlepiej ukląkł na kolanach i wyjął pierścionek zaręczynowy, i jak w bajkach żyliby długo i szczęśliwie.

Ale niestety.

W bajkach życia ona trafiała na złą rolę. Na pewno nie była królewną. Może była wredną siostrą Kopciuszka? Chociaż teraz czuła się jak wypędzona do lasu i skazana na śmierć Królewna Śnieżka.

Ech, życie.

Ze spuszczoną głową dowlekła się do domu. Nawet pomyślała o tym mieszkaniu, zajmowanym od dwóch dni, jako o domu. Bo nie zanosiło się, żeby miała gdziekolwiek indziej mieszkać przez najbliższy czas.

Rozdział 9

O tym, że „Słuchaj, Krystyna" oraz „widzisz, Wandziu" jest doskonałym sposobem na poważne rozmowy

Gdy Anula weszła do mieszkania, natychmiast uderzył ją zapach obiadu. Gutek gotuje.

Pięknie pachniało. Curry, papryka, mięso i chyba jakieś zioła. Poczuła się bardzo, bardzo głodna.

Weszła do kuchni. Nad patelnią półnagi – bo odziany tylko w jeansy i kuchenny fartuch w różyczki – Cyryl śpiewał, że o północy ma wejść na dach i zobaczyć gwiazdy. Te słowa tak ją zasmuciły, że natychmiast wybuchła płaczem. Też chciałaby z kimś wejść na dach. Mogłaby nawet gwiazd nie oglądać.

Cyryl oderwał wzrok od patelni i wysunął słuchawki z uszu.

– O kurde, co jest?

Anula łkała i nie mogła odpowiedzieć. Cyryl zmarszczył brwi. Doświadczenie z kobietami mówiło mu, że czasem nie trzeba o nic pytać, nic mówić, tylko należy przytulić. Wyłączył gaz pod patelnią. Przecież nie wiadomo było, ile to przytulanie będzie trwało i czym się zakończy. Różnie to bywało z przytulaniem, a nie chciał Augustynowi zrobić kłopotu w postaci pożaru.

– Chodź. – Przyciągnął do siebie płaczącą Anulę. Gdy ta poczuła silne, męskie ramię, natychmiast rozkleiła się jeszcze bardziej.

Cyryl westchnął. Takie rozklejanie niczego dobrego nie wróży. Seksu z tego nie będzie, a zresztą może lepiej, że nie, bo potem będzie musiał jej unikać. A w tym przypadku może to być trudne. Jedną ręką mocno przytulał Anulę, a drugą oderwał kawałek papierowego ręcznika.

Odsunął ją od siebie. Wytarł jej twarz. Najpierw rozmazane oczy, okolice ust, a na końcu nos.

– Chyba będziesz musiała poprawić sama. – Uśmiechnął się. – Zjemy coś, OK? Humor na pewno ci się poprawi.

Anula bezgłośnie przytaknęła. Wytarła głośno nos i usiadła na małym taborecie w rogu kuchni. Wyglądała na taką niewielką. Cyryl przez chwilę miał ochotę się nią zaopiekować. Ale nie tak jak zawsze – wykorzystać i zostawić – tylko tak przytulić, przykryć puszystym kocem i przekonać ją jakoś, by się nie martwiła, że wszystko będzie dobrze. I że życie ma też happy endy.

Wrócił do kurczaka.

Odcedził ryż, szybko pokroił pomidory. Położył wszystko na talerze.

– Jemy w kuchni czy w pokoju? – zapytał.

Anula wzruszyła ramionami. Było jej wszystko jedno.

– OK. Najlepsze imprezy zawsze są w kuchni. Zobaczymy, gdzie Gutek ma wino. Jak to mówi jego mama, „mąszeri", do drobiu tylko i wyłącznie białe. Lubisz białe?

Ania kiwnęła głową.

– To pijemy białe. Zjemy, napijemy się, a jak będziesz miała ochotę powiedzieć mi, dlaczego płaczesz, to mi powiesz.

Anula pokręciła głową. Duszkiem wypiła wino, które nalał jej do kieliszka Cyryl.

– A w ogóle ty możesz pić wino, dziewczynko? Ile ty masz lat?

– Dwadzieścia cztery!

– No, dobra. Bo wyglądasz na jakieś piętnaście.

Ania w odpowiedzi chlipnęła nosem, wzięła w dłoń butelkę i nalała sobie znowu pełny kieliszek białego płynu, po czym go od razu wypiła.

Cyryl pomyślał, że w takim tempie tego wina nie wystarczy do kurczaka. Zajrzał do szafki. Na szczęście było drugie. Od razu je wyjął i postawił na stole.

Anula nie należała do osób, które w obliczu smutku i rozpaczy tracą apetyt. Wręcz przeciwnie. Bez słowa, sukcesywnie opróżniała talerz.

– Smakuje? – zapytał Cyryl. Jeszcze chyba nie widział kobiety pochłaniającej jedzenie w taki sposób. Bardzo był zainteresowany tym zjawiskiem.

Ania pokiwała głową.

Piła już czwarty kieliszek wina i na szczęście przestała już pociągać nosem.

– To co? Opowiesz mi co się stało?

Dziewczyna pokręciła głową.

– To idź do pokoju.

– A w ogóle co ty tu robisz? I gdzie Gutek?

– Gutek poszedł do rodziców po jakieś rzeczy, potem ma dyżur, a jutro jedzie na jakieś sympozjum. Ja mam remont w chacie i wolałem się ulotnić.

– Czyli będziesz tu mieszkał?

– No, a masz coś przeciwko?

– Ja już nic nie wiem. – Anula pokręciła głową.

– Będę gotował.

– OK, mieszkaj!

– Wiedziałem, że tym cię przekonam. – Roześmiał się głośno Cyryl. Śmiech miał tak zaraźliwy, że nawet smutna Anula się uśmiechnęła. Jednak szybko przypomniała sobie, że obiecywała sobie, że nie uśmiechnie się już do końca życia, i znowu posmutniała.

Cyryl zniknął w kuchni, po czym przyniósł lody.

– Generalnie na smutki są dwa wyjścia. No, może trzy – stwierdził. – Pierwszym jest bieganie. Jak pójdziesz pobiegać i porządnie cię sponiewiera, to wracasz i jesteś jak nowo narodzona.

– To dlaczego nie wyciągnąłeś mnie na bieganie?

– Bo byłem głodny. Ale słuchaj dalej.

– Drugim sposobem jest jedzenie i alkohol. Też cię może sponiewierać, ale w inny sposób. – Cyryl otworzył drugie wino. Anula już miała zaróżowione policzki i lekko przymglone oczy.

– No tak. Ja już czuję, jak mnie poniewiera – przyznała. – A trzeci sposób?

– Trzeci? – Cyryl zamilkł na chwilę. – Trzeci to seks.

Anula natychmiast zaczęła płakać.

Cyryl utwierdził się po raz setny w swoim życiu, że kobiety zdecydowanie należą do innego gatunku.

– I po co Gutek przepisał mi tablee-eee-eee-tki? Jak ja nie potrzebuję ich?

– Aniu. Jakie tabletki?

– Antykoncepcyjne mi przepisa-a-ał – płakała dalej Ania.

– Kochana, nie ma co rozpaczać. Gwarantuję ci, że prędzej czy później ci się przydadzą.

– A jak nie? – zapytała nic nie rozumiejąca dziewczyna.

– Jakby to miało za długo trwać, to ja się już zatroszczę, by się przydały.

Resztkami przytomnego umysłu dziewczyna spojrzała na niego. Chyba zrozumiała, do czego zmierza.

– Poczekaj. Przyniosę lody.

Po chwili Cyryl wszedł z dwiema miskami (nie były to eleganckie pucharki, a zwykłe miski, w jakich podaje się czasem zupę) wypełnionymi lodami i bitą śmietaną.

Anula oczywiście zaczęła jeść je bardzo zachłannie. Cyryl znowu spojrzał na nią jak na zjawisko, którego wcześniej nie doświadczał. Do tej pory miał do czynienia z kobietami, które jadły bardzo niewiele, przynajmniej przy nim, a gdy zapraszał je na czterdziestokilometrową wycieczkę rowerową, to miał ich serdecznie dość już po dwudziestym kilometrze. A bo to ciężko, a bo pod górę, a bo błoto. To był taki jego test na kobietę. Ktoś, kto wiecznie sobie odmawia przyjemności, nie mógł być pogodną, szczęśliwą istotą.

– Rzucił mnie – oświadczyła nagle Ania z ustami pełnymi lodów o smaku caffè latte.

– Bo?

– Bo nie jest gotowy.

– Ile ma lat?

– Tyle co ja.

– Gówniarz.

Ania wzruszyła ramionami.

– Facet w tym wieku nigdy nie jest gotowy. I dlatego uważam, że najlepsza różnica wieku między kobietą a mężczyzną to dziesięć lat. Pewnie jak będę miał pięćdziesiąt to stwierdzę, że różnica trzydziestu lat jest jeszcze lepsza. Taki gówniarz jak twój nie był z pewnością jeszcze gotowy.

– A kiedy będzie?

– Nie wiem. Niektórzy nigdy.

– A ty jesteś gotowy?

– Wiesz, może jakby był ktoś odpowiedni... – pomyślał Cyryl. – Nie wiem.

– Czyli nie byłam odpowiednia... – Anula wyciągnęła pusty kieliszek w kierunku mężczyzny. Cyryl się zawahał. Wypiła już wystarczająco dużo. – Nalej mi jeszcze. Muszę o tym wszystkim zapomnieć. Będę po prostu się uczyć. Cały czas się uczyć. Przesiadywać w bibliotece jak Klęska Nieżywiołowa. – Westchnęła.

Cyryl zmarszczył czoło.

– Kim jest Klęska Nieżywiołowa? – zapytał niepewnie.

– Dziewczyną. Wciąż tylko siedzi w bibliotekach, w każdym razie na imprezach nigdy jej nie ma. I w ogóle jest taka... Faceta nie ma, ubrać się nie potrafi, no porażka, czyli klęska. I na dodatek spokojna i cicha. Ja nawet nie pamiętam, jak ona ma na imię. Wszyscy mówią na nią Klęska. I teraz będę taka jak ona. Wiecznie z książką, wiecznie sama, wiecznie smutna i gruba – wypiła resztkę wina i mówiła dalej. – Słuchaj, Krystyna, z Marcinem spotykaliśmy się od początku studiów.

Cyryl się skrzywił. Jaka, do cholery, Krystyna?

– No i, słuchaj, Krystyna, na początku byliśmy nierozłączni. Znaczy, zawsze ze sobą. Krystyna, kumasz? Zawsze. Nie mieliśmy innych znajomych, nie potrzebowaliśmy niczego. A może to ja nie potrzebowałam. On miał inne rzeczy. Słuchaj, Krystyna, przechlapane kilka dobrych lat.

– Ciesz się, że nie całe życie.

– No tak. Słuchaj, Krystyna…

– No dobra, a dlaczego właściwie do mnie mówisz „Krystyna"? – zapytał z wielką ciekawością Cyryl. Jego zdaniem Krystyny nie przypominał zupełnie. Godziny spędzone na siłowni i litry wypitej odżywki białkowej nie poszły na marne, swojego bicepsa nie musiał się wstydzić, co też teraz demonstrował, napinając ciało, przypomnijmy – odziane tylko w dżinsy i fartuszek w kwiatki.

Anula roześmiała się w głos po raz pierwszy tego popołudnia.

– Nawet nie wiedziałam, że tak do ciebie powiedziałam. Wiesz… Jak byłam mała, miałam przyjaciółkę. I bawiłyśmy się w ciotki.

– W ciotki? – zdumiał się Cyryl. Rozumiał zabawy w wojowników, żołnierzy, w Robin Hooda też rozumiał, ale w ciotki? Tak, zdecydowanie inny gatunek. – Na czym ta zabawa polegała?

– No, tylko na tym, że siedziałyśmy przy stole, piłyśmy herbatkę z filiżanek, oczywiście odchylając mały palec, i mówiłyśmy do siebie: „Słuchaj, Krystyna".

– I?

– No i to wszystko. Na przykład… – Anula zrobiła buzię w ciup. – Słuchaj, Krystyna, ta twoja pomoc domowa jest do niczego. Zobacz, okruszki masz na dywanie – powiedziała z przekąsem. – No, i tak zostało z tą Krystyną. Jak sobie coś opowiadam z przyjaciółkami, mówimy do siebie „słuchaj, Krystyna". A moja inna przyjaciółka czasem mówiła też „Widzisz, Wandziu...".

– Hmmm. Z przyjaciółkami, powiadasz.

– No...

– No, to może ja zdejmę ten fartuszek. – Cyryl rozwiązał fartuch z tyłu i położył go obok siebie.

Anula spojrzała z podziwem na jego brzuch.

Zadowolony z siebie Cyryl napiął go jeszcze mocniej. Anula uśmiechnęła się, ale po chwili wzrok jej przykuły dwa paski na jego klatce piersiowej. Te bez włosów. Skóra była w dalszym ciągu zaczerwieniona.

– Posmaruję cię oliwką – powiedziała, po czym wstała z trudem (wszak wypiła już sporo) i poszła do łazienki. Wróciła z małą buteleczką. Nalała sobie kleistego płynu na dłoń, po czym delikatnie zaczęła smarować Cyryla po klatce piersiowej. Mężczyzna zamknął oczy. Oczywiście chciał więcej, dalej, dłużej i szybciej, ale coś go powstrzymywało. Anula przytuliła się do niego. Mężczyzna wziął ją za rękę i zaprowadził do jej pokoju.

– Słuchaj, Krystyna – powiedział cicho – wydaje mi się, że powinnaś się zdrzemnąć.

Ania pokiwała głową. Mocno trzymała go za rękę.

– Ja nigdzie nie wychodzę przez kolejne dwa dni, więc jakby co, to jestem. – Zdjął Anuli buty, uśmiechnął się na widok jej brudnych od piasku stóp, kazał jej wziąć dwie aspiryny, bo przecież po takiej ilości wina jutro może być w nie najlepszej kondycji, po czym przykrył ją kocem, wyszedł z pokoju i cicho zamknął za sobą drzwi.

Udał się do łazienki, przemył twarz lodowatą wodą. Wtarł resztki oliwki w swoją pierś, po czym spojrzał na swoje odbicie.

– Słuchaj, Krystyna – powiedział. – Ręce przy sobie, kolego. – Nie byłby sobą, gdyby nie dodał: – Przynajmniej przez chwilę.

Naprężył bicepsy, złapał skórę na brzuchu, by sprawdzić, czy tkanka tłuszczowa jest w normie, i poszedł do kuchni załadować naczynia do zmywarki.

Słuchaj, Krystyna, dobry z niego chłopak był. W gruncie rzeczy.

***

Jak się okazało, Gutek nie pojechał na sympozjum. Prawdziwe powody tych wagarów poznamy nieco później. Na razie Augustyn oświadczył, że szybko wraca do domu. Zrobił to ku ogromnej rozpaczy Cyryla, który miał zamiar spędzić z Anulą sam na sam kilka dni, pocieszając ją na wszystkie znane mu sposoby. Augustyn zadzwonił w niedzielny poranek i powiedział, że wraca wieczorem i że Cyryl musi koniecznie mu pomóc, bo Pani Matka chce poznać dziedziczkę.

– Jaką, do cholery, dziedziczkę?

– Do cholery, do cholery. Nagadałeś, to teraz mi pomóż. Dziedziczkę stadniny z arabami czystej krwi.

– O cholera.

– A co ona robi teraz?

– Teraz śpi. Miała wczoraj ciężki dzień.

– Bo?

– Rzucił ją ten, co chciała z nim zamieszkać.

– Alleluja!

– No nie mów, że się cieszysz?

– Cieszę się, bo przynajmniej zostanie w tym swoim pokoju i nie będę musiał przyzwyczajać się do innej.

– No tak, tutaj zajęło ci to dużo czasu. Całe dwa dni. Długotrwały proces.

– Skutecznie ją pocieszałeś? – zapytał poważnie Gutek.

– Co rozumiesz przez „skutecznie"?

– No... Z konsumpcją!

– O, właśnie. À propos konsumpcji: skonsumowaliśmy, a raczej wypiliśmy dwa twoje wina. Oddam przy okazji. A co do mojego życia intymnego, to się nie wtrącaj.

– Dobra. Wymyśl coś, by poszła ze mną do matki. Albo chociaż była w domu, jak mama do mnie przyjdzie. Boję się, że to stanie się bardzo szybko.

***

Augustyn znał dobrze swoją rodzicielkę, zarówno jej dobre, jak i złe strony. Pani Piontek stawiła się u niego dokładnie w poniedziałkowy wieczór. Tym razem miała na sobie niebotycznie wysokie beżowe szpilki z nowej kolekcji od Jimmiego Choo. Kupiła je tydzień wcześniej w Zalando za niebotyczną cenę dwóch i pół tysiąca złotych. Gdy kobieta ma na nogach buty kosztujące niemalże tyle co średnia krajowa, to jej mózg nawet nie jest w stanie pomyśleć, że buty te mogą być niewygodne. Bo prostu są wygodne i tyle. Bez gadania. Wprawdzie traktowała obuwie jak dzieło sztuki, lubiła na nie patrzeć, a czasem nawet głaskać, ale przede wszystkim było po to, by inni ją podziwiali. A jeszcze lepiej podziwiali jej smukłe łydki i stopy w tychże butach.

Jej siostra Krystyna, jak wiemy, tej fascynacji nie podzielała.

Gertruda próbowała ją wielokrotnie przekonywać, nawet znalazła kontakt do jakiejś specjalistki w Nowym Jorku, która wstrzykuje botoks w podbicie stopy, by noszenie szpilek było mniej bolesne. Niektóre kobiety uciekały się nawet do ekstremum, deformując sobie niczym siostry Kopciuszka duże palce u stóp, by wyglądały doskonale w szpilkach. Ale Krystyna nie podłapała tematu. Zdecydowanie preferowała obuwie nienadające się do pokazywania na salonach. Bo też jej siostra Krystyna nie bywała na salonach.

W każdym razie, Gertruda Poniatowska siedziała przy stole, ładnie układając swoje zgrabne nogi. Gertruda zawsze siedziała ładnie. Romuald czasem lubił „uwalić się" w fotelu, z nogami na pobliskim stoliku. Gertruda siedziała zawsze wyprostowana. Czasem tylko stopy trzymała na podnóżku, służącym tylko i wyłącznie do tego celu.

– Chciałabym poznać tę Anulę – powiedziała prosto z mostu.

– Mamo, ale jej nie ma.

– Ale chyba kiedyś wróci? Nie będzie nocowała poza domem?

– Nie. Chyba nie.

– Zdarzało się jej to już? – Pani Poniatowska wnikliwie patrzyła na syna.

– Mamo, znam ją od trzech dni. Teraz poszła pobiegać.

– Sama? Po nocy?

– Nie sama. Z Cyrylem.

– No i ty, dziecko, ją z tym Cyrylem Przebrzydłym sam na sam z domu wypuściłeś? I to w sytuacji, gdy on wyraźnie był nią zauroczony? Kochanie, on leci na jej majątek!

– Mamo!

– Dobrze, dobrze. Ja tu sobie posiedzę, ty zajmij się tym, czym tam masz się zajmować. Poczekam i sama ocenię sytuację. O! Krysia dzwoni. – Spojrzała na telefon. – Boże, no, będę musiała jej powiedzieć, że się wyprowadziłeś z domu. Ale to i tak mniejszy skandal niż podboje miłosne jej Mariuszka. – Włożyła okulary i spojrzała jeszcze raz na wyświetlacz. – Cześć, Krysiu, właśnie miałam do ciebie dzwonić… – powiedziała, przykładając telefon do ucha.

***

Cyryl Przebrzydły faktycznie był coraz bardziej oczarowany Anulą. W tym aspekcie Gertruda miała całkowitą rację. Tylko że rodzaj oczarowania był zupełnie inny niż w pozostałych przypadkach. Nie pragnął od razu, natychmiast, zaciągnąć jej do łóżka (nie, żeby miał coś przeciwko, ale ku jego zdziwieniu nie było to priorytetem), ale lubił po prostu przebywać w jej towarzystwie. Teraz, gdy biegli ramię w ramię, na tyle wolno, by móc w spokoju rozmawiać, czuł się bardzo szczęśliwy. No, wcześniej czuł się porównywalnie szczęśliwy, gdy biegli wąską, leśną ścieżką, a Anula uciekała przed nim, odziana w opinające jej kształtną pupę leginsy. Zastanawiał się, czy ona, niczym Jagienka, potrafi tą pupą łupać orzechy. Niewiele pamiętał z *Krzyżaków*, ba, nawet nie lubił ich specjalnie, ale ten cytat utkwił mu w głowie: „a orzechów nie potrzebuje gryźć, jeno je na ławie ułoży i z nagła przysiędzie, to ci się wszystkie tak pokruszą, jakobyś je młyńskim kamieniem przycisnął”. Naprawdę chciałby kiedyś sprawdzić ten młyński kamień. Dotknąć i takie tam. No, nie od razu, na razie całkiem dobrze mu się biegło, Anuli najwyraźniej też, bo po pięciu kilometrach nie miała dość i wcale nie chciała wracać do domu. Zatem biegli dalej.

– Tak zawsze wyładowuję negatywną energię – powiedziała dziewczyna.

– Ja też.

– W domu pływam. Mam blisko jezioro. Albo idę na rower.

– Triathlon?

– Prawie – zaśmiała się Ania.

– Powinnaś kiedyś spróbować.

– A ty próbowałeś?

– Spróbuję.

Ania spojrzała na niego z podziwem. Dla tego spojrzenia, dla tego podziwu w jej oczach wiedział, że na pewno spróbuje.

Po chwili dobiegli do domu. Wbiegli na drugie piętro, Anula otworzyła drzwi. Usłyszeli głosy z pokoju Augustyna. A dokładniej – jeden głos kobiecy.

– Słuchaj, Krystyna, i on się wyprowadził…

Anula zakryła twarz ręką, nie chciała wybuchnąć głośnym śmiechem. Cyryl również. Z pokoju dobiegał ciąg dalszy rozmowy.

– Słuchaj, Krystyna, nie byłam na początku zadowolona.

Tym razem nie udało im się być zupełnie cicho. Z przerażeniem w oczach Anula kiwnęła głową w stronę łazienki. Cyryl otworzył drzwi. Po chwili oboje zniknęli za nimi. Dopiero wtedy dali upust swej wesołości.

– Mówiłam? A ty mi nie wierzyłeś.

– Słuchaj, Krystyna, już teraz ci będę wierzył.

– A kto to w ogóle jest?

– Matka Augustyna.

– O Boże. Ta, od której uciekł?

– No, ta sama.

– No dobra, to trzeba iść się przywitać. Tylko umyć by się wypadało. – Spojrzała na Cyryla wymownie. – Wyjdziesz?

– Do niej? – Spojrzał przerażony. – W życiu.

– To jak ja mam się umyć?

– Normalnie. Ja do niej nie pójdę.

– Dobra. Idź do mojego pokoju. Poczekasz. Nie grzeb mi w szufladach. Na półce masz książki. Możesz sobie poczytać. No! – Wskazała drzwi.

Cyryl wyszedł posłusznie.

Przechodząc korytarzem słyszał dalszy ciąg rozmowy.

– Słuchaj, Krystyna. To porządna dziewczyna. Dobrze sytuowana. Posiadłość ziemską ma gdzieś pod Gdańskiem. I konie. Wiesz, te wyścigowe… – Chwila przerwy. – Słuchaj, Krystyna, mam przecież fascynator, w razie gdyby do Sopotu na te wyścigi trzeba było iść. Tam chyba tylko w nakryciach głowy można, prawda?

Cyryl zamarł. Przypomniał sobie właśnie, jakie głupoty opowiadał matce Augustyna na temat Anuli. Jęknął. Wrócił pod drzwi łazienki. Dobiegał stamtąd odgłos wody lejącej się z prysznica. Nie wejdzie teraz. Poczeka.

Nerwowo przestępował z nogi na nogę.

– A tobie co? – usłyszał nagle głos Augustyna.

– Cicho – szepnął. – Twoja matka tam jest.

– No, jest. Przyszła poznać Anulę.

– Nie! – prawie krzyknął Cyryl. – Przyszła poznać DZIEDZICZKĘ FORTUNY.

– O Jezu. Faktycznie. Trzeba Anulę uprzedzić.

– No to właśnie stoję i chcę ją uprzedzić. Kąpie się.

– No tak. To ja idę zabawiać mamuśkę, a ty w humanitarny sposób uprzedź Anulę, kim jest.

Cyryl westchnął. Zdenerwował się i chętnie znowu poszedłby pobiegać z tych nerwów. Przebiegli jednak dziewięć kilometrów i jak na wspólny początek to było i tak całkiem sporo. Miał nadzieję, że będą ich setki. Na przykład taki maraton. Dobiegną, a ona wpadnie mu w objęcia. I będą żyli długo i szczęśliwie.

Co ty, Cyrylu, pieprzysz za głupoty.

Anula wyszła z łazienki i prawie stuknęła go drzwiami w nos.

– A co ty tak pod drzwiami sterczysz? – zapytała, owijając się mocniej ręcznikiem.

– Słuchaj, Krystyna – zaczął Cyryl poważnie.

Anula prychnęła.

Pociągnął ją za rękę do pokoju.

– Pani Poniatowska już raz tutaj była.

– I? – Anula podniosła brew.

– No i była zszokowana, że jakakolwiek dziewczyna z dobrego domu będzie mieszkać sam na sam z obcym mężczyzną. I tak gadała, że Gutek już prawie do domu wracał. To opowiedziałem jej o tobie.

– Przecież ty nic o mnie nie wiesz!

– No właśnie. I dlatego chyba jest problem.

– Co jej nagadałeś?

– Tak w skrócie? Że jesteś dziedziczką fortuny. Masz stadninę koni i dużo ziemi na Kaszubach.

– O Boże. Moi rodzice to zwykli rolnicy. Konia miał mój dziadek. Ale wykorzystywał go na roli…

– No właśnie, ja mówiłem o czystej krwi koniach arabskich.

– Jezu. Ja takiego konia chyba nigdy na oczy nie widziałam.

– No właśnie. Ale może… Możesz robić chociaż przez chwilę dobrą minę do złej gry?

– Czyli mam kłamać? Super. Coś jeszcze nagadałeś?

– No, że jesteś jedyną spadkobierczynią.

– Tu akurat masz rację. – Westchnęła. – A już mi zaczynało być fajnie. A jednak wszyscy faceci to debile. – Wzruszyła ramionami. – Idź pod prysznic, ja się przez ten czas ubiorę, a potem razem pójdziemy do tej „harpii i piranii", jak o niej wczoraj mówiłeś.

Cyryl posłusznie poszedł do łazienki. Anula tym razem porzuciła myśl o założeniu krótkich spodenek na rzecz sukienki. Również krótkiej, ale nie aż tak nieprzyzwoicie. Poprawiła ramiączka i po namyśle narzuciła na siebie sweter. Naprawdę nie miała ochoty udawać kogoś innego.

Cyryl przyszedł po chwili do pokoju, owinięty ręcznikiem.

– Boże, a ty zawsze musisz rozebrany chodzić?

– Nie, przyszedłem po oliwkę.

– Jasne. – Anula wyciągnęła z szafy oliwkę. Cyryl wypiął klatkę piersiową w stronę dziewczyny. Ta westchnęła. Nalała sobie kilka kropel na dłoń i zaczęła smarować gołe paski na owłosionej klacie mężczyzny.

– Czy ja wam w czymś przeszkadzam? – usłyszeli nagle głos Augustyna.

Anula odskoczyła szybko od Cyryla.

– Smarujemy się. – Cyryl uśmiechnął się szeroko.

– Ja go smaruję – uściśliła Ania. – On mnie nie smaruje.

– Na razie. – Cyryl puścił oko do przyjaciela.

Anula zacisnęła usta.

– Nie wiem, czy wiesz – wysyczała – ale ja chwilowo, a może nawet nie chwilowo mam dość facetów.

Wszystkich, bez wyjątku. Ty mi jesteś potrzebny tylko do ochrony, gdy biegam w lesie. Więc sam się smaruj. I w ogóle natychmiast wyjdźcie z mojego pokoju. Ja go wynajmuję, jest mój. To, że wspólne mieszkanie z jakimś „ginekologiem-praktykiem", zaakceptowałam, nie znaczy, że akceptuję jego i jego męskich przyjaciół w moim pokoju. Sio! – krzyknęła.

Mężczyźni posłusznie skierowali kroki w kierunku drzwi.

Augustyn się odwrócił.

– Moja mama chce cię poznać.

– Ale ja nie wiem, czy chcę w ogóle kogokolwiek poznawać! – zdenerwowała się Anula.

– Proszę...

– Jezu, zaraz przyjdę. Naprawdę postaram się być miła. Ale wisisz mi białe wino. Dwa.

Augustyn czuł się tak zdesperowany, że kupiłby Ani cokolwiek by chciała. Zapewnienie spokoju, choćby chwilowego, za cenę całej skrzynki win było bardzo intratnym interesem.

Ania wyszła z pokoju zaraz za nimi. Cyryl zniknął za drzwiami łazienki, by wreszcie się ubrać, a Ania poszła ratować Augustyna przed Mamuśką Przeokropną.

– Dzień dobry. – Uśmiechnęła się na widok nieskazitelnej kobiety, siedzącej prosto na krześle. Wzrok jej przykuwały niebotycznie wysokie szpilki. – Anna Błaszkowska.

Kobieta zlustrowała ją wzrokiem, po czym podała jej rękę. Ania w pewnej chwili miała wrażenie, że przebywa w jednym pokoju co najmniej z królową i natychmiast powinna pocałować wyciągniętą do niej dłoń, ale oczywiście nie zrobiła tego.

– Bardzo chciałam panią poznać, pani Aniu.

– Wystarczy Aniu. Albo Anulo.

– Anno. Cyryl sporo mi o tobie opowiadał.

– Ależ zapewniam panią, że nie ma nic do opowiadania. Studiuję zarządzanie, staram się być w tym dobra i to wszystko. A mieszkanie z pani synem wynajmuję przez zupełny przypadek.

– Jak to: przypadek?

– Chciałam wynajmować sama, ale się nie udało. Pani Halinka miała inne plany.

– Ależ jeżeli Gutek ci przeszkadza, to w każdej chwili może wrócić do domu.

– Ja jej nie przeszkadzam, mamo. – Augustyn wszedł do pokoju. – Przez te kilka dni zdążyliśmy się już bardzo zaprzyjaźnić, prawda, Anula?

Ania spojrzała na Gutka ze zdziwieniem.

– Tak. Bardzo. – Pokiwała głową.

– Mamo, nigdy nie wiadomo, co się jeszcze wydarzy.

– No. Nie wiadomo... – zamyśliła się Gertruda. W tym momencie zadzwonił jej telefon.

– Poniatowska, słucham? – Odebrała szybko. – Tak? A już coś więcej pani wie? Tak... – Wyraźnie posmutniała. – Dobrze. Zorganizuję sobie to wszystko. Tak. W przyszłym tygodniu na pewno nie. Do widzenia pani. Dziękuję. – Rozłączyła się.

Anula spojrzała wnikliwie na Gertrudę.

– Coś się stało? – zapytała.

– Nie, nie. – Uśmiechnęła się kobieta. – Wszystko jak w najlepszym porządku. To ja już nie będę wam przeszkadzała. Do zobaczenia. – Podała zaskoczonej Anuli dłoń, Augustyna pocałowała w policzek i ruszyła w stronę drzwi. – Do widzenia Cyrylu – powiedziała na koniec.

– Do widzenia – odpowiedział niewyraźnie zaskoczony Cyryl, trzymając w ustach szczoteczkę do zębów.

***

Prawdziwy powód nieobecności Augustyna na sympozjum w Krakowie nazywał się Anita i był niewiastą bardzo nieśmiałą, ale też bardzo inteligentną. Niewiasta studiowała dwa fakultety, i do tego całkiem przyjemnie było na nią popatrzeć. Ciało miała wypukłe dokładnie tam, gdzie powinna, wciętą talię i cała była rozkosznie miękka. Przynajmniej tak wydawało się Augustynowi, który – prawdę mówiąc – nie miał jeszcze okazji sprawdzić tej miękkości wszystkimi zmysłami, choć miał na to wielką ochotę. Miała bardzo kręcone, długie włosy, lekko zadarty nos i piegi. Cudne piegi! Bardzo dużo ich miała.

Dziewczyna pracowała jako salowa na oddziale ginekologii. Pracę załatwił jej wujek. Pracowała zwykle wieczorami i bardzo wcześnie rano, bo w ciągu dnia musiała mieć czas na studia. I to podwójne. Studiowała zarządzanie i psychologię.

– Genialne połączenie! – Augustyn odetchnął z ulgą, gdy dowiedział się, że dziewczyna, którą obserwuje od kilku tygodni, poza pracą w szpitalu zajmuje się czymś jeszcze. Nie to, żeby mu przeszkadzał fakt, że jest salową, ale zaraz wyobraził sobie przejścia z mamusią, gdy ta dowie się, że jej potencjalna synowa wyciera mopem szpitalną podłogę, szoruje ubikacje i zamiata kurze. No, może zbyt wcześnie jeszcze było, by myśleć o Anicie jako o narzeczonej, ale bardzo podobała mu się ta wizja. Cyryl powiedział mu kiedyś, że woli dużo młodsze dziewczyny. Bo te starsze to pchają się i do łóżka, i do żeniaczki, a te młodsze tylko do łóżka.

– Kobiety po trzydziestce są już gotowe, a mężczyźni nie, dlatego nie dziw się, że wolę małolaty.

Anita była młodsza o jedenaście lat. Zawsze wydawało mu się, że jedenaście lat to kolosalna różnica. Przecież gdy on miał jedenaście lat, ona dopiero przyszła na świat. On już umiał czytać i pisać, ba, chyba nawet zaczynał się interesować dziewczynami, a ona? Sikała w pieluchy. Wydawałoby się, że ta różnica wieku jest nie do przeskoczenia. A jednak. Poznał ją przypadkowo. Miał dyżur. Był po wyjątkowo trudnej cesarce i wiedział, że jeżeli natychmiast nie zaśnie, to jego przytomność umysłowa w kolejnych godzinach dyżuru będzie pod dużym znakiem zapytania. O kondycji fizycznej nie wspominając. Gdy szedł się położyć, tak niefortunnie przeszedł obok biurka, że przewrócił wielki kubek herbaty z miodem i cytryną. Wszystko się kleiło – biurko, podłoga również, na dodatek jeszcze wszedł w ten kleisty płyn i rozniósł ślady po całym pokoju. Wybiegł na korytarz w poszukiwaniu mopa, by to zetrzeć, i od razu natknął się na niego. Na mopa trzymanego w rękach przez apetyczną dziewczynę, która uśmiechała się do niego, ukazując przepiękne dołeczki.

– Pozwoli pani do mnie na sekundę – powiedział z obłędem w oczach. – Z tym. – Pokazał na mop. – Katastrofa u mnie – dodał.

Faktycznie. Nie wyglądało to najlepiej.

– Kładłem się spać – ziewnął Augustyn – i to wylałem. – Wzruszył bezradnie ramionami.

– Nie ma kłopotu. Posprzątam. – Uśmiechnęła się. – Tylko trochę to zajmie, bo wszystko się klei.

Augustyn jęknął. Nie zdrzemnie się.

– Mogę przyjść później, jak już się pan obudzi. Albo zrobić to teraz po cichu.

– To ja sobie tu w fotelu odpocznę… Ciężki dyżur…

– Postaram się być bardzo cicho – powiedziała dziewczyna.

– A czego pani słucha? – zapytał wskazując na jej słuchawki.

– Notatki nagrywam sobie... Ze studiów. To akurat psychologia rozwojowa...

Augustyn się uśmiechnął. Musi jeszcze kiedyś z nią pogadać. Położył nogi na krześle stojącym obok fotela i zasnął. Obudził się na krótką chwilę, gdy ktoś przykrywał go kocem. Uśmiechnął się. W odpowiedzi zobaczył uśmiech, piegi i dwa dołeczki w policzkach. Jeszcze dziesięć minut, obiecał sobie i zapadł znowu w sen.

Potem kilka razy wymienili zdawkowe „dzień dobry" na korytarzu. Dziewczyna często miała słuchawki na uszach. Zawsze pytał, czego słucha tym razem.

– Psychopatologia.

– Dysleksja.

– Psychologia kliniczna.

Czasem miał ochotę zatrzymać się, zaprosić na kawę. Chciałby się dowiedzieć o niej czegoś więcej. To było jeszcze przed wakacjami. W lipcu nie mógł zgrać się z nią grafikami, a w sierpniu w ogóle nie przychodziła do pracy. Nawet sprawdził w kadrach. Obiecali, że przyjdzie. Uważał, że się marnuje, że powinna iść do pracy gdzieś indziej. Kiedyś nawet z nią o tym rozmawiał.

– Nie, panie doktorze. To jest idealna praca dla mnie. Mogę zarobić trochę, niewiele wprawdzie, ale to prywatna klinika, więc zarobki i tak są wyższe niż w państwowym szpitalu. Ale najważniejsze, że mogę pracować, ucząc się. Wyraźnie zapytałam, czy mogę sprzątać ze słuchawkami na uszach. Sprzątam zwykle nocami, nikt ode mnie nic nie chce, dobrze wykonuję swoją pracę i mogę słuchać o diagnozowaniu małych dzieci. – Roześmiała się. – Jak dzisiaj.

Pod koniec września, gdy już mieszkał „na swoim", znowu ją spotkał. I znowu miała słuchawki w uszach.

– Dawno pani nie widziałem!

– Wakacje. Mnie też się należą. – Roześmiała się, wyjmując z uszu słuchawki.

– Co tym razem? – Wskazał na słuchawki. – Wakacje w końcu jeszcze są.

– Wakacje. Książki czytam. – Uśmiech z dołeczkami. – Znaczy słucham.

– A dałaby się pani zaprosić na kawę? – zapytał nagle. Sam był zaskoczony swoją nagłą propozycją. Oczywiście jego mamie nawet by się nie śniło, że jej syn z salową... na kawie. Na szczęście Augustyn zdołał się już oduczyć myślenia o własnej matce w takich momentach i po prostu robił swoje.

– Ale... Ale... – Anita podniosła w górę swoją piegowatą buzię i spojrzała na Augustyna. – Ale gdzieś tutaj? W bufecie? Po pracy?

Augustyn się roześmiał.

– Nie. Tutaj nie ma dobrej kawy. Pojedziemy gdzieś. Na kawę, albo na obiad. Ja stawiam. – Popatrzył na szybko rozszerzające się ze zdziwienia oczy dziewczyny. – To kiedy?

– Wtorek? Wieczorem mogę…

– Super. Z obiadu zrobi się zatem kolacja. – Uśmiechnął się.

Anita spuściła oczy. Te jej dołeczki były niewyobrażalnie cudne.

– To co? Gdzie mam przyjechać o dwudziestej?

– Pod akademik… Na Przymorzu… Zaraz napiszę panu adres. – Wyciągnęła z kieszeni długopis i mały notes. Wyrwała kartkę i zapisała.

– Podałam też mój numer telefonu. Na wypadek… – zająknęła się. – Na wypadek, jakby się pan rozmyślił.

Augustyn się uśmiechnął.

– Nigdy. Tu jest mój. – Wręczył dziewczynie wizytówkę.

Uśmiechał się do siebie całą drogę do samochodu. Dopiero gdy przypomniał sobie o tym sympozjum, na które miał jechać w niedzielę na cały tydzień, jego uśmiech zbladł. No cóż. Raz pomyśli o sobie. O swoim życiu prywatnym. Nie o zawodowym. Od tej pory nie za bardzo mógł się skupić. Spotkał ją jeszcze raz przed planowanym spotkaniem. Oczywiście jak zawsze zapytał, czego słucha. Uśmiechnęła się i pokazała mu wyświetlacz telefonu.

50 Cent – P.I.M.P. (Snoop Dogg Remix) ft. Snoop Dogg, G-Unit

O Boże. Co to?

– Brak energii dzisiaj – powiedziała. – Muzyka mi pomaga.

Ale że Snoop Dogg?

Siadł do biurka i wystukał na YouTube „50 cent".

Po chwili odtworzył teledysk. Biało ubrany Murzyn otoczony wianuszkiem pięknych, roznegliżowanych kobiet. Wszyscy tańczyli w rytm muzyki. Augustyn się uśmiechnął. Skopiował link i wkleił go do maila.

„Pani Anito, dopiero teraz wiem, co daje Pani przypływ energii! Ja się doenergetyzowałem i mogę wracać do pracy" – kliknął „wyślij".

Nie wiedział, że Snoop Dogg doenergetyzuje i wywoła tego popołudnia uśmiech na twarzach w zasadzie wszystkich sław polskiej ginekologii. I na twarzach prawie wszystkich zarejestrowanych czytelników newslettera forum ginekologicznego.

Augustyn Poniatowski był jednym z redaktorów newslettera. Dziś właśnie planował wysłać informację o zbliżającej się konferencji. Można już było rejestrować się na nią.

„W celu zapisania się na konferencję, proszę kliknąć poniższy link".

Ctrl + V.

Wkleił link. Jak mu się wydawało – do zapisów na konferencję. Jednak rzeczywiście tak mu się tylko wydawało. Tak naprawdę wszyscy odbiorcy newslettera dotyczącego konferencji ujrzeli tego wieczoru roztańczone i niemalże gołe dziewczyny Snoop Dogga...

Rozmarzony Augustyn swojej pomyłki nawet nie zauważył.

Dopiero po dwóch dniach zdziwił się, gdy na swojej skrzynce zobaczył kolejny newsletter z poprawionym linkiem. Ale nie przejął się tym za bardzo. Była to akurat środa i planował randkę z Anitą. W to, że będzie to randka, nie wątpił.

***

Wieczorem podjechał pod akademik na Gdańskim Przymorzu. Sporo się tu zmieniło. Za dawnych czasów przesiadywał tam czasem w klubie studenckim i grywał w bilard. Jak on się nazywał? Chyba „Iks", a i drugi „Ygrek". Ale to były czasy. Uśmiechnął się. Wtedy wydawało mu się, że jest taki dorosły, a jak patrzy teraz na tych studentów, to dziwi się, że oni już mogą być samodzielni. I mogą uprawiać seks. Czemu pomyślał o seksie? No tak. Przecież, skoro jest ginekologiem, powinien myśleć o seksie dwadzieścia cztery godziny na dobę.

Denerwował się.

Do tej pory to dziewczyny go podrywały, a on zwykle się na to zgadzał. Oczywiście nigdy nie przechodziło to w nic poważnego. Kawa, drink, spacer, czasem jakaś impreza. Kilka wspólnych, dla niego nic nie znaczących nocy. No i przyjaźnił się z Cyrylem. Ten zapewniał mu czasem rozrywkę i odpowiednie towarzystwo. Teraz było inaczej. Miał wrażenie, że Anita jest zupełnie inna od wszystkich kobiet na świecie (typowy objaw dla wczesnego stadium zakochania) i że musi się z nią obchodzić bardzo delikatnie, bo ucieknie niczym piórko albo Kopciuszek z balu.

Piórko, któremu dano na imię Anita, wcale nie czuło się piórkiem. Stało przed lustrem w swoim pokoju i zastanawiało się, w co się ubrać. Wydawało się jej, że we wszystkim wygląda jak szafa trzydrzwiowa. Piórko zdecydowanie nie było zadowolone ze swojego wyglądu. Jedyną rzeczą, którą według siebie miało ładną, były nogi od kolan w dół. No i cycki miało duże. Ale były one duże od zawsze i Anita zdołała się do nich przyzwyczaić. Nie były według niej atutem. Duże, ciężkie i trudno było przez nie biegać. Nie mówiąc już o upałach latem. Zdecydowała się na sukienkę. Sukienka była zawsze dobrym rozwiązaniem. Zwykła, czarna, z dzianiny dresowej, jakich było tysiące w sklepach. Anita nie miała zbyt wiele kasy, zatem sama szyła sobie ubrania. Takich dopasowanych nie potrafiła, ale wszelakie sukienki w stylu *oversize* potrafiła uszyć bardzo szybko, o czym wiedziały już wszystkie koleżanki w akademiku i z czego skrupulatnie korzystały. Za drobną opłatą, oczywiście.

Odziana zatem w sukienkę (jeszcze przed wyjściem wycięła sobie nożyczkami większy dekolt) wyszła z akademika. Augustyn już na nią czekał.

– Dzień dobry – wyjąkała nieśmiało, chociaż do nieśmiałych nie należała.

– Cześć – powiedział Augustyn i wręczył jej małą różyczkę.

– Dziękuję. – Anita spuściła swoje zielone oczy. Wyglądała zupełnie inaczej niż w tym szpitalnym fartuchu. Wyglądała cudnie. Chociaż prawdopodobnie Augustyn był już na takim etapie, że gdyby dziewczyna założyła na siebie jutowy worek, też wydawałaby mu się cudownym zjawiskiem.

– To... Gdzie mnie pan zabiera? – zapytała z nosem wtulonym w różę.

Pachniała. Sprawdzał w kwiaciarni, czy pachniała. Nie wiedział, dlaczego, ale było to dla niego ważne.

– Może nie pan? – Uśmiechnął się. – Augustyn. Wiem, że imię mam do niczego, ale może się jakoś przyzwyczaisz?

– No, może. – Anita się uśmiechnęła.

Przy Anicie czuł się, jakby znali się od lat. Nie musiał nikogo udawać, mógł być sobą. Mógł robić to, co chce, a okazywało się, że ona właśnie myślała o tym samym.

Najpierw pojechali nad morze. Nawet nie pytał, dokąd ona chce jechać. Po prostu wiedział. Wyciągnął z bagażnika koc, cienką karimatę, którą zawsze woził ze sobą „w razie czego". Miała być kawa, była ciepła herbata z baru przy plaży. Z goździkami, pomarańczą, cytryną i miodem. Chyba nawet były tam maliny.

Siedzieli na karimatce, popijając herbatę. Z każdą minutą coraz bliżej siebie. Przykryci jednym kocem. Zupełnie nie zdawali sobie sprawy z uciekającego czasu. Bo czas nie uciekał, tylko z każdą minutą pozwalał im na lepsze wzajemne poznanie. Pocałunek był naturalną koleją rzeczy.

Najpierw Augustyn wziął dłoń Anity w swoje ręce, delikatnie głaskał przeguby rąk, podniósł do ust, patrząc jej w oczy. Uśmiechnęła się na znak przyzwolenia. Pogładził jej włosy, okręcając jeden niesforny lok wokół palca. Ten najpiękniejszy moment jest tuż, zaraz, przed nim. Ale czy naprawdę? Może w życiu będą mieli więcej takich cudownych momentów. Augustyn wiedział, że to nie było zauroczenie. To była miłość. Po prostu miłość. Taka bez żadnego strachu, z nadzieją na jutro. Anita rozchyliła usta, jakby w oczekiwaniu.

Augustyn przytulił ją mocno, całując tak, jakby tym jednym pocałunkiem chciał wyrazić wszystko.

– Wiesz? Kiedyś będziesz moją żoną – powiedział nagle.

Anita się roześmiała.

– Ja wiem, że pomyślałaś, że za szybko, że bez sensu, ale ja to wiem. Ja po prostu poczekam, aż będziesz chciała.

– Szybki jesteś – powiedziała. – To oświadczyny?

– Nie. Jeszcze nie. Chociaż mogłyby być. Tylko pierścionka nie mam.

– Oj, Gutek... – Anita przytuliła się do niego i była najszczęśliwszą kobietą na świecie.

***

Gdyby Gertruda Poniatowska, *de domo* Piontek, wiedziała, że jej syn, czystej krwi Poniatowski, niemalże oświadczył się zwykłej, prostej salowej, dostałaby natychmiast palpitacji serca. I tym razem zdecydowanie łapałaby się po lewej stronie, albo pośrodku, i nikt nie musiałby jej przypominać, iż serce nie znajduje się po prawej. Gdyby na dodatek wiedziała, że dziewczyna ta ma mało arystokratyczne piegi, zmierzwione i pokręcone włosy oraz figurę jak u dziewki służebnej (kiedyś tak nazwała krótkotrwałą sympatię syna, która była raczej pulchna niż szczupła), to musiałaby chyba bardzo szybko wyjmować z szafy szpilki z czerwoną podeszwą, by szykować się na tamten świat.

Na szczęście nie wiedziała tego, więc w spokoju mogła robić to, co właśnie zamierzała. Gertruda Poniatowska skrywała pewien sekret. Ale o tym sekrecie nie zamierzała nikomu mówić. Jakby to powiedział

Romuald Poniatowski: „złośliwie chciała ten sekret ukryć przed rodziną". Może i złośliwie, ale jak pani Poniatowska (*de domo* Piontek) postanowiła coś trzymać w tajemnicy, to trzymała. Choćby ją wzięli na tortury, nie powiedziałaby nic.

Rozdział 10

O ostatnim pożegnaniu, niekoniecznie w tę ostatnią niedzielę

Romuald Poniatowski uporczywie dzwonił do Cyryla. Był na tyle lojalny, że synowi nie opowiadał o swoich problemach małżeńskich, ale Cyrylowi, który – według Romualda – znał się na kobietach jak mało kto, mógł zawsze wiele opowiedzieć, a co najważniejsze mógł cieszyć się światłą radą, wymyśloną niemalże na poczekaniu.

Gertruda – zdaniem Romualda – zwariowała do cna. Już coś podejrzewał, gdy na półce w garderobie, do której wchodził z rzadka, zauważył cztery pary zupełnie nowych butów. To, że są nowe, widać było od razu. Stały na swoich kartonach. Gertruda jeszcze nie zdążyła poukładać ich kolorystycznie. To też go zaniepokoiło.

Gertruda miała chyba jakiś problem. Zawsze gdy miała problem, kupowała buty.

Gdy się zastanawiał, co się dzieje, zadzwonił dzwonek do drzwi.

Kurier.

Kolejna paczka ze szpilkami. Sądząc po gabarytach, zawierała nawet dwie pary. Albo i trzy. Zwariowała.

Westchnął. Trzeba z nią porozmawiać. Przecież ona nie zdoła nawet tych butów znosić za swojego życia!

Postawił przesyłkę na środku stołu i tak czekał. Miała wrócić po południu. Tak zawsze wracała. Tym razem jej nie było. W ogóle od pewnego czasu Gertruda zachowywała się bardzo, bardzo dziwnie.

Stwierdziła, że będzie chodzić w perukach. Kupiła sobie dwie. Jedną z włosami do ramion, blond, a drugą z krótką czarną fryzurką. Nie wkładała ich zawsze, tkwiły na specjalnych stojakach w sypialni i doprowadzały go do zawału każdej nocy, gdy szedł do toalety.

A może to był niecny plan jego żony? Może tak samo jak on chciała prowadzić spokojne samotne życie? No, ale wykurzyć go dwiema głowami na stoliku nośnym?

Romuald rozumiał, że kobiety też mają trudne dni, ale żeby od razu robiły z siebie blond wampa? Albo kruczoczarną heterę?

Zgrzytnął zamek w drzwiach. Wróciła. Niezupełnie trzeźwa, co było dla niego kolejnym zaskoczeniem. Gertruda, owszem, czasem piła wino, w zasadzie tylko to z górnej półki, ale nigdy nie widział jej chwiejącej się. Mimo iż zawsze na nogach miała szpilki tak wysokie, że on przewracał się już na sam ich widok.

– Gdzie byłaś tak długo? – zapytał zaniepokojony.

– Na pożegnaniu, Romualdzie – odparła zmysłowym głosem.

– Ostatnim pożegnaniu? – grzecznie zapytał mąż, wiedząc, że żona gustuje w ostatnich pożegnaniach swoich znajomych i znajomych znajomych, tych bliższych oraz tych zupełnie dalekich.

– Moim ostatnim pożegnaniu – powiedziała Gertruda. Romuald szybko spojrzał na jej stopy. Szpilki w kwiatki. Trochę odetchnął z ulgą, bo pamiętał, że na ostatnie pożegnanie ma Gertrudę wystroić w buty z czerwoną podeszwą.

Ta podeszwa była jeszcze gorsza, bo w kwiatki.

Zdołał to zauważyć, bo Gertruda złapała karton z butami, przytuliła go mocno do piersi i poszła na górę. Romuald popędził za nią, obserwując te podeszwy w całkiem radosne kwiatki.

– Trudzia...

Odwróciła się nagle. Zmrużyła groźnie oczy.

– Nie mów do mnie Trudzia! – Wytknęła oskarżycielsko palec. – Pod żadnym pozorem tak do mnie nie mów.

– Dobrze, kochanie – powiedział, raczej z przyzwyczajenia, bo po raz kolejny w życiu zastanawiał się, czy jeszcze ją kocha. Był z nią jakby z obowiązku. Ale skoro Gutek się wyprowadził, może tego obowiązku już nie ma?

Gertruda rozerwała papier, w który zapakowana była przesyłka, i po kolei wyjmowała buty z trzech kartonów. Żółte, beżowe i czarne. Po co jej, do cholery, tyle butów? Romuald uniósł się, ale tylko w myślach. Na głos jeszcze nigdy się nie uniósł. Przynajmniej przy swojej żonie. Gertruda zostawiła buty rozrzucone na podłodze. Podeszła do biurka i wzięła jedną ze swoich peruk. Założyła ją na głowę.

– I jak, „mąszeri"? Przyzwyczajaj się. Niedługo już tylko taką będziesz mnie oglądał! – mówiąc to, położyła się na łóżku. Romuald zastanawiał się, czy nie zadzwonić do kliniki, gdzie miała to ostatnie pożegnanie i dowiedzieć się, czy nie dosypali jej czegoś do kawy. A zresztą, w świecie medycznym to nawet zbytnio nie musieli dosypywać. Wystarczyło rozpylić marihuanę w spreju i już. Chociaż to mu nie wyglądało na marihuanę. Nie znał się wprawdzie na używkach, ale to musiało być coś zdecydowanie mocniejszego. Zmartwiony patrzył na obcą blondynkę, leżącą w jego łóżku małżeńskim.

Gertruda wariuje. I teraz należy się zastanowić. Czy ma obowiązek z nią zostać i opiekować się nią w zdrowiu i w chorobie, nawet tej psychicznej, która to właśnie nadeszła, czy powinien szybko uciekać, póki jeszcze jego żona w miarę normalnie funkcjonuje? Ot, zagadka stulecia.

Zostawił żonę leżącą na łóżku w sypialni, cicho zamknął drzwi i zszedł na dół, do salonu.

Po chwili usłyszał dzwonek do furtki. Boże, jeśli to kolejny kurier z butami, to nie zdzierży.

Przed furtką jednak nie było kuriera. Stała tam natomiast starsza, na oko dziesięcioletnia dziewczynka w czerwonej spódniczce w kratkę oraz chłopiec niższy od niej o głowę. Pod okiem miał ogromnego siniaka, a jeansy na kolanach dziurawe. Dziewczynka trzymała na rękach coś małego, białego i puchatego. Małe białe „coś" wydawało na dodatek dźwięki. Po dłuższym namyśle Romuald stwierdził, że najwyraźniej było psem. A przynajmniej za takiego chciało uchodzić.

– Dzień dobry, leżało przed pana furtką. Czy to pana? – zapytała grzecznie dziewczynka, próbując przekrzyczeć psa, który nagle przypomniał sobie, że w poprzednim życiu był psem obronnym. Podała mu turkusową teczkę.

– Nie wiem. A co to?

– Taka pani tu szła. Wysiadała z taksówki i widzieliśmy, jak jej wypadło – mówiła mała.

– Wołaliśmy, ale się nie odwróciła – dodał chłopiec.

– No to poszliśmy się bawić, ale gdy wróciliśmy, to jeszcze leżało.

– A, to chyba nasze. – Romuald wyciągnął rękę po teczkę.

– Należy się znaleźne – powiedział chłopak.

– Tata nam powiedział, że się należy znaleźne.

– No właśnie. Gdy znaleźliśmy mu portfel.

– Dziesięć procent. – Kiwnęła głową dziewczynka.

– Teraz wiemy, że musimy zawsze to mówić od razu. Bo kodeks cywilny tak mówi.

Romuald przez chwilę zastanawiał się, czy to mu się nie śni.

– Kodeks cywilny, artykuł jeden osiem sześć – dodał chłopiec, który był zdecydowanie niższy od furtki, która go zasłaniała.

Romuald jęknął.

– Ale co, co... Co chcecie jako to znaleźne?

Rodzeństwo chwilę szeptało między sobą. W końcu dziewczynka powiedziała:

– Dwa jajka z niespodzianką.

– Aha. I to będzie akurat dziesięć procent?

– Tak. Tak to sobie wyliczyliśmy.

Romuald podrapał się w głowę. Tego się nie spodziewał.

– No dobra, to ile kosztuje takie jajko? – Biedny pan Poniatowski chyba w życiu nie widział na oczy jajka z niespodzianką i kompletnie nie miał pojęcia, co to jest. – Ja zaraz przyniosę wam pieniążki i sobie kupicie.

– My wolimy inaczej – powiedział chłopiec.

– Bo nie mamy jeszcze trzynastu lat i w zasadzie nie wolno nam zawierać umów cywilno-prawnych – powiedziała dziewczynka.

– To znaczy? – zaciekawił się Romuald – Może... może wejdziecie do środka? – Otworzył furtkę.

– To znaczy, że nie powinniśmy nic kupować. Oczywiście jajko z niespodzianką w sumie moglibyśmy. Ale wolimy, by pan kupił to jajko.

– Dwa jajka – poprawił ją brat.

– Właśnie. Przyjdziemy jutro. Bo ta pani tak się chwiała jak szła do domu. I musimy sprawdzić, jak się miewa.

– Mama tak mówi. Że trzeba dbać o starszych.

Romuald przytaknął.

No cóż. Kupi te jajka z niespodzianką tym dziwnym dzieciom.

– My tu mieszkamy – powiedział chłopiec, wskazując na domek naprzeciwko. – Wprowadziliśmy się przedwczoraj.

Romuald nawet nie zauważył. Ale faktycznie, Gertruda mówiła, że ten dom po śmierci właściciela (oczywiście była na pogrzebie) odziedziczył syn. Podobno był prokuratorem. To by tłumaczyło te wszystkie zawiłości prawnicze.

– A z obcymi możecie rozmawiać?

– Pan jest naszym sąsiadem. Pan nie jest obcy. A zresztą, ja jestem Marietta, a to mój brat Kornel.

– Romuald – przedstawił się grzecznie pan Poniatowski. – Poniatowski.

– Dobrze, to my damy panu tę teczkę, a jutro przyjdziemy po znaleźne.

– Jutro o tej samej porze. – Kornel nachylił się do przodu, szepcząc konspiracyjnie.

– Żyrafy wchodzą do szafy – miał ochotę odpowiedzieć Romuald.

Pawiany wchodzą na ściany.

Znaleźne.

Aha.

Zamknął furtkę za dziećmi i za ich piszczącym psem i trzymając w ręku teczkę, którą odkupił od dzieciaków za dwa jajka z niespodzianką, wszedł do domu. Nie był do końca przekonany, że należy ona do Gertrudy, ale co tam. Zawsze to miło z kimś pogadać.

Był wprawdzie przeświadczony, że nie lubi dzieci i że wcale nie potrafi z nimi rozmawiać, ale ku swojemu zaskoczeniu było bardzo miło. Może im te jajka kupować choćby co tydzień. Pod warunkiem, że nie kosztują fortuny.

Uśmiechnął się. Zrobił sobie kawę. Niestety bezkofeinową. Kochał kawę, mógł ją pić dziesięć razy dziennie, ale jego serce jej nie tolerowało. Pozostała mu zatem bezkofeinowa. Wmówił sobie, że smak jest ten sam. Najważniejsze, żeby uwierzyć.

Usiadł w fotelu. Przez chwilę było mu bardzo błogo, bo do kawy wziął sobie nawet ciastko, ale chwila ta trwała krótko. Przypomniał sobie, że u góry leży w łóżku jego pijana żona, na dodatek w szpilkach i w blond peruce. To nie było normalne, by się tak zachowywać w jej wieku. Poza tym, zataczając się upuściła turkusową teczkę. I na dodatek jej upadek moralny widziały dzieci sąsiadów. I to prokuratora. Marnie skończą, marnie.

Upił łyk kawy i otworzył teczkę.

„Świadectwo Pracy" – przeczytał, niemalże się zachłystując.

„Stwierdza się, że Gertruda Poniatowska, córka Jadwigi i Klemensa, urodzona..."

Świadectwo pracy?

„Stosunek pracy ustał w ramach porozumienia stron".

O Boże. Zwariowała do cna.

Nie miał nic przeciwko, by poszła na normalną emeryturę. Już przecież jej przysługiwała. Już jakiś czas temu mogła sobie na to pozwolić, emerytura należała się jej jak najbardziej, ale przecież gdy on jeszcze nie zdecydował się na ten krok, mówiła:

– Romualdzie, jak pójdziemy na emeryturę, to zdziadziejemy.

– Ty też?

– Ja zgnuśnieję, Romualdzie. Będę siedzieć w szydełkowych papuciach pod patchworkowym kocem i czytać durne gazety.

Romuald nie miałby nic przeciwko takiemu gnuśnieniu. Bardzo lubił czytać gazety, leżąc pod kocem, i zupełnie nie miał pojęcia, dlaczego miałoby to być aż takie tragiczne. Jemu wydawałoby się całkiem miłe. Gertrudy nigdy nie widział w szydełkowych kapciach.

Ona nawet kapcie miała na obcasiku. Że też jej tak było wygodnie!

A teraz? Emerytura?

No tak. Ostatnie pożegnanie. Jej pożegnanie w pracy.

I nie powiedziała o tym własnemu mężowi? Przecież musiała się nad tym zastanawiać! Nie mogła podjąć decyzji tak z dnia na dzień!

No, jak się okazało – mogła. I właśnie to zrobiła. I, co najgorsze, nie mógł do niej nawet pójść na górę, bo wiedział, że leży tam pijana. To jakiś horror. Co gorsza, horror dziejący się naprawdę.

Wziął jednak teczkę ze sobą i poszedł do sypialni. Może się obudziła i da się z nią porozmawiać.

Owszem. Chyba na chwilę zdążyła się obudzić, bo się przebrała. Była ubrana w pończochy, które najwyraźniej miały z tyłu szew, zapewne ułożony równo, w garsonkę i w buty z czerwoną podeszwą. Na głowie miała czarną perukę. Ręce złożyła jak do trumny.

– Gertrudo! – krzyknął.

– Dobrze, że jesteś – powiedziała nadal niezbyt trzeźwym głosem. – Zdejmij no lustro ze ściany i potrzymaj je tak, bym zobaczyła, jak wyglądam.

Romuald głęboko odetchnął. Był przyzwyczajony do wykonywania różnych dziwnych rozkazów żony, ale to przerosło najśmielsze oczekiwania. Niemniej jednak zdjął duże lustro ze ściany i podszedł do małżonki. Wyglądała przerażająco. Naprawdę, jakby szykowała się na tamten świat.

– OK – powiedziała Gertruda. – Jest super. A tobie jak się widzi, „mąszeri"? – zapytała, po czym, nie czekając na odpowiedź, zasnęła.

„Mąszeri" już nawet nie był zdziwiony. On po prostu się martwił. Zastanawiał się, czy zna jakiegoś dobrego psychiatrę w Gdańsku. No, znał kilku, ale czy Gertruda będzie chciała ich słuchać? Rozumiałby, gdyby takie akcje przydarzały się jej koło czterdziestki. Tłumaczyłby to kryzysem wieku średniego, ale u Gertrudy? Menopauza? Przecież to już dawno minęło. Boże, musi Gutka zapytać. Może kobiety też mają jakiś kryzys wieku średniego, tylko on objawia się trochę później, ale za to dużo bardziej intensywnie. Kiedy ostatnio Gertruda sięgała po alkohol?

Chyba strasznie dawno temu. Oprócz wina do obiadu. Nie mógł sobie przypomnieć.

Wystukał w telefonie numer do syna.

***

Syn, aspirujący do bycia jednym z najlepszych ginekologów w mieście, właśnie próbował zabrać się do gruntownego przebadania swojej nowej koleżanki, w której to najwyraźniej się zakochał. Na zabój się zakochał. Było to dla niego uczucie zupełnie nowe i nieznane. Wydawało mu się, że w Anicie kocha wszystko. Kochał jej obfite kształty, duży biust, który wręcz go przytłaczał, kochał jej pupę, którą chciał ściskać, klepać i dotykać. Kochał brzuch, który nie był płaski, ale był całkiem miękki i przyjemny. Teraz właśnie leżał na tym brzuchu. Anita leżała na tapczanie w swoim akademiku i uczyła się do jakiegoś kolokwium, a Augustyn po prostu napawał się chwilą, przytulając się do jej brzucha i próbując dobrać się do jej piersi, za co natychmiast dostawał po łapach.

Tak mu to napawanie i dobieranie się odpowiadało, że nie miał zamiaru wstawać, by zobaczyć, kto mu przeszkadza w tak pięknych okolicznościach przyrody i dzwoni do niego. Gdy Anita dowiedziała się o jego gafie związanej ze Snoop Doggiem, ustawiła mu tę piosenkę jako dzwonek w telefonie. Augustyn natychmiast zobaczył oczyma duszy roznegliżowane czarnoskóre piękności, co go tak rozochociło, że natychmiast wsadził Anicie rękę pod bluzkę. Tym razem dziewczyna nie dała mu po łapach, co wprawiło go w stan ekstremalnego zachwytu. Postanowił już wcale się nie ruszać, by nie zburzyć kolejnej pięknej chwili w ich świeżym, zapewne kruchym jeszcze związku. Dzięki temu Anita zdołała się nauczyć wszystkiego na kolejne kolokwium, a Augustynowi udało się zaspokoić swoje żądze w jakichś dziesięciu procentach.

***

O dziesięciu procentach znaleźnego pamiętał również Romuald, który postanowił iść do syna osobiście, skoro jego telefon nie odpowiada. Wsiadł w swój samochód i podążył w stronę Wrzeszcza, zapominając oczywiście zapalić światła. Zdziwiło go, dlaczego społeczeństwo do niego macha, trąbi na niego oraz błyska światłami, ale nie dziwił się na tyle, by zatrzymać auto i sprawdzić, czy wszystko jest w porządku. Nagle na przejściu zobaczył panią Kowalską. Tę od książek. Zatrąbił na nią i wychylił się z okna.

– Podwiozę panią! – krzyknął.

Oczywiście wziął pod uwagę, że od domu syna (i pani Kowalskiej) dzieliło go jakieś sto metrów, ale uznał, że lepiej spędzić chociaż chwilę w normalnym towarzystwie.

Pani Janina wsiadła do auta.

– Świateł nie ma pan zapalonych – powiedziała. – Zgarną pana.

Romuald natychmiast przekręcił włącznik.

– Ano, widzi pani. A ciągle na mnie trąbią, błyskają. A ja jadę i nic.

– A widzi pan. Jak trąbią i błyskają to trzeba to sprawdzić. Bo może się tragedia jakaś zdarzyć. Siostrzenica albo córka Helenki miała taką przygodę. Ale w Australii. A wie pan, w Australii różne rzeczy się zdarzają. Kiedyś jechała drogą i na poboczu zauważyła jakieś szmaty. Myślała, że to wypadek, że ktoś tam leży. Zatrzymała się, ale faktycznie były to szmaty. Otworzyła bagażnik, bo chciała wziąć coś do picia i z powrotem weszła do auta. Próbowała się włączyć do ruchu, ale za nią jechała ciężarówka. Przepuściła ją, ale cały czas kierowca błyskał, trąbił, coś machał. Jak jakiś nienormalny! Kasia, ta córka Halinki (a może to jednak była siostrzenica?) bardzo się bała, że to jakiś zboczeniec. Oczywiście, że się nie zatrzymała. Ciemno, w środku lasu będzie się zatrzymywała? A ten dalej trąbi i świeci.

– Też świateł nie miała? – zainteresował się Romuald.

– Nie. Gorzej. Słucha pan.

– Słucham.

– Jechali tak kilka dobrych kilometrów. I w końcu Kasia zobaczyła stację benzynową. Oczywiście wjechała tam przerażona, wyskoczyła z samochodu i wybiegła do sklepu, krzycząc, że jakiś debil za nią jedzie. Rzecz jasna, ciężarówka też przyjechała. Kasia chciała już policję wzywać.

– I co się okazało?

– No właśnie! Wie pan, że gdy ona się zatrzymywała zobaczyć te szmaty, a potem zaglądała do bagażnika, to jakiś menel jej wszedł do samochodu? I ona tego nie zauważyła, a kierowca ciężarówki zobaczył! Oczywiście, gdy to sprawdzili, menela już nie było!

– Kłamał?

– Nie, nie kłamał. Monitoring pokazał, że ktoś wychodził z jej samochodu.

– Ale historia.

– No, widzi pan?

– Nic tylko do książki – stwierdził Poniatowski.

– No właśnie! Przeczytał pan to, co panu dałam? Może teraz coś innego?

– Jakby pani coś miała…

– Mam, mam. Pana syna i tak nie ma, to proszę wejść i poczekać na niego. Od dwóch dni widuję tylko Anulę i Cyryla. On chyba ma jakiś remont i pomieszkuje tam, gdy pana syn ma dyżury. A ostatnio często te dyżury ma… Ja nie wiem, jak oni tak mogą eksploatować tych biednych lekarzy…

– Mogą, mogą, pani Janeczko.

– To na co ma pan dziś ochotę? Horror, thriller? Dobrą sensację? – zapytała, otwierając drzwi. – A zresztą, wybierze pan sobie coś. Ja zrobię herbatki. Kawę już dziś piłam.

Rozdział 11

O prokrastynacji, suszonych kwiatach i wujku Midasie, który wszystko zamieniał w złoto

Anula miała kolejny problem związany z rozstaniem z Marcinem. Marcin, poza szeregiem niewątpliwych zalet, których Anuli brakowało, miał również wujka biznesmena. Wujek biznesmen szczególnie sobie upodobał Anulę, z racji tego, iż Anula studiowała zarządzanie, czyli – według wujka Jarosława – jedyny słuszny kierunek studiów na świecie. Wujek Jarosław studiów wprawdzie żadnych nie skończył, ale – niczym mitologiczny król Midas – miał niesamowitą cechę zamieniania wszystkiego, co tylko dotknął, w złoto – a raczej w złotówki. Oczywiście nie robił tego samym dotykiem, ale miał doskonałe wyczucie rynku, wiedział gdzie i w co inwestować i jak to potem sprzedawać. No i bynajmniej nie był nieszczęśliwy przez tę niesamowitą umiejętność.

Anula, w towarzystwie wujka Midasa, jak go nazywała, gdy sam zainteresowany nie słyszał, czuła się malutka i z lekka przygłupia. Wiedziała jednak, że przebywając z nim może więcej zyskać niż stracić, zatem lojalnie chodziła z Marcinem na wszystkie spotkania rodzinne do tych mniej lub bardziej lubianych ciotek, ponieważ mogła porozmawiać kilka chwil z wujkiem Midasem. Z tych ich rozmów wynikł wspólny projekt. Wujek Midas właśnie kupił jakiś rozpadający się hotel w przepięknym miejscu pod Gdańskiem. Miał wobec niego plan. Znając życie oraz wujka, plan ten miał stuprocentową szansę na realizację oraz na zdobycie dużej góry złota. Znaczy złotówek.

Anula wielokrotnie rozmawiała z wujkiem Midasem na temat inwestycji, aż w końcu nieśmiało napomknęła, że musi napisać pracę magisterską i potrzebuje konkretów. I czy takim konkretem mógłby być właśnie biznesplan ratowania podupadłego hotelu.

Wujek zapalił się do całego projektu. Poczuł się wręcz dumny, że młoda, mądra i na dodatek bardzo ładna kobieta chce się od niego czegoś nauczyć. Obiecał jej wszelką pomoc. Anula nie miała oczywiście dość tupetu, by wziąć numer telefonu do wujka Midasa (bo gdzieżby przyzwoita dziewczyna brała numer telefonu od mężczyzny starszego ponad dwa razy), ale przymierzała się do tego. Niestety, już nie zdążyła, bo herbatki, kawki i obiadki u cioć Marcina bezpowrotnie się skończyły.

I, jak to się mówi w tych niekoniecznie wyższych kręgach, była w czarnej dupie. W czarnej dupie z magisterką.

– Słuchaj, Krystyna – mówiła Cyrylowi. – Nie będę magistrem. W życiu nie zostanę magistrem.

Cyryl, który już przywykł do tego, że gdy rozmawiają o sprawach poważnych jest „słuchaj-krystyną" tudzież „widzisz-wandzią" – nawet nie zaprzeczył.

– Bo widzisz – kontynuowała – Klęska Nieżywiołowa już napisała połowę. Ja nie wiem, jak ona to robi. – Wzruszyła ramionami. – Ona nawet gdzieś po nocach pracuje. Strasznie jestem nieproduktywna.

Cyryl się zamyślił. No tak. Odkąd próbował zaprzyjaźnić się z Anulą, też stał się jakby mniej produktywny. Ale przecież nie samą produktywnością człowiek żyje.

– Nie samą produktywnością człowiek żyje – powiedział Cyryl.

– No, nie samą. Ale potem trzeba mieć co włożyć do garnka – powiedziała trzeźwo Ania. – Magisterkę muszę mieć.

– I zrobisz ją.

– Słuchaj, Krystyna, ja wiem, że ją zrobię. Zawsze wszystko robię na ostatnią minutę, zawsze za pięć dwunasta, a zawsze zdążę. Zastanawiam się, kiedy to wszystko trafi szlag i kiedy nie zdążę. I za każdym razem wydaje mi się, że to właśnie teraz, a się okazuje, że nie. I teraz też właśnie myślę, że to akurat ten przypadek, kiedy nawalę.

– Prokrastynacja.

– Co? Czy ty mnie czasem nie obrażasz?

– Prokrastynacja. Odkładanie rzeczy na później. Znam to.

– No, tak. Ja też to znam. – Westchnęła Anula.

– A jaki jest plan B? Co do magisterki?

– Nie ma planu B. – Wzruszyła ramionami dziewczyna.

Cyryl miał własną firmę, ale zdecydowanie nie nadawała się ona do tematu pracy magisterskiej. Nie był to malowniczy hotel pod Gdańskiem, tylko serwis faksów i drukarek. Ot co. Nuda wielka. Przynajmniej z punktu widzenia rektora Wydziału Zarządzania UG. Musiał pomóc dziewczynie. Znał kilka osób. Był pewien, że gdzieś ją ktoś przygarnie.

Tylko że sam wiedział, jak po macoszemu traktuje się wszelakiej maści praktykantów. Warto by było, gdyby dziewczyna nauczyła się czegoś. Dziwne, że miał teraz takie podejście. Może dlatego, że po studiach poszedł do pracy i już w pierwszych dniach stwierdził, że tak naprawdę to nic nie potrafi? A może dlatego, że na Ani zaczynało mu coraz bardziej zależeć?

Milczał przez dłuższą chwilę, myśląc intensywnie.

– A do tego Midasa to nie ma kontaktu? Na pewno da się go znaleźć. Facebook, strona internetowa jego firmy, cokolwiek. A poza tym możesz przecież zapytać tego twojego... Jak mu tam?

– Marcina – szepnęła cicho Ania.

– No właśnie. Marcina – potwierdził Cyryl. – No i może wreszcie byś po nim posprzątała? – Wskazał głową na dziesiątki zasuszonych róż.

– Jak to: posprzątała?

– Kurz się zbiera. Roztocza. A zresztą, według *feng shui*, suche bukiety pochłaniają dobrą energię *chi* i absolutnie nie dają nic w zamian, są więc rodzajem energetycznej czarnej dziury.

– *Feng shui*? Czarna dziura? Skąd wiesz?

– Wiem.

Nie musiał przecież wspominać, że kiedyś spotykał się z Katriną (a przynajmniej tak kazała siebie nazywać), maniaczką *feng shui*. Weganką, artystką i wyznawczynią wolnej miłości. Poznał ją, gdy robiła performance. Nigdy nie rozumiał tej „sztuki". Zastanawiał się, czy to w ogóle była sztuka. W każdym razie, performance Katriny polegał na tym, że stała nago nieruchoma pod fontanną Neptuna, trzymając w ręku zdjęcie kobiety ubranej w futro z norek. Przy tym głośno zanosiła się płaczem. No, Cyryl nie byłby sobą, gdyby nie chciał zaraz pocieszać płaczącej niewiasty. Odezwał się w nim duch rycerstwa, podbiegł do niej szybko i zgarnął ją spod tego Neptuna chwilę przed tym, jak pojawiła się tam policja. Jako że Katrina była wyznawczynią wolnej miłości, Cyryl przez chwilę bardzo się z nią zaprzyjaźnił, zupełnie bez zobowiązań. Trochę zaniepokoił się w momencie, gdy pewnego dnia przyszedł do niej w wiadomym celu, a w mieszkaniu zastał kilkanaście nagich osób różnej płci w oparach marihuany. Oczywiście, gdyby to był sen albo marzenia, zostałby razem z tymi wszystkimi nagimi kobietami (i – niestety – mężczyznami również) i czułby się jak w raju, ale taka rzeczywistość nawet jego przerosła. Zatem naprawdę nie chciał Anuli opowiadać o tym incydencie. Wspomniał tylko, że kiedyś czytał o tym, iż suche kwiaty zabijają miłość, i w jej przypadku zapewne zabiły.

– To wszystko przez te kwiaty… – zamyśliła się Anula. Przez chwilę nawet zastanawiała się, co by było, gdyby tych kwiatów nie suszyła. Może nadal byłaby z Marcinem… Ale zaraz pomyślała, że nadal wymuszałaby na nim spotkania raz w tygodniu, starała się wyszarpać choć jedną godzinę dla nich… I miała wyrzuty sumienia, gdy ta godzina stawała się dwiema albo trzema i Marcin nerwowo zbierał się do siebie, bo przecież wzywały go obowiązki. Marcin nie miał problemów z prokrastynacją. Zdecydowanie nie.

– To co? – zapytał Cyryl. – Sprzątamy?

Anula pokiwała głową.

– Ale tyle lat? Na śmietnik? Nie można bardziej humanitarnie?

– No, może można spalić. U Poniatowskich w ogródku. To bardziej humanitarne?

– Zdecydowanie.

Cyryl poszedł po karton. Ten sam, w którym kilka dni wcześniej Anula targała te róże po schodach.

Dziewczynie usta wygięły się w podkówkę.

– No, chyba nie będziesz płakać!

Pokręciła szybko głową.

– Dobra. Działamy.

Zapakowali kwiaty w karton. Anula starała się układać je porządnie, tak, by ich nie połamać. W końcu robiła pogrzeb czemuś, co przez tyle lat było dla niej ważne. Cyryl w końcu specjalnie zgniótł zawartość kartonu. Ania spojrzała na niego przez chwilę z wyrzutem. Wytrzymał jej spojrzenie.

– Teraz to jedynie wujka Midasa powinnaś żałować.

Anula wzruszyła ramionami.

– No i żałuję – powiedziała. – Gdzie postawimy ten karton?

– Na korytarzu. Jak Gutek przyjdzie, to pójdziemy do jego rodziców. – Cyryl wystawił karton na korytarz. W tym samym czasie sąsiednie drzwi otworzyły się i wyszedł z nich Romuald.

– Dzień dobry! – wykrzyknął zaskoczony Cyryl.

– Nie wiem, czy dobry, nie wiem.

– A dlaczego to, panie Romualdzie? – zapytał Cyryl. – Do nas pan idzie?

– Do was, do was... A właściwie do Gutka... Bo ja już sam nie wiem, w jakich wy tam koligacjach mieszkacie... Cyryl, ty wciąż masz ten remont?

– No, mam... – odparł wymijająco Cyryl. – To proszę, niech pan wejdzie. – Otworzył drzwi. – Pogadamy, bo mamy do pana interes.

– O? – zainteresował się pan Poniatowski. – To się dobrze składa, bo ja też. – Spojrzał wymownie na Anulę. – A czy... – Znowu popatrzył na Cyryla. – Czy moglibyśmy, sam na sam... Bo tutaj nie wiem, czy można tę piękną młodą damę we wszystko wtajemniczać...

Cyryl spojrzał przerażony. No, gdyby Anulę wtajemniczyć we wszystko, co łączyło jego, Cyryla, z panem Romualdem, mogłaby zupełnie zmienić o nim zdanie. Dlatego najlepiej było sprawdzić, czego pan Poniatowski od niego oczekuje, a dopiero potem dzielić się tym z Anią.

– Bo wiesz... – zaczął Romuald. – Chyba musimy wrócić do planu A. Tylko jakoś bardziej intensywnie.

Plan A zakładał scenariusz, że to nie Romuald będzie chciał pozbyć się Gertrudy, tylko że to ona go porzuci. Porzuci w stosownym czasie i wcale nie będzie miała z tego powodu wyrzutów sumienia. Nie będzie smutna, nie będzie zła. Będzie wkurzona.

– Bo wiesz, Cyrylu, ja jej nie chcę denerwować. Ja bym chciał, żeby ona była szczęśliwa. Bo ja ją w gruncie rzeczy lubię.

– To po co pan chce się z nią rozstawać?

– Bo ja lubię czasem być sam. Lubię sobie posiedzieć na kanapie, poczytać jakąś sensacyjną książkę.

Albo inny kryminał. Ja nie chcę czytać tego, co ona czyta. Jedyne zło tego świata toleruję w fikcyjnej rzeczywistości kryminałów i thrillerów. A ci nagrodzeni to o samej patologii piszą. Dajże człowieku żyć!

– A nie lepiej z nią o tym porozmawiać?

– Czy ja wiem? Ona taka niewyrozumiała jest... – Romuald się zamyślił.

– No co też pan, panie Romualdzie, opowiada. Pana żona niewyrozumiała? Przecież właśnie ona jest wyrozumiała jak nikt!

Romuald spojrzał na Cyryla niepewnie.

– A Alicja? – zapytał w końcu Cyryl.

Alicja, która wcale nie miała na imię Alicja, była w życiu Romualda epizodem, który bardzo chciał wymazać ze swojego życia. Wymazać, zapomnieć i nie wspominać nigdy więcej. A tymczasem Cyryl Przebrzydły (czasem jego żona ma rację) wywlókł ten epizod na salony. I to przy Anuli. Jeszcze straci autorytet przy tej dziewczynie!

Pokręcił głową, usilnie dając Cyrylowi do zrozumienia, że ma być cicho. Och. O epizodzie z Alicją nikt nie może się dowiedzieć. Powinno to zostać między nimi. I między Alicją, która wcale nie miała na imię Alicja, a jego żoną Gertrudą. Faktycznie nieco wyrozumiałą.

Rozdział 12

O Alicji, która tak naprawdę nie miała na imię Alicja

Cyryl od zawsze wydawał się Romualdowi autorytetem, jeżeli chodzi o sprawy damsko-męskie. Niedoścignionym autorytetem, dodajmy. Dlatego też, gdy Romuald już na sto procent chciał się rozstać z żoną, przyszedł do Cyryla, by ten coś wymyślił. I wymyślił. Oczywiście. Cyryl był bardzo kreatywnym młodym mężczyzną.

Wynalazł spod ziemi Alicję, która tak naprawdę nie miała na imię Alicja.

Znalazł ją pod latarnią, a raczej w klubie nocnym o wiele mówiącej nazwie Night Club „Pokusa". Nie to, żeby Cyryl był stałym bywalcem tego przybytku. Nie, czasem bywał tam z kolegami, ale przecież on tam tylko pił wódkę, a reszty nie pamiętał. Niemniej jednak, wiedział, gdzie znaleźć takie Alicje, które wcale nie miały na imię Alicja.

Pewnego pięknego dnia przyprowadził dziewczynę do domu państwa Poniatowskich. Od razu uprzedził rzekomą Alicję, że nie wie, czy będzie to praca, do której jest normalnie przyzwyczajona, ale on w to zupełnie nie wnika.

Pan Poniatowski czekał na swoich gości z wielką niecierpliwością, ale zarazem był przerażony odważnym pomysłem Cyryla, który miał następujący pomysł: sprowadzić do domu panienkę lekkich obyczajów, która winna udawać kochankę Bogu ducha winnego pana Poniatowskiego. A wszystko po to, by Gertruda opuściła Romualda i najlepiej nie chciała go znać.

Romualdowi za bardzo nie spodobał się ten pomysł, ale trochę się do niego przekonał, gdy kreatywny pomysłodawca uspokoił go, że nie musi z nią leżeć goły w łóżku.

– Wiesz, Cyrylu – stwierdził kilka dni wcześniej zupełnie poważnie Romuald. – Co ja, obcą babę do mojej pościeli będę wpuszczał? A jak ona będzie nogi miała brudne, albo co innego? Na co mi to trzeba?

Cyryl przytaknął. No, najgorzej, jakby miała brudne „co innego". Miał już trochę dość tej sytuacji, zaczynał się zastanawiać, czy nie wycofać się jednak z tego karkołomnego pomysłu, ale Alicja, która, jak wiemy, wcale nie miała na imię Alicja, dostała już zaliczkę za swój występ sceniczny i niestety bez straty tejże nie udałoby się odwołać tego całego, poniekąd żałosnego (jak już się Cyrylowi wydawało), przedstawienia.

Stawili się zatem punktualnie u drzwi państwa Poniatowskich. Cyryl, w bluzie z kapturem i słonecznych okularach, Alicja w bardzo krótkiej sukience (a może to była lekko zakrywająca pośladki bluzka) i w złotych sandałkach na szpilce. Idąc, koślawiła nieco nogi. Cyryl kilka razy ją podtrzymał, bo miał wrażenie, że do Romualda trafi z kolanami obdartymi niczym mała dziewczynka.

– Bo one nie są do chodzenia. Hihihihi! – Roześmiała się perliście dziewczyna, gdy Cyryl kolejny raz wybawił ją od upadku.

– A do czego? – zainteresował się mężczyzna.

– Hihihihi. Jak to do czego? – Rozchichotała się jeszcze głośniej. – Do leżenia! Hihihi.

Cyryl w pierwszej chwili zupełnie nie zrozumiał, po co komuś mogłyby być potrzebne buty do leżenia, ale w końcu zrozumiał. Westchnął.

Były to czasy, gdy jeszcze nie dysponował samochodem, więc musiał wsiąść z cizią do tramwaju, a potem przejść kawałek do domu państwa Poniatowskich.

Alicja, która nie była Alicją, w tramwaju znowu roześmiała się tym swoim strasznym śmiechem.

– Hihihihi. Sto lat nie jeździłam tramwajem! Zwykle po mnie przyjeżdżają! – Spojrzała na Cyryla. – Albo zamawiają taksówki. – Popatrzyła na Cyryla z wyrzutem. Chyba poczuła na sobie wzrok współpasażerów i przestało jej się to podobać. – Daleko jeszcze? – zapytała.

– Jeden przystanek.

Niestety, od przystanku znowu trzeba było kawałek iść. Buty Alicji, która nie była wcale Alicją, zdecydowanie nie nadawały się do chodzenia. Cyryl tego nie przewidział. Nie przewidział, że istnieją na świecie buty, w których ktoś nie może chodzić. Wydawało mu się to kompletnie bez sensu.

Dziewczyna szła, krzywiąc się z bólu i wykrzywiając nienaturalnie stopy.

– To po co w ogóle takie buty? – zapytał, gdy byli już całkiem blisko.

– Jak to po co? Po to, by być seksowną! – powiedziała Alicja.

Mężczyzna spojrzał na nią krytycznie. Wykrzywiona twarz, wykrzywione stopy, niezadowolona mina.

– Ogarniesz się tam trochę. – Wskazał na dom, do którego właśnie dochodzili. – Może coś z tego będzie.

Bo jak na razie, to obraz nędzy i rozpaczy – pomyślał. Gdyby wiedział, że tak będzie wyglądać dziewczyna, którą wynajął na godziny z Night Clubu „Pokusa", chyba wolałby zawrzeć umowę z jakąś koleżanką. Na pewno wyglądały lepiej od rzekomej Alicji w złotych, powykrzywianych butach.

W końcu doszli do furtki Poniatowskich, która była otwarta. I stanęli, jak już wiemy, punktualnie pod drzwiami wejściowymi.

– Romuald Poniatowski. – Pan doktor wyciągnął rękę. Wiedział, że współczesne kobiety nie lubią całowania w dłoń, zatem tego nie zrobił.

– Hihihihi. – Dziewczyna zachichotała, jak zwykle, po czym wyciągnęła bezwładną dłoń w kierunku Romualda. Nie lubił takiej galaretowatej masy. No cóż. Trudno. Czasem trzeba się poświęcić.

– A pani jak ma na imię? – zapytał.

– A jak pan sobie życzy? Mogę być Alicja. Choć tak naprawdę wcale tak nie mam na imię.

– No tak... Tak... – zadumał się Romuald. – To i tak jest nieistotne, pani Alicjo.

– No dobrze, zlecenie miało być nietypowe. Co robimy? – zapytała dziewczyna. – Trójkąt? Pejcze? Body sushi?

– Jezu, nie! – Romuald spojrzał przerażony na Cyryla.

– Nie, nie. Po prostu jakby pani mogła siedzieć na kolanach panu Romualdowi, i jak usłyszy pani, że ktoś wszedł do domu, to ma pani się głośno śmiać, chichotać, tak jak pani to potrafi.

Dziewczyna spojrzała podejrzliwie na Cyryla.

– Ale kasa zostaje taka sama?

– Tak, tak.

Wzruszyła ramionami. Różne są zboczenia. Jedni lubią pejcze, a jeszcze inni wolą, jak się im po prostu siedzi na kolanach.

Romuald usiadł w fotelu. Dziewczyna chciała usiąść okrakiem na jego kolanach, twarzą do niego, jednak Romuald zrobił się czerwony i natychmiast się odsunął.

– Panie Romualdzie, skoro pan chce coś osiągnąć, nie możemy się tak zachowywać! – uspokoił go Cyryl.

– Tak, tak – powiedział cicho Romuald. – Ja po prostu chyba nie byłem na to przygotowany. Może jednak po prostu wypijemy herbatkę, a ja Gertrudzie powiem, że to moja kochank… koleżanka.

Cyryl miał już wszystkiego dość. Nie po to szlajał się po nocnych klubach, przeżył podróż tramwajem z tą cizią, żeby teraz Romuald się ze wszystkiego wycofał.

– Ja już sam nie wiem, panie Romualdzie. Ja sobie idę, a wy róbcie, co chcecie.

Tak zwana Alicja usiadła naburmuszona w fotelu. W tym samym, w którym siedział przed chwilą jej dziwny klient.

Romuald pobiegł za Cyrylem.

– Ty mnie chyba nie chcesz z nią sam na sam zostawić! – powiedział konspiracyjnym szeptem. – Ja… Ja się normalnie jej boję! Ona chciała na mnie wskoczyć jak na jakiegoś ogiera!

– A czy pan nie po to ją wynajął?

– Cyrylu, no… – jąkał się pan doktor. – Ale wiesz… Ja chyba jednak tak nie potrafię… O Boże, Gertruda!

– Znikam! – zawołał Cyryl i schował się za domem.

Romuald jęknął i schował się w łazience.

Gertruda weszła do domu. Alicja, która nie miała na imię Alicja, kompletnie nie wiedziała, co ma robić. Zatem siedziała bez ruchu.

– Dzień dobry. – Gertruda zlustrowała ją od stóp do głów. – A pani to...?

– Jestem... Jestem znajomą pana...

– Aldeczka? – zdziwiła się Gertruda.

– Aldeczka. – Pokiwała głową dziewczyna.

– I Aldeczek nawet pani herbatki nie zaproponował? – zdziwiła się żona męża marnotrawnego.

– Nawet nie.

– Och, ci mężczyźni. – Westchnęła pani Poniatowska. – Do niczego się nie nadają. Wychowujesz ich długie lata, a potem nawet gościowi herbatki nie zrobią. Romualdzie! – zawołała w przestrzeń.

Po chwili pojawił się jej mąż.

– Ekhm. Ekhm. Widzę, że się panie już poznały... – stwierdził Romuald. – To może ja zrobię herbatki.

Szybko znikł w kuchni. Gdy wrócił z tacą, na której stał dzbanek z zieloną herbatą, dwie porcelanowe filiżanki i miseczka z kruchymi ciastkami, kobiety były już pogrążone w rozmowie. Alicja, która nie była wcale Alicją, na nogach miała szpilki jego żony. Słyszał oczywiście przedtem okrzyki dobiegające z pokoju.

– Nie mogę uwierzyć, że to prawdziwy Jimmy Choo, no, normalnie nie mogę uwierzyć!

Nie miał pojęcia, kim jest Jimmy Choo i skąd ta ekscytacja.

Rozmawiały w skupieniu, siedząc bardzo blisko siebie. Nawet nie zauważyły, gdy na stole postawił tacę z herbatą. Postanowił zatem nie przeszkadzać im i ulotnił się do drugiego pokoju. Z żoną porozmawiał, dopiero gdy wieczorem przyszła do niego do łóżka. Przykryła się kołdrą.

– Dziwne masz te koleżanki, Romualdzie. – Westchnęła. – Bardzo dziwne. Ale miła z niej dziewczyna, nie wiem, dlaczego tak szybko od nas uciekłeś. Czy ty wiesz, jakie ona ma skomplikowane życie?

Romuald nie wiedział. I chyba nawet nie chciał wiedzieć.

Doprawdy, nie chciał mieć nic wspólnego z Alicją, która tak naprawdę nie miała na imię Alicja.

– I wiesz, „mąszeri"? Ona wcale nie ma na imię Alicja.

Romuald westchnął.

– Ma na imię Kasia. Ale tańczy w klubie nocnym, bidulka. Po nocach musi pracować, by mieć na chleb. „Mąszeri", nie mamy dla niej żadnej pracy?

Mężczyzna jęknął. Zdecydowanie nie miał dla niej żadnej pracy.

– Może ona by ci chociaż koszule prasowała? – Gertruda usiadła nagle na łóżku.

– Kochanie, koszule najlepiej sobie prasuję ja sam – odparł stanowczo.

– No wiem, wiem… – myślała intensywnie Gertruda. – Na razie dałam jej moje stare szpilki. Te co miała, podróbki Manolo, były koszmarnie niewygodne. Nie wiem, jak ona mogła w nich w ogóle chodzić.

– Nie mogła.

– No, właśnie – myślała Gertruda. – Biedne dziecko.

Romuald się wzdrygnął. To „biedne dziecko" miało spowodować zazdrość w jego żonie, a wzbudziło litość na tyle intensywnie, że ta oddała jej kilka par szpilek. Wprawdzie używanych, ale zawsze.

Romuald już zasypiał.

– Mam pomysł. – Odwróciła się do niego. – Wiem jak jej pomóc.

– Mhmhm? – mruknął jej mąż przez sen, mimo iż tak naprawdę wcale nie zamierzał pomagać dziewczynie. Pragnął zapomnieć o tym incydencie. Nie wracać do niego już nigdy w życiu.

– Ty tam pójdziesz! – powiedziała głośno.

– Gdzie? – zapytał niepewnie Romuald.

– Pójdziesz do tego klubu nocnego.

– Gertrudo! – Mężczyzna obudził się na dobre.

– Aldeczku, „mąszeri". Po prostu pójdziesz i jak ona będzie na tej rurze, wrzucisz jej napiwek. No, trzeba jakoś pomóc dziewczynie! A gdyby nasz Augustyn tak musiał tańczyć po klubach nocnych?

– Gertrudo! – wykrzyknął na dobre już rozbudzony Romuald. – No, jak ty możesz wysyłać mnie do klubów nocnych? Przecież to nie wypada! – Użył argumentu, który zawsze się sprawdzał.

– Nie wypada, mówisz... – zamyśliła się Gertruda. – To będziemy musieli jakoś inaczej to rozwiązać. Pomyślimy, jak.

Gertruda zasnęła spokojnie, w przeciwieństwie do jej męża, który spać nie mógł w ogóle. Miał nadzieję, że żona przemyśli sobie to i owo, i nie będzie musiał chodzić do klubów nocnych, żeby pomagać „biednej dziewczynie". To miało wyglądać zupełnie inaczej. Zupełnie. Nie nadawał się do niczego. Westchnął.

Nie nadawał się nawet do tego, by żona nakryła go na podszczypywaniu się z dziewczyną z klubu nocnego. Z Alicją, która tak naprawdę miała na imię Kasia.

***

– Racja – stwierdził Romuald po dłuższym namyśle. – Moja żona jest bardzo wyrozumiała. Zbyt wyrozumiała, powiedziałbym.

– A jak się skończyła ta historia z Alicją?

– Która miała na imię Kasia – dokończył Romuald. – No, wytłumaczyłem jej, że to nieodpowiednie towarzystwie dla kogoś o jej statusie społecznym i dla mojego pochodzenia, i zrozumiała. Nie drążyła już tematu. Nawet nie chciała, bym jej dał telefon dziewczyny, całe szczęście, bo nie miałem…

– Czy ja mogę się w końcu dowiedzieć, kim była Alicja? – zapytała Anula.

– Koleżanką – odpowiedział szybko Cyryl.

– Cyryla – dodał pan Poniatowski.

– Nic z tego nie rozumiem – stwierdziła Ania.

– My też nie. – Pokręcił głową pan Poniatowski.

– Nic a nic – potwierdził Cyryl.

Anula po raz kolejny tego dnia westchnęła. Miała już serdecznie dosyć wszystkiego. Świat się jej walił i miała wrażenie, że na żadnego mężczyznę – począwszy od wujka Midasa, a skończywszy na Cyrylu – nie może liczyć. Na żadną kobietę też nie może liczyć, bo część koleżanek, gdy dowiedziały się o jej rozstaniu z „takim cudownym mężczyzną jak Marcin", ruszyła zaskarbiać sobie jego względy, a druga część koleżanek była zajęta pilnowaniem swoich chłopaków, by absolutnie nie wpadli na pomysł pocieszania Anuli po stracie. Pewnie niejeden miałby na to ochotę, o czym oczywiście żaden głośno nie powiedział.

Jedyną osobą, z którą czasem mogła porozmawiać, była Klęska Nieżywiołowa, ale ona też była wiecznie zajęta, nie miała czasu na zwykłe babskie ploty. Och, jakże te ploty były Anuli potrzebne!

Rozdział 13

O tym, jak Gutek miał jechać do Stanów, Gertruda na wakacje, a Romuald oczywiście nic z tego nie rozumiał

Po poważnej rozmowie z Cyrylem, Romuald doszedł do wniosku, że metoda, która wydawała mu się być tą jedyną, nie jest najlepsza. Nie znał lepszej, ale był pewien, że coś wymyśli.

Bardzo starał się wyperswadować Anuli i Cyrylowi wizytę w ich domu, a raczej w ogródku, i palenie tego kartonu, ale nie wyszło. Nie chodziło mu o karton, czy nawet o ognisko, które mieli zamiar rozpalić, ale wolałby, aby nikt nie zobaczył jego żony w stanie, w jakim ją zostawił. Wprawdzie wtedy spała, ale kto wie, co robi teraz?

Minęło już wprawdzie kilka godzin od chwili, gdy wyszedł z domu, ale czy to wystarczyło, by jego żona odzyskała przytomność umysłu? Chyba nie. Zostawił Cyryla i Anulę z kartonem w ogrodzie, a sam poszedł na górę. Gertruda rozmawiała przez telefon.

– Och, panie Profesorze, jaka ja jestem wdzięczna, że się udało – szczebiotała, jak zawsze, gdy chciała coś załatwić. – Ja dopilnuję wszelkich szczegółów. Ależ na pewno mój syn tak się zorganizuje, że da radę pojechać. – Romuald podsłuchiwał dalej. – Och, naprawdę? Myślałam, że właśnie wiza jest problemem, ale skoro pomożecie to załatwić, to tylko wsiadać w samolot i lecieć.

Romuald kompletnie nie wiedział, o czym jego żona mówi.

– Nie, panie profesorze, nie będę z nim jechała. To przecież już dorosły mężczyzna! Ja mam zresztą… Mam trochę inne plany w tym czasie.

Mąż Gertrudy zmarszczył brwi. Czy Gertruda nie uważa, że o planach, jakie ma zamiar realizować, powinna powiadomić jego? Swojego męża?

Świat stanął na głowie. No, nie to, by mu zbytnio na niej zależało, ale póki co jest jego żoną i jest za nią odpowiedzialny!

Poczekał, aż zakończyła rozmowę i wszedł do sypialni.

– Z kim rozmawiałaś? – zapytał.

– Ze znajomym. Profesorem… Dawnym przyjacielem.

– Ty miałaś przyjaciela profesora? Kiedy?

– Dawno – ucięła Gertruda. – Jest ginekologiem w Bostonie. Ma prywatną praktykę. Chciałby, żeby Gutek pojechał do niego na kilka tygodni.

– On chciał, czy ty chciałaś? – zapytał Romuald.

– Hmmm…

– Rozumiem. Ty chciałaś. Ale dlaczego? Przecież tyle razy rozmawialiśmy, żeby wysłać Gutka na staż, żeby pojechał na jakieś stypendium. Zawsze byłaś przeciwna!

– Zmieniłam zdanie – ucięła krótko Gertruda. – Tylko krowa zdania nie zmienia.

To porównanie w ustach Gertrudy było zupełnie nieodpowiednie.

Tym bardziej że jego żona całe swoje dorosłe życie starała się zapomnieć o wszelakiej trzodzie chlewnej i bydle rogatym, z którymi miała do czynienia za swojego dzieciństwa i wczesnej młodości.

– Nie cieszysz się?

– Cieszę się. Bardzo! – Romualdowi coś nie pasowało w tym wszystkim, ale jako że był pozytywnie nastawionym do życia człowiekiem i nie miał zbyt dużej manii prześladowczej, uznał, że wszystko jest w jak najlepszym porządku.

– A co tu tak śmierdzi? – zainteresowała się nagle Gertruda. – Spalenizną?

– O Jezu, dzieciaki nam ogród spalą.

– Gutek jest? – Uśmiechnęła się szeroko Gertruda. – I Anula?

– Anula tak, ale z Cyrylem.

– Oj, coraz częściej ta Anula z Cyrylem. Nie podoba mi się to. Zmieni dziewczynę i Gutek będzie miał kłopot.

– A dlaczego Gutek będzie miał kłopot?

– No, jak to dlaczego? On z nią mieszka, a Cyryl mu wchodzi w paradę. Jak zawsze zresztą.

– Ale, Gertrudo, nie uważasz, że nasz syn sam powinien sobie znaleźć dziewczynę?

– Ależ on sobie sam znajdzie, trzeba mu to tylko trochę zasugerować. Idź do nich, bo nam spalą drewutnię, „mąszeri" – rozkazała stanowczo Gertruda, poprawiając blond perukę.

***

Augustyn zdecydowanie wolał sam znaleźć sobie dziewczynę.

I, jakby to powiedzieć, wiemy, że już ją sobie znalazł. Jeszcze tak niewinnie (nie licząc jego ręki pod jej bluzką), ale jak na razie tak mogło zostać. Wiedział, że kiedyś będzie cała jego, więc się nie spieszył zbytnio. Spotykali się codziennie w pracy, czasem przychodziła do niego na dyżur, gdy po północy skończyła sprzątać, a rano musiała lecieć na uczelnię. Bardzo często nie mieli czasu na sen. Rozmawiali o wszystkim. Najczęściej zgłębiali aspekty psychologiczne. Zarządzanie mało Augustyna interesowało. W ogóle biznes go nie kręcił. Wiedział, że kiedyś będzie zmuszony założyć swój własny gabinet, że nie może spędzić całego życia w klinice, w szpitalu, że musi się rozwijać. Ojciec zawsze mu mówił, że trzeba rozkręcać swój interes, ale Augustynowi wydawało się, że jeszcze ma czas.

Nieco wcześniej oglądał nawet lokal na gabinet, ale, prawdę mówiąc, nie miał motywacji. Teraz motywacja była zdecydowanie większa, a – według trendów z wybiegów mody – nawet zdecydowanie ZBYT duża. Motywacja w rozmiarze XXL (przynajmniej w pupie i w biuście) właśnie ślęczała nad książką i zażarcie gryzła ołówek. Swoje kręcone włosy spięła w koński ogon na czubku głowy. Czoło zmarszczyła. Myślała.

Bardzo mu się podobała. Dyżur już się skończył i mógłby iść do domu, ale nie chciał iść bez Anity. Nie chciał jej jednak zabierać do siebie. Tam na pewno był Cyryl i Anula. To nie był dobry pomysł, by wynajmować mieszkanie z kimś.

– Nitka... – Tak na nią mówił. Bardzo się denerwowała, bo uważała, że wcale nitki nie przypomina. Prędzej gruby sznurek. Najbardziej ten od snopowiązałki.

– A gdybym wynajął mieszkanie... Sam... Zamieszkałabyś ze mną?

– Gutek...

– Bo ja myślę o tym. Jak skończysz studia, to jak to będzie? Musimy razem zamieszkać.

Anita odłożyła książkę. *Biznes plan. Jak go budować i analizować.*

– Na razie skończę studia – powiedziała twardo.

– A potem się z tobą ożenię – powiedział równie twardo Gutek.

Anita się zaśmiała.

– Zobaczymy, czy się zgodzę. – Dołeczki w policzkach się pogłębiły. – A zmieniając temat... Poczytałbyś tę książkę. Mówiłeś, że chcesz otworzyć gabinet. Tu wszystko jest. Trzeba zrobić pierwszy krok.

Augustyn nie chciał robić kroku. Nie mógł myśleć o niczym innym, tylko o jej słowach.

– Ale jak to się nie zgodzisz? – zaniepokoił się. – Anita! – Ukląknął przed nią, zmartwiony.

– Oj Gutek, Gutek. Ty od razu tak nie rozpaczaj! – Przytuliła go do swojego obfitego biustu. Augustyn poczuł się najszczęśliwszym mężczyzną na świecie, mimo lekkiego przyduszenia. – Przecież nie powiedziałam, że się nie zgodzę.

– No dobra – powiedział Augustyn, kiedy złapał oddech. – Daj tę książkę.

***

Nie zdążył przeczytać pierwszego rozdziału, gdy zawibrował jego telefon. Matka.

– Nie odbierasz? – zapytała Anita.

– Mama.

– No, to tym bardziej odbierz.

– Ee... – mruknął Gutek. – Nie pali się. – Telefon przestał dzwonić.

Anita zmrużyła oczy. Zacisnęła wargi. Wzięła telefon z rąk Augustyna.

– Dzwoń do mamy. Masz takie szczęście, że jeszcze możesz. Jakakolwiek by ona nie była. Ja już niestety nie mogę. Trzy lata temu. Rak piersi. Od diagnozy nie minęło pół roku, jak mamy z nami nie było. Dlatego dzwoń. – Podała mu z powrotem telefon.

Augustyn spojrzał na nią uważnie.

– OK – powiedział. Jednak pomyślał, że jego matka, Gertruda Poniatowska, jest niezniszczalna. Złego licho przecież nie bierze. Wybrał numer matki.

***

Gertruda Harpia Niezniszczalna Poniatowska siedziała w fotelu i nerwowo próbowała połączyć się z jedynym synem. Chciała mu powiedzieć, że załatwiła mu wyjazd do Stanów. Kiedyś już mu wspominała, że będą takie możliwości, Gutek bardzo się wtedy ucieszył. A i ona miała swój cel w tym, by Augustyn pojechał tam na ni mniej, ni więcej jak trzy tygodnie i nie później niż za dwa tygodnie. Ale o tym za chwilę.

Gertruda uporczywie dzwoniła do Augustyna, Augustyn uporczywie dzwonił do Gertrudy, więc normalnym było to, że żadne z nich nie mogło się dodzwonić.

– Widzisz? – powiedział Gutek. – Teraz nie chce ze mną rozmawiać.

– Przestań na chwilę.

Augustyn odłożył słuchawkę. Po chwili rozległ się melodyjny głos Snoop Dogga, który zaraz został przerwany przez nieco mniej melodyjny głos Gertrudy Poniatowskiej.

– No, nie można się do ciebie dodzwonić! – zawołała.

– Oboje próbowaliśmy. Cześć, mamo.

– Cześć, kochanie. Mam dla ciebie miłą niespodziankę. Może byś przyszedł jutro do nas, bym osobiście ci o tym opowiedziała?

Augustyn rozejrzał się nerwowo. Anita czytała książkę.

– Mamo, no… A o której? Jestem wolny do południa.

– Cudownie. Przyjedź na śniadanie. Zrobię twoje ulubione jajko w szklance. Pewnie dawno go nie jadłeś.

Augustyn się skrzywił. Zastanawiał się, czy tak naprawdę kiedykolwiek lubił jajka w szklance. Chyba jadł je tylko po to, by przypodobać się matce.

Cały czas miał w uszach słowa Anity. Te, że ma szczęście, że jeszcze może pogadać z matką. Trudno. Zje to jajko w szklance. Nawet dwa. Jego matkę dziwnym trafem to jego zamiłowanie do jajek w szklance bardzo cieszyło.

Rozdział 14

O jajku w szklance, pierścionku z zielonym oczkiem i biznesach Anuli

Następnego dnia Augustyn przypatrywał się mamie znad nieszczęsnego jajka w szklance. Gertruda była chyba zmęczona. Miała podkrążone oczy i była smutna, chociaż starała się ukryć to przed wszystkimi.

– Mamo, dolega ci coś? – zapytał.

– Ależ skąd! – Gertruda roześmiała się, może trochę na pokaz. – Mam dla ciebie niespodziankę. Pamiętasz profesora Łotysza? Tego, który kiedyś był u nas na obiedzie? Gdy zaczynałeś specjalizację?

– No, oczywiście, że pamiętam! Ma klinikę w Massachusetts, chyba w Bostonie!

– Zaprosił cię na trzy tygodnie, byś popatrzył, jak to u niego wygląda.

– Naprawdę? – Augustyn nie spodziewał się tak miłej niespodzianki. – Dziękuję, mamo! – Uśmiechnął się, po czym mina mu zrzedła.

– Stało się coś?

– No... Nie... Nic się nie stało... – Pomyślał o Anicie. Nie wyobrażał sobie, że zostawi ją na całe trzy tygodnie. Wziąć ze sobą też jej nie może.

– A można to jakoś przesunąć? – zapytał.

– Przesunąć? – Gertruda zamarła z widelcem w dłoni w połowie drogi do ust. – No, wszystko już ustalone. – Popatrzyła na męża. – A my z tatą postanowiliśmy ci zasponsorować bilet!

– Tak, tak – myślał intensywnie Augustyn. A jak ona nie będzie czekać tych trzech tygodni? Jak zapomni o nim? On nie chciał się rozstawać!

– Syneczku, potwierdziłam już, że będziesz... – oświadczyła mamusia tonem nie znoszącym sprzeciwu.

– Tak, tak... Będę... Chyba będę... Tylko... Ja się z kimś spotykam.

Romuald z zaciekawieniem podniósł brew.

– Nie pierwsza i nie ostatnia – powiedziała spokojnie Gertruda. – Zaplanuj sobie przyszły tydzień w taki sposób, by pojechać do Warszawy po wizę. Czas nagli. – Upiła łyk kawy. – Romualdzie, mam jeszcze jedną sprawę.

Romuald spojrzał na żonę. Po informacji, że rzuciła z dnia na dzień pracę, myślał, że już nic go nie zdziwi. Jakże się mylił.

– Zdecydowałam, że muszę odpocząć – powiedziała. – Wykupiłam sobie wczasy. Na Malcie.

– Ech... – jęknął Romuald. – Przecież wiesz, jak ja nie lubię latać! Najlepszy urlop to we własnym ogródku albo w promieniu dwustu kilometrów od domu! – powiedział.

– Wiem, Aldeczku – powiedziała Gertruda spokojnie. – Dlatego lecę sama.

Romuald wstrzymał oddech. Augustyn spojrzał pytająco na matkę. Przecież ona nigdy nigdzie sama nie latała.

– Gertrudo, czy ty masz kochanka? – zapytał w końcu Romuald, gdy odzyskał głos.

– To może ja jednak wyjdę – stwierdził Augustyn.

– Zostań, kochanie – powiedziała do syna. – „Mąszeri" to nie tak jak myślisz. Jadę zupełnie sama. Potrzebuję chwili samotności.

Romuald Poniatowski już teraz był na sto procent przekonany, że Gertruda potrzebuje pomocy specjalisty. Peruki, buty, przymiarki do trumny, a teraz samotny wyjazd.

– Na jak długo chcesz jechać? – zapytał cicho.

– Na trzy tygodnie – oświadczyła Gertruda, jak na nią zupełnie grzecznie i łagodnie. – A potem zobaczymy.

– Potem zobaczymy? – Nie wytrzymał Romuald. – Rzucasz pracę z dnia na dzień, wyjeżdżasz sama na wakacje, na dodatek pewnie w blond peruce, i jeszcze nie wiesz dokładnie, na ile?

– Nie wiem – odpowiedziała spokojnie Gertruda i wyszła z salonu. Poszła na górę i zniknęła za drzwiami do sypialni.

– Ja już muszę iść – powiedział Augustyn. Koniecznie chciał zaczerpnąć świeżego powietrza. A najlepiej ponownie zanurzyć się w obfite piersi Anity. A przede wszystkim najpilniejszą potrzebą, jaka nagle go opętała, był pierścionek. Pierścionek z brylantem i jakimś zielonym oczkiem. Jak oczy Anity. Najpiękniejszy na świecie. Wstał z krzesła, niedojadając jajka w szklance, i wyszedł w poszukiwaniu pierścionka.

***

Gertruda leżała na łóżku, oglądając swoje szpilki od Louboutina. Westchnęła. Ach. Gdyby to wszystko było takie proste. Kochanek. Uśmiechnęła się smutno do siebie.

***

Augustyn Poniatowski miał chwilę czasu, zatem wrócił do domu. Dziwne, płacił za to mieszkanie, a tak naprawdę wcale w nim nie mieszkał. To wszystko nie trzymało się kupy.

Ale potrzebował Anuli. Albo Cyryla.

Wszedł do domu, w którym panowała cisza jak makiem zasiał. A przynajmniej tak mu się wydawało. Po chwili usłyszał jakieś dźwięki dochodzące z pokoju Anuli. Zza drzwi wyłonił się zaspany Cyryl.

– Wiedziałem – stwierdził Augustyn. – Do cholery, nie wiem, jak ty to robisz. Każdą jesteś w stanie do łóżka zaciągnąć.

– Do jakiego łóżka? – Cyryl się przeciągnął. Włosy na klacie zaczęły mu już odrastać.

– Nieważne. Zawołaj Anulę.

– Nie ma jej. Na uczelnię poszła. Dlatego tam śpię. Tu coś wiercą od rana, dlatego poszedłem do niej. – Wzruszył ramionami. – Zabije mnie, jak się dowie. A co chciałeś?

– Pierścionek.

– Pierścionek? Od Anuli? A po co ci Anuli pierścionek?

– Nie Anuli, tylko chcę kupić pierścionek. Anicie.

Cyryl zamarł.

– Zwariowałeś? Wiesz, że jak dziewczynie kupisz pierścionek, to ona zaraz chce się żenić? Stary, nie rób takiego błędu. Ja raz zrobiłem.

– I co?

– I nie mogłem się uwolnić.

– O, widzisz? Właśnie mi o coś takiego chodzi. Żeby nie chciała, bym się od niej uwalniał.

Cyryl spojrzał na przyjaciela z powątpiewaniem.

– Stary! – wykrzyknął tonem Archimedesa wyskakującego z wanny. – Ty to mówisz zupełnie poważnie!

– No, a jak?

– Jak pójdziesz do Galerii Bałtyckiej, to ci pomogą – powiedział Cyryl. – A w sumie… dla kogo ty chcesz ten pierścionek? Najlepszy przyjaciel kupuje pierścionek, a ja nawet nie wiem, dla kogo.

– Poznałeś ją.

– Kiedy? – zdziwił się Cyryl.

– W szpitalu. Kiedyś z nią rozmawiałem, a ty przyszedłeś.

– Jakaś lekarka?

– Nie. – Augustyn pokręcił głową.

– Pielęgniarka? – dopytywał Cyryl dalej.

– Nie – zaprzeczył przyszły narzeczony. – Sprząta w szpitalu.

– No, teraz to już na pewno żartujesz. – Mężczyzna spojrzał na Augustyna z przerażeniem.

Augustyn pokręcił głową. Myślami był przy pierścionku. Powinien być z zielonym oczkiem, jak jej oczy. Ale też powinien być z brylantem. Czy są zielone brylanty? Zastanawiał się.

– Czy są zielone brylanty? – zapytał Cyryla.

Cyryl wzruszył ramionami. Zaczynał się zastanawiać, czy przyjaciel nie został tak naprawdę wkręcony w coś bardzo głupiego i czy nie należy go ratować. Chyba musiał z kimś pogadać. Anula byłaby najbardziej odpowiednia.

***

– Słuchaj, Krystyna... – Cyryl zaczął rozmowę przez telefon. – Wiem, że pewnie masz teraz zajęcia i nie możesz gadać, ale muszę ci coś powiedzieć. Augustyn nam zwariował. Możesz gadać?

Usłyszał ciche mruknięcie, po czym dźwięk otwieranych i zamykanych drzwi.

– Co się dzieje?

– Augustyn chce się żenić.

– No, czasem nawet mężczyznom się to zdarza – sarkastycznie stwierdziła Ania. – Nielicznym, ale się zdarza.

– On ją zna chyba dwa tygodnie! – krzyknął Cyryl.

– Zdarzają się takie małżeństwa. Moja ciotka znała wujka trzy dni, jak się jej oświadczył. Ślub był po miesiącu. I co? Pięćdziesiąt lat są najbardziej zgraną parą na świecie. Nie ma reguły.

– To nie wszystko. Ona sprząta.

– Gdzie sprząta?

– No, gdzie… Nie wiem. W szpitalu sprząta!

– No, halo, a co ty, w mezalianse wierzysz?

– Nie wiem, czy w mezalianse, ale co na to jego Królowa Matka Poniatowska? Przecież zawału dostanie.

– Cyrylu, pogadamy, jak wrócę do domu, OK?

– OK.

– A ty w dalszym ciągu u nas śpisz?

– No, tak. Jak mogę…

– No, a czy ja mam coś do gadania? Zastanawiam się, z kim właściwie wynajmuję to mieszkanie, bo ty jesteś codziennie, a Augustyna nie ma. Ale nie wnikam.

– Wymyśl coś, bo moim zdaniem ona go chce wkręcić w coś brzydkiego.

Anula wróciła na miejsce.

– Stało się coś? – zapytała spokojnie Klęska Nieżywiołowa.

– A, nic. – Anula wzruszyła ramionami. – Kolega ma problemy. Sercowe. – Uśmiechnęła się z wyższością do Klęski.

Klęska takich rzeczy pewnie nie rozumiała. Wciąż przy książkach albo innych życiowych zadaniach. Jakieś wolontariaty, pomoce społeczne. Skąd ona miała na to czas? No, ale jak ktoś wygląda tak jak Klęska, to tylko to mu pozostaje. Przecież ona chyba nigdy makijażu nie miała, nie mówiąc już o pomalowanych na czerwono paznokciach u rąk. Nawet fajna była ta Klęska. Można by ją lepiej poznać. I kiedyś zrobić jej wieczór piękności. Maseczka, makijaż, paznokcie. Tylko kiedy?

– Masz czas w najbliższą sobotę? – zapytała szeptem Anula.

– W sobotę? – zainteresowała się. – Nie, w sobotę nie bardzo. Teraz w ogóle średnio z czasem...

No tak, należało się tego spodziewać. Klęska Nieżywiołowa nie miała nigdy czasu. Dlaczego miałaby mieć go teraz? Nie ciągnęła dalej tematu. Klęska właśnie odpisywała komuś pod stołem na SMS-a, rumieniąc się przy tym strasznie. Klęska? Zarumieniona? Porażka.

***

Augustyn Poniatowski, gdy coś sobie postanowił, to zawsze to osiągał. Szedł prosto do celu, nie tracąc czasu na inne rzeczy. Tak też było i tym razem. Postanowił, że przed wyjazdem do Stanów musi oświadczyć się Anicie, bo inaczej będzie za późno. Nie wiedział dokładnie, na co za późno i dlaczego, ale miał takie przeczucie, że to jest ta jedyna i że bez jej zielonych oczu i rudawych, mocno kręconych włosów, dołeczków w policzkach i kilku piegów na nosie – jego życie straci sens. Zaparkował na parkingu na dachu największej galerii handlowej w Gdańsku i szybko zbiegł ruchomymi schodami.

Wszedł do jubilera.

Można było dostać oczopląsu od tego złota, srebra i brylantów.

– Dzień dobry – powiedział w końcu.

– Dzień dobry, panie doktorze!

O Boże, pacjentka. No, oczywiście nie bardzo ją pamiętał. I oczywiście się do tego nie przyznał.

– Jak to miło pana widzieć! Mój syn kończy już cztery lata. A blizna po cesarce prawie niewidoczna.

– Miło mi to słyszeć – powiedział Augustyn.

– Dobrze. Ale teraz w czym ja mogę pomóc?

– Yyyy... – jąkał się „pan doktor". – Szukam pierścionka. Ale musi być z zielonym czymś i musi mieć brylant.

– Mam takie piękne brylanty... Ale same. W promocji.

– Nie. Musi być zielone – zaprotestował stanowczo Augustyn.

– Dobrze, dobrze, będzie zielone. – Sprzedawczyni przeglądała tysiące wystawionych w gablotach pierścionków. – Mam! Szmaragd.

Pokazała Gutkowi pierścionek z kamieniem w kolorze oczu Anity.

Mężczyzna się uśmiechnął.

– A te małe, białe, błyszczące naokoło, to co? – zapytał.

– Diamenciki.

– Czyli na pierścionek zaręczynowy będzie OK? – zapytał z nadzieją w głosie.

– Na pewno będzie dobrze. Gratulacje!

– Dziękuję, dziękuję. Jestem cały zdenerwowany.

– Musi pan to zrobić jak najpiękniej. Macie swoje ulubione miejsce?

Augustyn się zastanowił. No, ulubionym miejscem nie była dyżurka w klinice.

– No, nie wiem... – Zmartwił się.

– Kwiaty muszą być – podpowiedziała koleżanka pacjentki Augustyna.

– O tak. Wielki bukiet.

– Dobra. Będzie – Oczyma wyobraźni Augustyn zobaczył słoneczniki. Boże. To chyba był szczyt jego możliwości romantycznych.

– I musi pan uklęknąć – dodała klientka, która w międzyczasie weszła do sklepu. – Jak mój pierwszy mąż prosił mnie o rękę, to nawet nie zapytał. Wyobrażacie sobie? Uklęknął wprawdzie przede mną, wyciągnął kwiaty i pierścionek, a ja wzruszona rzuciłam mu się na szyję. Dopiero potem sobie uzmysłowiłam, że on mnie wcale nie poprosił o rękę. To też wypominał mi przez całe nasze małżeństwo. Trwało dziesięć lat. O dziesięć za długo.

Augustyn z przerażeniem popatrzył na kobietę.

– Ale teraz mam drugiego męża. A w zasadzie partnera. Prosił mnie o rękę, ja się zgodziłam i tak sobie miło żyjemy. – Uśmiechnęła się. – A pan musi poprosić. Kobiety to lubią.

Jezu. Chyba tego wszystkiego nie zapamiętam.

– Panie doktorze, niech pan się nie denerwuje. Zaraz coś wymyślimy. To ma być ten pierścionek?

Augustyn przytaknął.

– Kiedy pan ma zamiar go jej dać?

– Dzisiaj?

Wszystkie dziewczyny spojrzały na niego zaskoczone.

– No, to ma pan niewiele czasu.

– Trzeba działać na spontanie – powiedziała klientka. – Czasem nawet tak lepiej.

– Na spontanie – powtórzył zagubiony Augustyn. Do tej pory wydawało mu się, że zaręczyny są tylko chwilą, która ma na celu zaklepanie sobie kobiety na czas wyjazdu. Zupełnie jak w sklepie – „chleb dotknięty uważa się za sprzedany". Albo jak za czasów dziecięcych w stołówce szkolnej, gdy pluło się do swojej zupy, by nikt ci jej nie zgarnął. No, może niezbyt romantyczny przykład, ale bardzo, jego zdaniem, trafiony. A tutaj kwiaty, pierścionek, klękanie, przemowa, normalnie zestresować się można. Może jednak nie podejmować tego ryzykownego kroku?

– Gdzie się umawiacie?

– Jeszcze się na dziś nie umówiliśmy.

– Dzwoni pan do niej i się umawia.

Augustyn spojrzał na zegarek.

– Nie odbierze.

– SMS-a pan napisze – powiedziała młoda ekspedientka.

Trzy sprzedawczynie i klientka były już mocno zaangażowane w sprawę Augustyna.

Augustyn wystukał na klawiszach SMS-a, zakrywając ekran. Po chwili przyszła odpowiedź.

– Ma czas dzisiaj o dziewiętnastej.

– No, widzi pan? Może ją pan gdzieś wywiezie?

– Jezu, gdzie ja mam ją wywieźć?

– No, na kolację!

– Ja wiem! Rozewie.

– Ciemno już będzie. Gdzie ty w październiku chcesz na Rozewie ludzi wysyłać.

– Może koniec mola w Sopocie?

– Oklepane.

Augustyn czuł się, jakby uczestniczył w jakiejś naradzie, z której niewiele rozumiał.

– Wiecie co? – stwierdził nagle. – Ja podziałam… – Spojrzał na klientkę. – Na spontanie. – Podniósł głowę. – Poproszę ten pierścionek.

Już wszystko wiedział. Nie chciał, by te zaręczyny były plastikowe. Chciał, by były takie ich. Lubili morze, las. To nic, że to był październik. Mógł wziąć grube śpiwory. Uśmiechnął się do siebie. Wypiją gorącą herbatę. Tam, gdzie była ich pierwsza randka. Całkiem niedawno przecież. To nie miało znaczenia. Największe znaczenie miało to, by ją sobie zaklepać. Jak tą zupę albo chleb. No, trochę bardziej romantycznie.

Augustyn zapłacił kartą kredytową, kupił wielki bukiet słoneczników, wjechał ruchomymi schodami na parking, wsiadł za kierownicę i pojechał do domu.

W samochodzie wysłał jeszcze SMS-a Anicie, że będzie na nią czekał przed uczelnią.

I, prawdę mówiąc, nie mógł się doczekać. Wyjechał z domu dwie godziny wcześniej, bał się, że słoneczniki mu padną, ale były jakieś żelazne. Niezniszczalne. Sprawdził kilka razy, czy pierścionek na pewno tkwi w kieszeni. Boże, czy wszyscy mężczyźni się tak denerwują?

Denerwował się bardzo. Ani razu nie pomyślał, że denerwuje się, bo za krótko się znają. Nie. Czuł się tak, jakby znali się od zawsze.

Zapakował samochód jak na biwak. Karimatka, dwa puchowe śpiwory, mała lampka, kilka świeczek.

Sam nie spodziewał się, że drzemią w nim takie pokłady romantyzmu.

Pojechał najpierw na plażę w Jelitkowie. Wszystko mu pasowało. Zastanawiał się przez chwilę, czy nie zakopać pierścionka w piasku, by potem Anita go romantycznie odkopała, ale istniało ryzyko, że go nie znajdzie. Mimo miłości, żal by mu było trzech tysięcy złotych wydanych u jubilera. Kwiaty zostawił w krzakach. Miał nadzieję, że nikt się nimi nie zaopiekuje przez ten czas. Ukrył je w foliowym worku. Nadchodził zmierzch, w związku z czym miał nadzieję, że nikt ich nie wypatrzy.

Wsiadł z powrotem do samochodu. Miał chwilę czasu, ale pojechał już pod uczelnię. Stanął na parkingu. Przez chwilę wydawało mu się, że z sąsiedniego budynku wychodziła Anula. Skulił się w aucie. Nie chciał z nią teraz rozmawiać i zaprzątać sobie nią głowy. Tym bardziej że zauważył Anitę. Szła w kolorowym płaszczu, rude loki powiewały jej na wietrze. Jedną torbę miała rozpiętą, z drugiej powiewała apaszka. Sznurowadło w bucie też rozwiązane. Rozczulił go ten widok. No, przecież trzeba się nią zaopiekować!

– Cześć! – Wybiegł z samochodu.

– Dzień dobry, panie doktorze – usłyszał gdzieś z tyłu.

Boże, wszędzie pacjentki. Gdzie się nie ruszy, pacjentki. Zwariować można z tymi pacjentkami.

– Dzień dobry.

Przytulił Anitę na przywitanie, po czym zapiął jej torbę i owinął ją szalikiem.

Uśmiechnęła się do niego ukazując, jak wiemy, najpiękniejsze na świecie dołeczki.

– Co ty taki niecierpliwy byłeś? – zapytała.

– Bardzo się za tobą stęskniłem – powiedział.

– Od wczoraj?

– Od wczoraj – potwierdził. – Mam dla ciebie dwie wiadomości. Jedną dobrą, a drugą złą. Od której najpierw zacząć?

Anita spojrzała na niego przerażona.

– Muszę wyjechać. Znaczy, powinienem. Wcale nie chcę, ale wiem, że to byłoby dla mnie dobre.

Anita zamarła, wpatrując się w niego.

Przez chwilę pomyślała, że to wszystko, co czuła przez ostatnie tygodnie, było zbyt piękne. Pomyślała, że wszystko się skończyło.

– Gdzie musisz wyjechać? – zapytała ze ściśniętym gardłem.

– Do Stanów. Boston…

– O Jezu. – Westchnęła. – To… koniec?

– Co? – Augustyn nie mógł uwierzyć, że to powiedziała. – Jaki koniec? Mała, jaki koniec? – Wziął jej głowę w dłonie i patrzył jej głęboko w oczy.

To dopiero początek, pomyślał. Och, jaki cudowny początek!

***

– Mów dalej – powiedziała Anita, gdy już rozłożyli się na plaży. Augustyn przykrył ją śpiworem, sam jeszcze nie usiadł na kocu.

– Usiądź wreszcie i powiedz do końca, o co chodzi.

Augustyn uklęknął obok niej.

– Kiedyś, dawno, poznałem profesora z Massachusetts. Ma własną klinikę. Obiecał, że kiedyś zaprosi mnie, bym zobaczył, jak to wygląda z tamtej strony... Moja matka rozmawiała z nim i on chce, bym był u niego już za tydzień.

Anita jęknęła.

– Na jak długo?

– Trzy tygodnie.

– Nienawidzę teraz tego faceta, wiesz? Nienawidzę tego twojego wyjazdu, wiesz? Ale z drugiej strony, wiem, że to dla ciebie będzie duży krok do przodu.

Augustyn pokiwał głową.

– Będziesz na mnie czekała?

Anita się roześmiała.

– Jasne! – Wzruszyła ramionami. – Są maile, Facebook, Skype... Boże, że też tak można się do człowieka przyzwyczaić...

– Przyzwyczaić? – zapytał Augustyn, patrząc na nią badawczo.

– Nie – powiedziała cicho Anita. – To nie przyzwyczajenie. – Spuściła głowę.

– Wiem. – Augustyn przytulił ją mocno. – Poczekaj chwilę. Nie otwieraj oczu.

Ręce mu się trzęsły tak, że miał problem z wyjęciem z torby świeczek. Rozstawił kilka naokoło karimatki. Zapalił je. Bał się, że wiatr je zaraz zdmuchnie. Pobiegł szybko w krzaki po kwiaty.

– Nie otwieraj oczu, bo wszystko popsujesz! – zawołał.

Po chwili wrócił. Anita siedziała opatulona jego śpiworem. Miała zamknięte oczy i lekko zaczerwieniony z zimna nos. Była piękna.

Uklęknął przed nią. Wyjął z kieszeni pierścionek. Wziął w dłonie kwiaty.

– Anita...

Dziewczyna otworzyła oczy. Od razu szeroko ze zdziwienia.

– Ja wiem, że to krótko. Ja zdaję sobie sprawę, że szybko wszystko poszło. Ja wiem. Ale na to nie ma reguły. Anita... To nie przyzwyczajenie. Ja cię kocham. Po prostu. To spadło na mnie nagle i naprawdę sam jestem tym zaskoczony. I bardzo bym chciał... Bardzo bym cię prosił o to, byś została moją żoną. – Zamarł w bezruchu, trzymając pierścionek w dłoni, gotowy, by jej go nałożyć.

Anita siedziała zdumiona.

Nic nie mówiła.

Po prostu ją zatkało. Ona spodziewała się najgorszego, że Gutek całą tą gadką o Stanach chce po prostu znaleźć pretekst, by z nią zerwać, a ten – zupełnie odwrotnie.

– Kocham cię, wariacie... – powiedziała cicho.

– Ale? – zaniepokoił się Augustyn.

– Nie ma żadnego „ale". – Uśmiechnęła się i wysunęła swój serdeczny palec.

– Jezu, żeby był dobry! – wymsknęło mu się. – Na wszelki wypadek kupiłem łańcuszek, jakby był niedobry, w razie gdybyśmy nie zdążyli go przerobić...

– Ciii... – powiedziała Anita.

Pierścionek pasował.

Augustyn gładził ją po dłoni.

– Jak twoje oczy, nie? Zielone.

Siedzieli przytuleni w blasku dogasających świeczek. Świat wyglądał zupełnie tak samo. Te same gwiazdy, ten sam piasek. Ten sam szum fal. Oni też byli tacy sami, jak chwilę przedtem. I to właśnie było piękne.

Augustyn rysował Anicie serduszka na udzie. I to właśnie było szczęście.

– Moniki dzisiaj nie ma – powiedziała cicho dziewczyna.

Augustyn na chwilę przerwał swoje rysunki i się uśmiechnął.

– Zapraszasz mnie do siebie?

– A chcesz? – zapytała niepewnie. – Wiesz...

– Pytanie!

Pojechali do akademika. Pani Stasia znała Anitę i wiedziała, że ta nigdy nie przyprowadza do siebie mężczyzn. Ten był pierwszy. Dobrze mu patrzyło z oczu. Anita trzymała w ręku wielki bukiet słoneczników. Od progu pokazała pierścionek.

Pani Stasia aż wyszła ze swojego pokoiku, by ją przytulić. Dobra dziewczyna była z tej Anitki. Zasługiwała na szczęście.

Augustyn chciał jej to szczęście dać w maksymalnej dawce. A ona jemu. To była piękna noc. Ale szczegóły zostawmy kochankom…

***

Cyryl bezskutecznie próbował dodzwonić się do Augustyna. Siedzieli z Anulą w kuchni i pili wino. Wino, w które Augustyn regularnie zaopatrywał szafkę.

– On naprawdę pojechał się jej oświadczyć – stwierdziła Anula.

– Ty ją znasz?

– No co ty. Nawet jej tutaj nigdy nie przyprowadził.

– Wstydzi się?

– Nie mam pojęcia. Wiesz, ja jestem tylko współlokatorką, ale żeby tobie, najlepszemu przyjacielowi, nie powiedział?

– Wiesz… Ja też nie zwierzam się mu ze wszystkich podbojów miłosnych.

– A sporo ich masz?

– Trochę.

– No tak. Taki facet jak ty. Wszystkie laski twoje. – Roześmiała się.

– Odkąd mnie oszpeciłaś, moje życie erotyczne legło w gruzach.

Anula ponownie się roześmiała.

– Sprowadziłam cię na dobrą drogę.

– Tja... – Spojrzał na jej krótką spódniczkę i rozpięte dwa górne guziki koszuli. – Zaraz mnie na złą sprowadzisz.

Anula rozpięła jeszcze jeden guzik.

– Ja się nie przejmuję twoim oszpeceniem – stwierdziła.

– Anula. Ja ciebie za bardzo lubię – wyrwało się Cyrylowi.

– Mam wielu takich, co za bardzo mnie lubią. By mnie nawet przytulić – wyrwało się Ani. – Koleżanka z sąsiedztwa. Przyjaciółka. Po prostu Anula. Kumpelka do biegania, taki wiesz, *peacemaker* na maraton. Za którym się goni, który bawi, który rozśmiesza. Można jeszcze ze mną na rower iść. Wina też się można napić. I opowiedzieć, że wydepilowana klata ogranicza życie seksualne.

– Anula... – Cyryl poczuł się niepewnie.

– Za dużo wina. Chyba – stwierdziła. – Muszę iść pobiegać.

– Teraz? W środku nocy będziesz biegała?

– A dlaczego nie? Jestem wolną kobietą, mogę robić, co mi się podoba. Jestem pełnoletnia.

– Anula…

Dziewczyna poszła do swojego pokoju. Nie patrząc, że Cyryl za nią idzie, zsunęła spódniczkę, założyła biegowe leggінsy. Cyryl odwrócił wzrok. Anula zdjęła bluzkę i włożyła koszulkę termiczną. Październik był chłodny. Szczególnie o północy.

– Nie pójdziesz sama biegać – powiedział stanowczo. – Wypiłaś za dużo wina, jest ciemno, nie jest bezpiecznie.

– Pójdę. – Zaczęła zawiązywać buty biegowe.

– Jezu, Anula, ale z ciebie uparciuch.

Cyryl wyszedł szybko. Wziął z szafy leggінsy biegowe Augustyna i jego bluzę. Na pewno mu chłopak wybaczy. Buty na szczęście miał swoje. Gdy wrócił, Anula zbiegała już ze schodów. Popędził za nią. Nawet nie zamknął drzwi. Augustyn by go zabił, ale Cyryl wiedział, że sąsiadka czuwa nad wszystkim.

Biegł za dziewczyną w odległości kilku metrów. Anula pruła, jakby miała zamiar pobić swój rekord życiowy. Boże. Była dla niego niezłym wyzwaniem. Nie miał ochoty biegać tego dnia. Miał ochotę porozmawiać z normalną dziewczyną o normalnych sprawach, a nie uganiać się za nią przez środek miasta. Anula skierowała swoje kroki do lasu. Do lasu nie mogą przecież iść w środku nocy! Pomijając zwierzęta, dziki, które często się w lesie przechadzały, to przecież można łatwo zabłądzić i będą musieli przesiedzieć tam do rana.

– Anula! – zawołał.

Dziewczyna nie słuchała.

Przyspieszył. Nie było wcale łatwo ją dogonić. Była już na skraju lasu, gdy wreszcie ją dopadł. Oparł ją o drzewo, by mu nie uciekła. Wyrywała się z całej siły.

– Anula – zasyczał. – Nie zachowuj się jak dziecko.

– Nie jestem dzieckiem – zawarczała.

– Anula... – Przybliżył twarz do jej twarzy. Bezwiednie rozchyliła usta. Przez pewien bardzo krótki moment zastanawiał się, czy jej nie pocałować. Bardzo tego chciał. Ale, z drugiej strony, nie chciał tego wszystkiego popsuć.

Patrzyli na siebie w milczeniu i ciężko oddychali.

– Pobiegniesz do domu? Ze mną?

Anula wzruszyła ramionami.

– Dlaczego uciekasz?

Kolejne wzruszenie ramion.

– Chodź. Pobiegniemy szybko do domu. Tak bardzo szybko. Ja będę kilka kroków za tobą.

Anula pokiwała głową.

Biegł za nią i zastanawiał się, dlaczego jej nie pocałował. Dlaczego, gdy rozpięła wtedy w kuchni te dwa guziki, był już cały spięty. Przecież to nie było normalne! Widział ją lekko biegnącą kilka kroków przed nim. Nagle zaczął żałować tamtego momentu. Tamtego drzewa, kiedy stali tak blisko siebie, że wystarczyło pochylić się lekko, by dotknąć ustami jej ust.

Gdy dziewczyna dotarła do drzwi wejściowych do klatki i wyjęła klucz z kieszonki legginsów, stanął za nią. Odwróciła się na chwilę. Cyryl oparł ją o ścianę i zaczął całować. Anula się poddała. W jej żyłach płynęło trochę wina i moc endorfin po biegu. Cyryl dołożył swoje. Poddała się mu zupełnie. Po raz pierwszy od dawna nie musiała stać twardo na własnych nogach, nie musiała być silna.

Wyjął z jej rąk klucz do drzwi. Otworzył je. Pociągnął Anulę za rękę i pobiegli na pierwsze piętro.

Następnego dnia Anula nie poszła na uczelnię. Cyryl nie poszedł do pracy.

Czy musimy wspominać dlaczego?

Chyba nie.

Wspomnę tylko, że tak około dwunastej w południe Anula oświadczyła:

– Cyryl, ale to zupełnie nic nie znaczy. OK?

Cyryl zamarł.

– Po prostu chciałam. Jak to mówi Katarzyna Miller: chciałam, to sobie wzięłam.

Mężczyzna nic nie odpowiedział. Zatkało go.

Jeszcze nigdy. Nigdy w życiu żadna kobieta go tak nie potraktowała.

Zapomniał wspomnieć, że postąpiła z nim dokładnie tak samo, jak on miał w zwyczaju traktować swoje „koleżanki":

– Nie chcę byś się przyzwyczajała...

– Nie, nie wprowadzę się do ciebie...

– No, ale, kochana, jedna jaskółka nie czyni wiosny...

– Tak, masz rację, było bardzo miło, ale...

– Ale, słoneczko, to, że spędziliśmy ze sobą noc, przecież nie znaczy, że zaraz ślub będziemy brali...

Cyryl czuł, jakby go ktoś trafił obuchem w łeb. Oczywiście nie pamiętał, że mówił tak wielokrotnie. „Chciałam, to sobie wzięłam"? O czym ona mówiła, do cholery? Przecież tak się z ludźmi nie postępuje! Tak jak z maszynami! Mechanicznie!

***

Mechanicznie z mężem postępowała również pani Poniatowska, która nie dała się przekonać, że tym razem na Maltę Romuald również by pojechał. I to z wielką przyjemnością. Bo tak w skrytości ducha, przecież on zawsze marzył o Malcie. No, i oczywiście o wyjeździe z nią, Gertrudą. Kochaną żoną. A ta kochana żona, nieugięta, sama sobie jedzie.

– Kupiłam bilet Gutkowi i sobie do Warszawy – oświadczyła.

– Sobie? – zdziwił się Romuald. – Ale po co sobie?

– Muszę jeszcze coś załatwić.

– Przecież już nie pracujesz.

– Tak, ale jeszcze powinnam coś załatwić w szpitalu – odpowiedziała Gertruda.

Romuald czuł, że wszystko wymyka mu się z rąk. Życie wymyka mu się z rąk. Dopóki czuł, że to on dzierży ster w ręku, czuł się całkiem dobrze, jednak gdy stery te przejęła Gertruda, mina mu zrzedła.

– A te bilety na kiedy? – zapytał smutno.

– Na pojutrze. Na samolot. Gutek załatwi wizę, a ja pojadę do szpitala.

– Na samolot? A nie lepiej Pendolino się wybrać?

– A ja nie wiem. Już kupiłam na samolot, to kupiłam. Promocja była, dużo nie przepłaciłam. A lecimy na Okęcie.

Romuald westchnął po raz kolejny. Musi pogadać z Gutkiem. Może on dowie się czegoś od matki. Bo to, że z Gertrudą było coś nie w porządku, to wiedział już od momentu, gdy kupiła sobie perukę. I trzy pary butów, w których nawet jeszcze po domu nie chodziła.

***

Augustyn od rana musiał być w szpitalu. Wstał wcześniej niż jego NARZECZONA.

Narzeczona, narzeczona, narzeczona. Powtarzał to sobie kilka razy, patrząc na ten zadarty nosek, rozchylone usta i kawałek piersi wystającej spod kołdry.

Cudowna narzeczona.

Zrobił kawę, niestety nie było nic do jedzenia, więc poprzestał na samej kawie.

– Kochanie, ty rano masz uczelnię? – zapytał.

– Mhmhm... – powiedziała Anita i przykryła się niemal cała kołdrą.

– Zrobiłem kawę.

Anita wystawiła głowę spod kołdry, po czym usiadła. Zapomniała, że nie ma nic na sobie. Augustyn się uśmiechnął.

– Nie wypijemy tej kawy. – Spojrzał na nią porozumiewawczo.

– Wypijemy! – Dziewczyna zawinęła się cała w kołdrę.

– A może jednak nie?

– Gutek... Kawa, zęby umyć...

– Ty nic w sobie nie masz romantyzmu... – Augustyn udawał nadąsanego.

Anita się roześmiała.

– Ale mam za to przecudowny pierścionek. Boję się go nosić do pracy. Boję się, że go zgubię albo mi ukradną.

– Kupię ci wtedy nowy – powiedział Augustyn beztrosko. – Biznesplan przeczytałem. Nawet mam jakieś notatki.

– Brawo. – Uśmiechnęła się Anita. – Nie samą miłością i seksem żyje człowiek.

– A może jednak? – zapytał Augustyn, przytulając się do niej.

– No, nie wiem… – Dziewczyna odgarnęła włosy z szyi, co Gutek skwapliwie wykorzystał. Zaczął obsypywać ją pocałunkami.

– No, to jak? – zapytał.

– No, może… – Dziewczyna przyciągnęła go do siebie.

Kawy nie zdążyli wypić…

***

Gertruda Piontek wszystko zaplanowała. Zawsze kupowała notes Moleskine, w tym roku miała biały, z Małym Księciem. Dodawał jej optymizmu, a teraz było jej to potrzebne. Jak już wiemy, była osobą, która nie pozwalała sobie na żadne słabości (oprócz butów), która zawsze sprawiała wrażenie, że jest twarda jak skała.

Tylko wtedy, gdy była sama, czasem powątpiewała. Kiedyś kupiła sobie kubek z napisem „Padłaś, powstań, popraw koronę i zasuwaj". Tak też robiła. Była w stanie wygrzebać się sama z najgorszej dziury. Tak na pewno będzie i tym razem.

Zaraz miał przyjechać po nią Gutek. Samochód planował zostawić na parkingu na lotnisku, w końcu lecieli tylko na jeden dzień.

Gertruda miała nadzieję, że wszystko pójdzie po jej myśli, jednak niepokoiły ją złe myśli. Co ma być to będzie. Dzwonek do drzwi. Augustyn. Zwariował chłopak. Wczoraj zadzwonił i stwierdził, że się oświadczył. Przecież on nawet nie pokazał matce tej dziewczyny! Gdyby miała jej aprobatę, dostałaby rodowy pierścionek Poniatowskich. A tak? Nie dostanie. Gertruda znajdzie kogoś innego, kto na ten pierścionek zasłuży. Poznał dziewczynę dwa tygodnie temu i już zaraz ślub? Nie takie życie Gertruda zaplanowała dla swojego syna.

Podreptała w swoich butach na wysokiej szpilce, by otworzyć drzwi. O dziwo, wyglądał na szczęśliwego.

– Napijesz się kawy? – zapytała.

– Mama, na lotnisku. Czasu już jest niewiele.

– Masz rację, masz rację... – Gertruda wróciła do pokoju po torebkę.

Na lotnisko zajechali grubo przed czasem. Odprawili się już w domu, więc przed nimi była tylko kontrola bagaży. Zamyślona Gertruda podeszła do celnika. Postawiła torebkę na taśmie, wyjmując wcześniej telefon i kładąc obok.

– Poproszę o zdjęcie butów. – Mężczyzna wskazał na jej szpilki w morskim kolorze.

Gertruda nerwowo zaczęła się rozglądać.

– Zdjęcie butów? – powtórzyła.

Mężczyzna pokiwał.

– Ale... Ale ja nie mam zdjęcia butów! Nie mam ich żadnej fotografii!

***

Na szczęście pani Poniatowska w końcu zrozumiała i sama zaczęła się śmiać. Pamiętała, jak kiedyś Romuald zrobił niezłe zamieszanie na lotnisku. Lecieli chyba na wczasy do Tunezji. W czasach, gdy było to jeszcze w miarę bezpieczne. Podeszli do celnika, a ten rzucił stałą formułkę:

– Poproszę klucze i sprzęt elektroniczny do osobnego korytka...

Romuald posłusznie wszystko wyciągał.

– Komórkę pan ma? – zapytał celnik.

Romuald zrobił przerażoną minę i uciekł. Celnik nie wiedział, czy go gonić, czy nie. Zastanawiał się, czy nie wezwać ochrony, przecież mężczyzna zostawił cały dobytek na taśmie.

Już zaczął wzywać ochronę, gdy pojawił się spocony i rozczochrany Romuald.

– Bardzo jestem panu wdzięczny.

Mężczyzna podniósł do góry jedną brew.

– Jestem panu wdzięczny, że przypomniał mi pan o telefonie! Zostawiłem go w taksówce!

Gertruda uśmiechnęła się na samą myśl. Jak wróci, musi opowiedzieć Aldeczkowi o zdjęciu butów.

Do Warszawy zalecieli bez zbytnich turbulencji. Gutek odstawił matkę do szpitala, a sam pojechał załatwiać wizę. Gertruda miała nadzieję, że zrobi to szybko. Nie wyobrażała sobie scenariusza, że Gutek nie poleci do Stanów. Nie było takiej opcji. Musiał lecieć i już.

– Pani Gertruda Piontek.

Początkowo nie zareagowała na wezwanie do pokoju. Zapomniała, że umówiła się, podając panieńskie nazwisko. Gdy jednak pielęgniarka drugi raz dobitnie powtórzyła „Piontek", kładąc akcent na „n", Gertruda zorientowała się, że chodzi o nią. Wstała i weszła do gabinetu.

***

Augustyn załatwił wszystko po swojej myśli. Zadzwonił do matki.

– Wszystko załatwiłaś? Możemy wracać?

Umówili się na lotnisku.

– A co ty tam właściwie załatwiałaś, mamo? – zapytał Augustyn. – Szkoda, że nie miałem trochę więcej czasu. Tam pracuje Dąbrowski. To jest mega mózg. Spotkałem się z nim kiedyś na konferencji, miałem okazję zamienić z nim kilka słów.

Gertruda znała profesora Dąbrowskiego. Również była przekonana o jego genialności. Bo przecież właśnie przed chwilą z nim rozmawiała. Po to właśnie pojechała do Warszawy.

***

Cyryl chciał porozmawiać z Anulą. Poważnie porozmawiać. Ona nie za bardzo chciała rozmawiać, bo – jej zdaniem – nie było o czym.

– Cyrylu, nie róbmy z tego problemu – powiedziała znad książki. Właśnie dorwała *Biznes plan. Jak go budować i analizować*, książkę należącą do Augustyna, i wertowała ją.

– Cyrylu – powiedziała nagle. – Posłuchaj. Musisz mi pomóc.

Cyryl był w zasadzie obrażony na nią, ale pomyślał, że jeśli będzie jej pomagał, to może ona spojrzy na niego nieco inaczej niż na przedmiot seksualny. Kurczę. Ile razy on tak patrzył na kobiety! To nie było do końca miłe. Westchnął.

– No? – zapytał inteligentnie.

– Może w ramach tej mojej nieszczęsnej pracy magisterskiej zrobiłabym Gutkowi biznesplan gabinetu? Co myślisz o tym pomyśle? Może wspólnie byśmy pokombinowali? Ty masz łeb na karku, może byś mi pomógł... Posiedziałbyś ze mną kilka godzin i jakoś by się udało...

Cyryl zgodził się na wszystko. Z tego słowotoku Anuli wprawdzie zapamiętał tylko tyle, że ma jej pomóc i posiedzieć z nią kilka godzin, oraz że się uda. Jednak na razie to mu wystarczało. Obiecał przekonać przyjaciela do jej pomysłu.

***

Przyjaciel wracał właśnie z Warszawy. Niestety nie planował spotkać się z Anitą, bo pracowała, a on musiał przygotowywać się do wyjazdu. Skoro już jechał, chciał z niego jak najwięcej skorzystać. Co jeszcze mógł zrobić? Chyba nic. Zaufać. Po prostu zaufać. Jak się jest ze sobą, to się ufa, prawda? Ufa się w każdej sytuacji bez wyjątku i mówi się prawdę.

***

Gertruda Poniatowska wróciła z Warszawy.

W kalendarzu z Małym Księciem minął kolejny dzień. Dzień wypełniony planami i zadaniami. Dzisiejszy dzień nie był dobry. Ale był taki, jak myślała. Załatwiła sprawę, którą należało załatwić. Zdecydowała się nie mówić o tym Romualdowi. Po co mu zaprzątać głowę. On miał słabe serce. Jeszcze coś by mu się stało.

Otworzyła kalendarz i skreśliła ostatni punkt dnia.

Od jutra miała w planie się pakować. I dopilnować Gucia, by poleciał do tych Stanów. Boże, miłość... Czymże jest miłość? Kiedy potem nawet nie mówi się prawdy drugiej, wydawałoby się najbliższej, osobie. Miłość jest ważna, ale zakochać można się w każdym. Jak on mógł zakochać się w dziewczynie, która nie jest lekarzem? No, co za mezalians! Trzeba szybko mu to wybić z głowy. Może jak poleci do tych Stanów, to zapomni o niej? Odkochać się jest łatwo. Minie mu pewnie. Szkoda, że wyszedł jej ten... hmm... WYJAZD. Na Maltę. Uśmiechnęła się do siebie. Jak ładnie to nazwała. Wczasy na Malcie.

Nawet Krystyna nie wiedziała. Jej też nie chciała martwić. Kochała ją. A tych, których się kocha, przecież się nie martwi. W żadnym wypadku.

Rozdział 15

Jest czas rozstania i czas powrotów

Gertruda Poniatowska, *de domo* Piontek, pakowała się.

Hm.

Pakowała się na Maltę.

Romuald siedział w fotelu w sypialni i patrzył na nią zdegustowany.

– Trudziu...

– Nie mów do mnie Trudziu! – warknęła. Naprawdę tego nie lubiła.

– Gertrudo, kochanie, a może da się jeszcze coś zrobić, byśmy pojechali razem? Ja nawet na tej Malcie się przemęczę. Nie wiem, co tam trzeba robić, ale jak będziesz kazała mi leżeć na plaży, będę leżał – stwierdził.

– „Mąszeri". – Westchnęła Gertruda. – Czasem kobieta musi być sama. Musi pomyśleć, popatrzeć w głąb siebie.

Romuald jęknął. Od patrzenia w głąb kobiety był on i Augustyn. Augustyn załatwiał te sprawy oddolnie, a jego ojciec odgórnie. Po co jego żona, Gertruda, miała sama zaglądać w głąb siebie? Od razu podzielił się z nią swoimi przemyśleniami.

– Romualdzie, ale ja chcę zaglądać do swojej duszy, nie do swojej dupy!

Aldeczek się wzdrygnął. Było niedobrze. Jego żona nigdy nie używała takich słów. A teraz użyła i nawet zbytnio się tym nie przejęła.

Podszedł do szafy z butami. Rozejrzał się wokół. Znalazł – są. Złote sandałki, które zawsze zabierała na wakacje. Pamiętał je na jej szczupłych stopach. Miło mu się kojarzyły. Że też nigdy nie chciał z nią jeździć na wakacje! Zawsze marudził, zawsze się zmuszał. A potem był zadowolony, chociaż nigdy nie przyznał się do tego głośno.

Że też człowiek wcale sobie nie zdaje sprawy w momencie, gdy jest szczęśliwy. Romuald podrapał się w sam czubek swojej, jeszcze całkiem gęstej, siwej czupryny. Człowiek jest taki durny, że zawsze czeka na szczęście, albo wspomina te chwile, kiedy był szczęśliwy. A tu i teraz? Boi się sam sobie przyznać, że jest szczęśliwy, bo coś mu spadnie na łeb albo spotka go siedem plag egipskich. „Ranne ptaszki koty zjadają", „Nie chwal dnia przed zachodem słońca". Do cholery, dlaczego nam nie pozwalają być szczęśliwymi? Od dziecka?

Tylko każą nam uważać i nie cieszyć się zbytnio życiem, bo zaraz będzie gorzej?

Wziął ze sobą sandałki i położył je obok walizki.

Gertruda spojrzała na niego pytająco.

Wzruszył ramionami.

– Zawsze brałaś je na wakacje. Pamiętam, miałaś kiedyś taką zieloną sukienkę. Dość krótką. I te sandałki.

– Zieloną sukienkę? – Gertruda uśmiechnęła się. – Ale to było bardzo dawno temu. Przecież wtedy byłam w ciąży!

– Nie pamiętam. Ale byłaś piękna. – Romuald pokiwał głową. – A teraz sama chcesz jechać na wakacje. I to tak daleko. Gdyby to chociaż Ciechocinek był albo inne uzdrowisko. Gertrudo, czy ty kochasz życie? – zapytał nagle.

– Bardzo kocham życie, „mąszeri". Bardzo.

A w myślach dodała: tak bardzo, że naprawdę muszę jechać na tę cholerną Maltę.

Spakowała biały, frotowy szlafrok. Piżamę. Wzięła ręczniki. Po kryjomu zapakowała ciepłe kapcie na płaskiej podeszwie. W razie czego.

Romuald nie zwrócił na to uwagi.

– Masz coś do czytania? Coś bardzo pozytywnego? Takiego na... na urlop? – zapytała.

– Pozytywnego? Na urlop? – zdziwił się Romuald. Jego żona nie chciała już czytać o smutnych patologiach współczesnego świata? – Na urlop. Mam. Poczekaj. – Wyszedł na dół, do swojego gabinetu. Co by tu wziąć pozytywnego na urlop dla żony? Uśmiechnął się. Złapał trzy książki i poszedł z powrotem na górę.

Gertruda nie spojrzała nawet na tytuły. Schowała je do walizki.

– Kiedy ty dokładnie wylatujesz? – zapytał.

– Pojutrze. Muszę sprawdzić o której.

– Daj bilet to ci sprawdzę. A przez co lecisz? Najpierw Warszawa, a potem dalej, czy od razu?

– Yyyy... – zamyśliła się Gertruda. – Najpierw Warszawa, a potem czarter – powiedziała szybko.

– No tak, to nie znajdę w rozkładzie. Musisz mieć informacje od przewoźnika.

– Tak. Mam wszystkie informacje – odparła.

Faktycznie miała. W turkusowej teczce, z którą była „załatwiać sprawy" w Warszawie.

***

Augustyn ostatniego dnia przed wyjazdem postanowił oczywiście spędzić czas z Anitą. Koniecznie chciał zaprosić ją do siebie, mimo iż to „u siebie" było trochę na wyrost.

– Nie czuję się tam jak w domu – powiedział. – Tam nie ma ciebie, a jest jakaś inna kobieta. Nie denerwuje cię, że mieszka ze mną jakaś laska?

– Nie. Bo ją znałeś już wcześniej, a to ja noszę najpiękniejszy na świecie pierścionek.

– Nie nosisz właśnie.

– No, w pracy nie noszę. Nie chcę zgubić.

– Jak skończysz, pojedziemy do mnie. Powiedziałem już Ani, że będziesz. Tylko teraz nie wiem, czy ona z ciekawości będzie czekała na nas wraz z Cyrylem, czy się grzecznie usunie z domu, żebyśmy mogli pobyć trochę sam na sam.

***

Anula, gdy dowiedziała się o tym, że Augustyn ma zamiar sobie sprowadzić na noc kobietę, choćby to była jego narzeczona, w co zbytnio nadal nie mogła uwierzyć, zadzwoniła do Cyryla.

– Hej. Remont ci się już skończył, mam nadzieję?

– No, skończył – odpowiedział Cyryl.

– Śpię dziś u ciebie – oświadczyła Ania.

– Ooo! – ucieszył się mężczyzna. – Bardzo miło mi to słyszeć!

– Tylko sobie nic nie myśl. Do Gutka przychodzi narzeczona, a nie wiem, czy to zniosę, więc przychodzę do ciebie. Coś zabrać?

– Kompletnie nic. Możesz spać nago.

– Ty sobie nic nie myśl.

– Ależ skąd. Wiem, że jak będziesz chciała, to po prostu sobie weźmiesz.

Anula się roześmiała.

– Właśnie.

– A ja, jak będę chciał, to ci dam, albo i nie.

– Cyryl!

– No co? W końcu równouprawnienie jest!

– Pogadamy, jak się zobaczymy!

– Mam nadzieję, że zbyt dużo nie będziemy rozmawiać…

Anula uśmiechnęła się do telefonu. Chyba też miała taką nadzieję. Chociaż z Cyrylem lubiła rozmawiać. Na każdy temat. Miała wrażenie, że taki facet potrafi rozwiązać jej wszelkie problemy i wyswobodzić ją z każdej opresji.

***

Cyryl w skupieniu próbował przypomnieć sobie, w jakim stanie zostawił mieszkanie, wychodząc rano do pracy. Pamiętał jak przez mgłę porozrzucane skarpetki i zlew pełen brudnych naczyń, mimo że posiadał zmywarkę.

Skrzywił się. Skoro Anula miała do niego przyjść, nie mogła przecież przykleić się do blatu na stole. Tym bardziej, że wobec blatu miał zdecydowanie inne plany.

Ekipa sprzątająca.

Miał panią Olę, która sprzątała u niego w biurze. Gdzie jest pani Ola?

Pobiegł szybko do biurowej kuchni, gdzie pani Ola wypakowywała zmywarkę.

– Pani Olu. Akcja wiosna.

– Październik przecież mamy. A w zasadzie już prawie listopad.

– No mamy, mamy. Ale wie pani, akcja błysk. U mnie w mieszkaniu. Mogę panią porwać na kilka godzin?

– A co z tym tutaj? – Wskazała na nieskazitelnie czystą podłogę, zlew i blaty kuchenne.

– Z tym tutaj nic się nie stanie.

– No, ja mam płacone od godziny. Jest mi obojętne, gdzie sprzątam.

To był dobry pomysł. Gdy zajechali do domu do Cyryla, pani Ola spojrzała na niego z lekkim zaniepokojeniem. Oczywiście nie wypadało jej nic skomentować, toteż nic nie powiedziała. Włożyła rękawiczki, które wyjęła z przepastnej torby, zawiązała sobie na brzuchu fartuch i zabrała się do pracy. Cyryl w tym czasie próbował ogarnąć sypialnię i salon. Pani Ola metodycznie szła od jednej strony mieszkania do drugiej i mniej więcej po pięciu godzinach była zadowolona ze swojego dzieła.

Cyryl odetchnął z ulgą. Pani Ola zmieniła mu jeszcze pościel. Nie zamierzał wprawdzie tego robić, ale gdy ujrzał jej wzrok, szybko zmienił zdanie.

Królestwo zostało pozamiatane. Mógł do niego zaprosić księżniczkę. Która, jak będzie miała ochotę, to sobie weźmie, a jak nie, to nie.

Ech, te współczesne kobiety!

***

To była bardzo bezsenna noc. Gertruda nie mogła spać, bo myślała o tym, co czeka ją na „tej cholernej Malcie", Romuald nie mógł spać, bo zastanawiał się, co jego żona kombinuje. Augustyn z Anitą, o dziwo, pół nocy rozmawiali. Snuli spokojnie plany na dalsze życie i mimo iż znali się bardzo krótko, plany te były bardzo spójne. Cyryl z Anulą również nie spali. Bo wiecie… Anula chciała, to sobie brała. A Cyryl nie protestował. Przecież kobietom się nie odmawia.

Rozdział 16

Malta, a raczej nie-Malta

Augustyn pojechał. A raczej poleciał. Anita ze łzami w oczach przygotowywała łóżka dla kolejnych pacjentek. Dziś miało być pięć nowych. Dwie na wycięcie macicy, jakieś problemy z jajnikami.

Ech. Życie.

Gdyby Augustyn je operował, to byłaby pewna, że będzie wszystko dobrze. Ten drugi też podobno jest dobry, ale to nigdy nic nie wiadomo. Anita liczyła godziny. Co chwilę sprawdzała na komórce Flight Radar, by zobaczyć, gdzie przelatuje właśnie samolot z Gutkiem na pokładzie. Ostatni szlif. Łóżka przygotowane.

***

Gertrudę zawiózł rano na lotnisko mąż. Augustyn poleciał kilka godzin wcześniej. Gertruda domagała się, by jechać razem z nim, obiecywała, że poczeka na lotnisku, ale Romuald uparł się, że ją odwiezie jeszcze raz.

– To ja, kochanie, tu wysiądę – powiedziała, gdy dotarli na lotnisko. – A ty już jedź.

– Ale przecież pójdę z tobą. Walizkę ci zaniosę. – Uśmiechnął się. – Nabrałaś tyle par butów, że jej sama nie uniesiesz.

– Kółka ma, „mąszeri". Dam sobie radę. Leć już. – Pocałowała go w policzek. – Po co masz płacić za parking. – Wyganiała go. Romualdowi zrobiło się nawet na chwilę przykro. Nic jednak nie powiedział.

– Pa, kochanie – powiedział w końcu. Nie będzie się pchał na siłę.

– Pa. Zadzwonię.

Romuald pokiwał głową.

– Daj znać, gdy dolecisz.

– Dam znać, gdy bezpiecznie wyląduję – zamyśliła się Gertruda.

– Koniecznie.

Gertruda wyszła z samochodu. Romuald pomógł jej wyjąć walizkę z bagażnika. Poszła do terminala. Stanęła za szybą i czekała, aż mąż odjedzie. Pomachała mu. Dopiero gdy upewniła się, że pojechał, złapała w dłoń telefon i wybrała numer korporacji taksówkowej.

– Dzień dobry – powiedziała. – Chciałabym zamówić taksówkę na terminal odlotów na lotnisko. Tak. Gertruda.

Wyszła na zewnątrz. Było zimno. Wiele by dała, by naprawdę polecieć na Maltę. Najchętniej z mężem. Cóż. Czasem trzeba podejmować inne decyzje. Przyjechała taksówka. Gertruda wsiadła do niej i pojechała.

Ruszyła w zupełnie inną stronę. Nieco bliżej. W każdym razie zaplanowała, że na najbliższe trzy tygodnie ona, jako Gertruda Poniatowska, *de domo* Piontek, przestanie istnieć. A potem, to zależy.

Od... Od bezpiecznego lądowania.

***

Romuald wrócił do pustego domu. Nie miał na nic ochoty. Lubił być sam, ale nie z przymusu. I tylko na chwilę. Wygładził i tak gładką kapę na łóżku. Gertruda dbała o porządek. Zawsze. Położył się. W odbiciu lustrzanym zobaczył, że coś błyszczy pod łóżkiem. Schylił się i wyciągnął złoty paseczek. Za nim szpilki. Ukochane wakacyjne szpilki Gertrudy. Zapomniała! W pierwszej chwili od razu chciał dzwonić, jechać na lotnisko. Przecież ona nigdy nie ruszała się bez tych szpilek na wakacje! Nigdy!

Potem jednak się zamyślił. Co też ta jego żona wymyśliła...

A może ona nie pojechała na żadne wakacje? Może celowo zostawiła te szpilki w domu? To co, do cholery, robiła? Gdzie była? I z kim?

Rozdział 17

LUDZIE LISTY PISZĄ – MARNY WYCINEK, BO PISALI DO SIEBIE CZĘSTO I DŁUGO, I TAK SŁODKO, ŻE CZYTELNIKA MOGŁOBY ZEMDLIĆ

SMS do Anity:

Kochanie, przyleciałem. Wszystko w porządku, odezwę się, jak podłączę kompa do Internetu. Kocham Cię. Czekaj na mnie. Pierścionek noś!

SMS do mamy:

Przyleciałem. Wszystko OK. Jak Malta?

SMS do taty:

Przyleciałem. Wszystko OK. Nie zrób niczego głupiego, w razie czego dzwoń do Anuli i Cyryla.

***

Kochanie,

Nie wiem, co z tym Skypem, nie mogę się w ogóle do ciebie dodzwonić, jakoś pracujemy na zakładkę. Ale postanowiłam, że wykorzystam teraz więcej godzin, by mieć czas dla Ciebie, kiedy wrócisz. Dzisiaj na Twój oddział przyjęto pięć nowych pacjentek. Wszystkie ogromnie miłe. Jedna przyniosła chyba z siedem książek i powiedziała, że nie ma zamiaru się stresować, tylko będzie czytać książki ze szczęśliwymi zakończeniami.

Powiedziała, że ma już dosyć smutków tego świata. Życie jest zbyt trudne, żeby czytać o dołujących sprawach. Bardzo podoba mi się takie podejście. Druga jest trochę smutna, ale ta pierwsza, Pani Basia, to wulkan energetyczny. Muszę się dowiedzieć, co jej dolega. Nie mówi o tym. Jak na razie nikt jej nie odwiedza. Nie wiem zupełnie, dlaczego. Pewnie jest z daleka i nie ma tutaj rodziny. Staram się do niej podejść i pogadać, żeby nie było jej smutno. Też pytała, czego słucham. Bardzo mi się chciało śmiać, bo zareagowała podobnie do Ciebie, gdy opowiedziałam jej, że studiuję, a tutaj pracuję tylko dlatego, by w spokoju móc się uczyć.

Bardzo miła kobieta.

Poza tym smutno mi bez Ciebie. Czy jak Ci powiem, że się do Ciebie przyzwyczaiłam, to znowu się obrazisz? Pierścionka oczywiście nie noszę, bo boję się, że zgubię. Leży głęboko schowany. Będę go zakładać tylko na randki z Tobą.

Poza tym wiosna wisi w powietrzu. Moja koleżanka ze studiów też chodzi z malinkami na szyi. Ma jakiegoś nowego faceta. Wprawdzie twierdzi, że to nie jest jej facet, ale wiesz... Oczy nie potrafią kłamać.

Trzymaj się tam daleko. I nie zakochaj się w żadnej amerykańskiej lekarce, pielęgniarce ani salowej. Pamiętaj, że ja tu czekam. Naprawdę na Ciebie czekam.

Anita.

Niteczko!

Powiem Ci, że tutaj nawet nie mam czasu na zwiedzanie czegokolwiek. Fatalnie, człowiek wyjechał tak daleko i nic nie jest w stanie zobaczyć. Powiem brzydko: zapieprzam od rana do wieczora. Nawet pokój mam w klinice. Czasem mam wrażenie, że w ogóle nie musiałbym wychodzić na zewnątrz. Jem tutaj, pokój mam tutaj, śpię tutaj i tutaj też pracuję. Ale może tak lepiej? Może przyjedziemy tu kiedyś razem i wtedy coś zobaczymy?

Dzisiaj na oddziale miałem jedną Polkę. Ma tutaj rodziców. Przyjechała urodzić dziecko. Wiesz, według prawa amerykańskiego, gdy dziecko rodzi się tutaj, automatycznie dostaje obywatelstwo. Rozmawiałem z nią. Mówi, że sytuacja niepewna, trzeba dzieci zabezpieczyć. Może ma rację? Dziecko super. Dziewczynka, ponad cztery kilo nowego amerykańskiego obywatela z polskim nazwiskiem.

Dobrze, że masz teraz kogoś pozytywnego, z kim możesz pogadać. Mimo że też siedzisz non stop w pracy. A co pani Basi dolega? Zdalnie nic nie jestem w stanie pomóc, ale może jak wrócę?

Pozytywne książki, to jest to. Jak się jej skończą, daj znać, dam ci telefon do mojego ojca, to jej coś może polecić. Mama czyta zupełnie co innego, ale ojciec lubi się cieszyć z życia!

W szpitalu człowiek jest bardzo samotny, dobrze, że jesteś. Wiesz, lekarz nie ma czasu zaprzyjaźniać się z pacjentami. Ale po to Wy tam jesteście.

Kocham Cię.

Augustyn.

Kochanie!

Niestety wiem, co jest z Panią Basią. Prawdę mówiąc, podsłuchałam lekarzy (nie krzycz, wiem, że nie powinnam tego robić). Rak trzonu macicy. Przyznałam się potem Pani Basi, że to słyszałam. Czy wiesz, co ona mi powiedziała? Ona zaczęła mnie pocieszać, że wszystko będzie dobrze, że jej to wytną, a na co jej w tym wieku macica.

Łzy napływały mi do oczu.

Mówiła, że jest gotowa na chemię. Widziała mój przerażony wzrok. Wyciągnęła jakąś kolorową gazetę i pokazywała mi znane aktorki i ich włosy. Twierdziła, że większość z nich ma doczepiane albo peruki. I że perukę teraz można taką zrobić, że nikt nie pozna. Powiedziała też, że zawsze chciała być blondynką, ale jej było nie po drodze. I że po chemii będzie mogła nosić zawiązane na głowie apaszki w różnych kolorach tęczy. Naprawdę, sama jej kupię taką apaszkę! W najbardziej pstrokatych kolorach, jakie znajdę!

Jutro ma mieć operację. Wszystko jej wytną i okaże się, co dalej. Trzymaj mocno kciuki.

U tej drugiej pani wszystko OK. Panią Basię wszyscy tak polubili, że chyba zostanie sama na sali. Dogadzają jej jakby była jakimś VIP-em. Zobacz, wystarczy być miłym. Dobro zawsze wraca!

Muszę wracać. Napisz mi, jakie są rokowania z tym rakiem, bo wiadomo – Internet swoje, a lekarze swoje.

Anita.

Kochanie.

Uruchomiłem Skype. Będę próbował Cię łapać, jak tylko przeliczę godziny. Chociaż Ty cały czas siedzisz w szpitalu, to nie pogadamy zbyt wiele.

Co do raka trzonu macicy – wszystko zależy od jego stadium. Nie będę Cię okłamywał. Nie umiem nic powiedzieć bez wyników badań. Operuje ją Orłowski? To dobry lekarz. Na pewno zrobi wszystko, co w jego mocy, by była zdrowa. Jeżeli to początek, to blizna się zagoi i będzie jak dawniej!

Bądź dobrej myśli! Bierz przykład ze swojej pacjentki!

Augustyn.

PS Będę próbował dzwonić.

Gutek,

Pani Basia jest po operacji. Narkozę zniosła dość ciężko. Jakby się czegoś bała. Mówiła wciąż, że jest na wakacjach i na wakacjach nie będzie tyle spała. Też mi wakacje.

Podobno rak nie był zaawansowany. Pierwsze stadium. Ale na wszelki wypadek wycięli jej wszystko. Tak się robi. Nie wiem, czy ona ma córkę, ale to chyba dziedziczne… Zobacz, Angelina Jolie najpierw poddała się mastektomii, a potem wycięła jajniki. Ale ja ją rozumiem. Gdyby u mnie było takie ryzyko, zrobiłabym to samo. Chciałabym żyć dłużej dla dzieci i dla Ciebie.

Ale się zrobiło smutno.

Tak naprawdę nie jest wcale smutno.

Moją koleżankę do szkoły wozi jakiś szpaner wypasionym autem. No, wprost nie mogę się doczekać, kiedy Ty będziesz po mnie przyjeżdżał! Już tylko siedemnaście dni.

Do Pani Basi nadal nikt nie przyjeżdża. Co za rodzina! Gdyby moja mama albo żona była w szpitalu, przyjechałabym do niej choćby z drugiego krańca Polski. Albo z Ameryki!

A Ty?

Anita.

Cześć, Kochanie.

Nie pisałem, bo wreszcie wyrwałem się na jeden dzień z kliniki. Wreszcie zwiedziłem Boston. Pobieżnie, bo czasu było niewiele, ale powiem Ci, że to zupełnie inny świat! Drapacze chmur, a pomiędzy nimi małe kościółki, rewelacyjna galeria sztuk pięknych. Tam spędziłem najwięcej czasu i na nic więcej mi go nie wystarczyło…

To chyba będzie całe zwiedzanie, bo na więcej nie będę miał czasu. Nawet nie chcę go mieć, bo tutaj zupełnie inaczej się pracuje. Opowiem Ci po powrocie. Przyda mi się to doświadczenie, gdy będę zakładał gabinet. A może kiedyś klinikę? Kto wie?

Będziesz moim menedżerem?

Misia, Pani Basia naprawdę jest w dobrych rękach. Jak wrócę mogę jeszcze przejrzeć jej badania, dla Twojego spokoju. Najgorsze są pierwsze dni po operacji. W ciągu tygodnia wyjdzie do domu. Tylko tam też będzie potrzebowała opieki! A jak ta jej rodzina taka niechętna do pomocy, to naprawdę nie wiem, jak ona sobie poradzi.

Już niedługo wracam.

I chyba już nigdy bez Ciebie nie wyjadę.

Augustyn.

Gutek!

Pani Basia nawet nie będzie musiała mieć radioterapii! Chemii ani nic innego też nie. Boże, potrzebuję teraz Ciebie, fachowej wiedzy medycznej, a akurat Ciebie nie ma. Może trochę byś mnie uspokoił, bo byłam naprawdę nerwowa. Ale już jest lepiej. Wszystko idzie ku dobremu. Widać było, że odetchnęła z ulgą. Ale wiesz? Ona ma kochającą rodzinę! Ja wiem, powiesz „kochająca, a nawet jej nie odwiedza". Też tak myślałam! Ale wiesz, to wszystko pogmatwane.

Pani Basia wcale nikomu nie powiedziała, że idzie do szpitala. Stwierdziła, że wszyscy mają i tak wystarczająco dużo zmartwień, że po co komuś dokładać. I jej rodzina w ogóle nie wie, że ona jest tutaj po operacji. Ona udaje, że gdzieś pojechała.

Wyobrażasz sobie? Nie wiem, co im nagadała, ale regularnie rozmawia z mężem, mówi mu, że wszystko jest OK, no bo – jak się okazało – jest OK. No, ale nie musiało. Miała duże szczęście. Trochę jest słaba, a pojutrze wychodzi. Wiesz, bez niej tutaj to nie będzie tak samo. Ta kobieta dodaje otuchy całemu oddziałowi. Z każdym rozmawia, wysłucha. Wiesz, jest takim psychologiem. Tylko takim samozwańczym. Ale nawet ja, po czterech latach nauki, mogłabym się od niej wiele nauczyć.

Dziwiłam się, że nie chce powiedzieć rodzinie o chorobie, na pewno byłoby jej lżej, zastanawiałam się nad tym. Na początku myślałam, że ja bym Ci powiedziała, ale potem stwierdziłam, że byś się bardzo martwił... A po co? Sama chyba załatwiłabym sprawę. Tak rodzina by się denerwowała, a tak powie im wszystkim po fakcie. Jak już będzie zdrowa.

Zapytała mnie, czy nie wprowadziłabym się do niej na tydzień, żeby trochę jej pomóc. Oczywiście nie do jej domu, bo tam jest mąż, który o niczym nie wie, ale powiedziała, że wynajmie na tydzień jakieś mieszkanie. Po prostu chce wrócić do pionu, do normalnego funkcjonowania. To energiczna osoba, więc podejrzewam, że od razu ruszy pełną parą.

Nie opowiadałam jej o Tobie, bo wiesz, nie chcę robić tutaj afery, że salowa z lekarzem... Może faktycznie pomyślę nad zmianą pracy. I wtedy będzie zupełnie normalnie.

W każdym razie, wzięłam wolne z kliniki, by pójść do niej na ten tydzień. Oczywiście na zajęcia będę chodziła, ale wiesz, zrobię zakupy, ugotuję jej obiad. Tak jakbym się zajmowała własną matką. Szkoda, że nie miałam takiej okazji... No cóż. Czasem los pomaga nadrobić pewne braki z przeszłości, szykując nam niespodzianki.

Myślę też, że przez ten tydzień nie będę miała czasu tak często myśleć o Tobie. Chociaż w zasadzie cały czas o Tobie myślę... Czas szybciej upłynie, gdy będę zajęta przez dwadzieścia cztery godziny na dobę. No i trochę też zarobię, co nie jest bez znaczenia.

Kończę. Wzywa mnie ekonometria. Nie wiem, kto to wymyślił i po co. Na pewno mi się nigdy w życiu nie przyda.

Kocham.

Anita.

Kochanie,

Co za historia... Wiesz, jestem lekarzem, dużo widzę. Dużo ludzkich życiorysów. Niektóre kończą się dobrze, inne nie mają szczęśliwych zakończeń. Wiem, to normalne, ludzie przychodzą i odchodzą. I zwykle jest tak, że odchodzą zbyt wcześnie.

Co ja bym zrobił?

Chyba bym Tobie powiedział. Chociaż, z drugiej strony, może byłoby to egoizmem? Zrobiłbym to dla siebie, żeby było mi lepiej.

Wiesz, jestem zaskoczony jej bohaterstwem. Nie wiem dlaczego od razu pomyślałem o mojej mamie, która, gdy coś idzie nie po jej myśli, od razu łapie się teatralnie za serce i niemalże każe wzywać pogotowie. Potem trzeba skakać naokoło niej przez pół dnia…

Ona w takiej sytuacji postawiłaby na nogi cały dom.

Dlatego tym bardziej podziwiam tę Twoją Panią Basię.

Ale Anitko, czy Ty w ogóle odpoczywasz? Czy masz chociaż trochę czasu dla siebie? Bo tu szkoła, tu szpital, tu Pani Basia?

A co byś powiedziała, gdybyśmy pojechali gdzieś na weekend, jak wrócę? Tylko my dwoje. Gdzieś, gdzie będzie można robić NIC. Wyłączymy telefony, nie będziemy brali komputerów. Nawet telewizji nie włączymy. Będziemy po prostu cieszyć się sobą?

Tęsknię już. Ale już niedługo.

Augustyn.

Rozdział 18

Jesienny liść i niebo pani Jagodzińskiej

Romuald sam już nie wiedział, czy tęskni. Było mu najnormalniej w świecie nudno. Wszystkie książki od pani Janiny zdążył już przeczytać, a nie miał za bardzo pretekstu, by do niej iść, bo przecież Augustyna nie było. To co? Miał iść po prostu po książkę? To było nie fair. Ale czy Gertruda była fair, jadąc sama na wakacje? Wyszedł na zewnątrz. Jeden kamień w kwietniku się poluzował, więc postanowił go wkopać. Gdy zabierał się do pracy, usłyszał wołanie.

– Dzień dobry! – Zza płotu wystawała głowa chłopca. – Czy mógłby pan nas odebrać ze szkoły? – zapytał wprost. – Tata wyjeżdża jutro na delegację, a nasza mama umiera na katar.

– Umiera? – przestraszył się Romuald. – Jestem lekarzem. Od kataru.

– Mama powiedziała, że nie pójdzie do lekarza, bo nie ma czasu, a poza tym tak się źle czuje, że nie chce. I powiedziała też, że skoro tata jutro nie może odebrać nas ze szkoły, to w ogóle do niej nie pójdziemy. Na to tata powiedział, że dzieci mają obowiązek szkolny i my, jako dzieci prokuratora, nie możemy sobie pozwolić na wagary, bo go zdymisjonują i pójdzie do więzienia. A mama czasowo by nie dała rady jeszcze go w więzieniu odwiedzać.

– Dziś tata nas zawiózł do szkoły i przywiózł też – oświadczyła Marietta.

– A mama myślała, że to się nie dzieje naprawdę – dodał Kornel.

– No, bo tata nas nigdy nie zawozi. – Dziewczynka wzruszyła ramionami.

– Mama była taka szczęśliwa, że nas zawiózł, że przez chwilę się zastanawiała, czy nie umarła i nie jest w niebie – dodał Kornel. – Wielce prawdopodobne, bo się tak źle czuła.

– Czekaj, a jakby lekarz do mamy przyszedł? – Romuald był nieco przestraszony dywagacjami dzieci.

– No, to może by ją uleczył.

Romuald rozejrzał się nerwowo. Wbił łopatę w ziemię.

– Poczekajcie chwilę. Umyję się, przebiorę i wrócę. – Lekarz zniknął za drzwiami domu.

Po chwili wrócił, trzymając w ręku swój kuferek.

– Prowadźcie do mamy.

– A co pan tam ma? – Chłopiec pokazał palcem na kuferek.

– Specjalne narzędzia do zaglądania do nosa, do ucha, do gardła.

Kornel był bardzo zainteresowany. Marietta szła przodem i otworzyła furtkę. Mały biały piesek radośnie podskakiwał, witając dzieciaki.

– Mamo, przyprowadziliśmy ci pana doktora! – wołała Marietta od progu.

Faktycznie. Pani Jagodzińskiej lekarz był bardzo potrzebny. Siedziała w fotelu, ubrana w szlafrok, przykryta kocem, a spod koca wystawały grube, zakopiańskie skarpety. Nos miała czerwony niemalże jak u Renifera Rudolfa, a usta tak spuchnięte, że nie powstydziłby się ich najlepszy specjalista w dziedzinie chirurgii plastycznej.

– Dzień dobry, Romuald Poniatowski. Laryngolog i sąsiad w jednym. – Uśmiechnął się i podał rękę na przywitanie.

Pani Jagodzińska zerwała się z miejsca. Na podłogę spadły krople do nosa, tabletki do ssania, kilka zasmarkanych chusteczek i dwie prawie pełne paczki czystych.

– Proszę siedzieć – zatrzymał ją Romuald.

– Ewa Jagodzińska – przedstawiła się kobieta. – Bardzo mi miło, że wreszcie osobiście się poznajemy, do tej pory to tak tylko przez płot... Ale ja... Nie chciałam fatygować...

– Ależ naprawdę nic się nie stało. Temperatura jest?

Pani Jagodzińska pokiwała głową.

– Trzydzieści osiem i dwa.

Romuald się skrzywił.

– Dobra. Zajrzę pani do gardła, zobaczymy, co da się z tym zrobić.

Romuald Poniatowski wyciągnął narzędzia i, mimo napierających na niego dzieci i białego małego pieska, zajrzał pani Ewie do gardła, nosa i ucha.

– Pani Ewo, przede wszystkim trzeba to wyleżeć.

– Ja leżę! – powiedziała mama dwojga szalejących dzieci. – Tylko mąż wyjeżdża na delegację, więc muszę dzieci zawieźć i przywieźć ze szkoły, ale potem to ja już leżę. No... Jeszcze zakupy zrobię. Ale to po drodze tylko...

– Pani Ewo! To nie jest leżenie! Ale nie ma problemu. Moja żona wyjechała na wakacje. Wyobraża sobie pani? Na trzy tygodnie wakacji. Nie, żeby mnie zapytała o zgodę, albo zaproponowała wspólny wyjazd... – zamyślił się. – Ale wracając do pani leżenia...

– Nie da się. Muszę dzieci zawieźć do szkoły i je odebrać.

– Da się. Ja to zrobię. Gdzie ta szkoła?

– Daleko. Pokażę panu. – Wzięła laptopa na kolana i wyszukała adres na mapie Google.

– Damy radę. Wiem gdzie to jest. – Romuald zerknął na ekran.

– Tylko ja muszę im jeszcze dostarczyć upoważnienie dla pana... Bo ich panu nie wydadzą. Wyślę mailem, faksem i jeszcze będę dzwonić...

– Znam dyrektorkę. Jej syn się u mnie leczy.

Pani Jagodzińska popatrzyła na Romualda jak na wybawiciela.

– Niech pani leży. Co najmniej tydzień. Ja mogę je zawozić i przywozić. Własnych wnuków jeszcze nie mam, mogę się zacząć wprawiać. A zakupy zrobi pani w Internecie. Mojej Gertrudzie ostatnio trzydzieści sześć kilo przynieśli. Po kiego to dźwigać?

Ewa Jagodzińska po raz kolejny tego dnia zastanawiała się, czy to już jest niebo. Jej idealne dzieci przyprowadziły do niej lekarza, a – jak wiadomo – sama wizyta lekarza powoduje, że już czujemy się lepiej, a co dopiero, gdy sam lekarz oferuje pomoc w odprowadzaniu i przyprowadzaniu dzieci ze szkoły. A zakupy faktycznie można zrobić przez Internet. Tak. To było niebo.

Romuald Poniatowski zostawił swoją wizytówkę, obiecał stawić się punktualnie o siódmej czterdzieści pięć przed furtką, dzieci go pożegnały i, korzystając z chwili, że mama zasnęła w fotelu z błogim – mimo kataru – uśmiechem na ustach, włączyły sobie telewizor.

Wszak dzieci państwa Jagodzińskich NIGDY w tygodniu nie oglądają bajek.

– SpongeBob Kanciastoporty! – wykrzyknął Kornel.

Marietta zmroziła go wzrokiem. Spojrzeli na siebie porozumiewawczo, Kornel położył palec na ustach, przysunęli się bliżej telewizora i zgodnie, zupełnie nie jak ośmioletni brat i jedenastoletnia siostra, zaczęli oglądać bajkę.

***

Następnego dnia, jak co rano, Romuald próbował dodzwonić się do żony. Nie podobało mu się to, że nie daje znaku życia. Owszem, dawała, ale SMS-ami. Rzadko dzwoniła. Na co mu zdawkowe SMS-y w stylu: „Wszystko OK", albo „Oddzwonię później". Oczywiście nie oddzwaniała. No, niby swego czasu próbował się jej pozbyć. Kiedyś wiele by dał, by wyjechała na trzy tygodnie. Nawet do Augustyna nie mógł zadzwonić, bo temu z kolei mamusia załatwiła wyjazd do Stanów. Wszystko wydawało mu się podejrzane. A może oni pojechali gdzieś razem, knuć przeciwko niemu? Nieważne, nieważne. Obowiązki wzywają. Otworzył garderobę żony. Buty stały poukładane równiutko, jej garsonki, jak zawsze, kolorystycznie. Znaczy, że tutaj jest. Nie umarła. Odetchnął z ulgą. Wyjechała na wakacje, ale wróci.

Boże. Co to by było, gdyby nie wróciła? Zostałby sam? Zupełnie sam w tym dużym domu? Przecież nie byłoby nawet na co ponarzekać! Jasne, byłyby książki od pani Janeczki, ale to nie wszystko.

Następnego dnia, jak obiecał, punktualnie za piętnaście ósma, Romuald Poniatowski stał przed furtką państwa Jagodzińskich.

– Ale to naprawdę nie kłopot? – przywitała go pani Ewa.

– Nie, skądże! – Pokręcił głową i pomachał jej ręką na pożegnanie. – To o której mam po was być? – zapytał, gdy zbliżali się do szkoły.

– O piętnastej trzydzieści pięć – powiedziała Marietta.

– Tylko żeby nie było jak w tej bajce o wilku i owcy…

– Niby jak? – zapytała Marietta.

– Tak, że ktoś się przebierze za pana Romualda i będzie mówił, że to on. Takie rzeczy się zdarzają. Chodzą po świecie różni złoczyńcy – powiedział syn prokuratora.

– Zapytacie mnie o hasło – stwierdził Romuald.

– Jakie hasło?

– Jesienny liść. – Pan Poniatowski się uśmiechnął. Dopiero potem, gdy wracał już samotnie do domu, roześmiał się na głos.

Jesienny liść. Kiedyś słyszał pewną historię. Nie wiedział, czy ona prawdziwa była, czy nie… W każdym razie, kiedyś po zmroku pewna pani stała na przystanku. Zimno, ciemno i wydawałoby się – niebezpiecznie, tym bardziej że dwadzieścia metrów od przystanku za płotem był szpital psychiatryczny. Stała, przestępowała z nogi na nogę. Czekała na autobus. Nagle ktoś podbiegł od strony szpitala. Zadyszany, zasapany. Mężczyzna, ubrany na czarno, cały czerwony na twarzy. Gdy do niej dotarł, wyjęczał, sapiąc:

– Haaa-szłoooo?

Kobieta, cała przerażona, że wariat uciekł z ośrodka, prędko odpowiedziała to, co jej ślina na język przyniosła:

– Jesienny liść.

Facet spojrzał na nią z jeszcze większym przerażeniem i uciekł.

Kobieta odetchnęła z ulgą. Czeka dalej na przystanku. Po chwili ktoś do niej podszedł.

– Przepraszam panią, czy „H" już szło?

Babka otworzyła szeroko oczy i już nie mogła powstrzymać się od śmiechu. Tamten mężczyzna dopiero musiał się przestraszyć, gdy na jego zapytanie o autobus ona odpowiedziała ze stoickim spokojem:

– Jesienny liść.

Takie też hasło musiał powiedzieć Romuald, gdy zabierał dzieci ze szkoły. Okropnie chciało mu się śmiać.

Rozdział 19

O psie, który miał sierść w kolorze peruki pani Poniatowskiej

Romuald kochał zwierzęta, w jego domu rodzinnym zawsze były zwierzaki. Mieli psa, kota. Nawet kilka. Jak był dzieckiem. Ale mieszkał wtedy na wsi i te koty były bardziej niczyje niż czyjeś. Same się chowały. Chyba nawet specjalnie nie miały imion.

Był taki okres w jego życiu, zaraz po tym, jak wprowadzili się tutaj, że namawiał Gertrudę na psa. Jedynym argumentem, który mógłby skłonić ją do tego, było to, że dzieci lepiej się chowają w towarzystwie zwierzaków. Oczywiście taki argument został wytoczony. Zadziałało. Nawet na chwilę się przekonała. Oglądali liczne hodowle – przecież JEJ pies musiał być rasowy, najlepiej arystokratyczny, tak jak ona, z rodowodem. Gertruda co prawda rodowodu nie miała, ale za to jej mąż – jak najbardziej.

Niestety nie znalazła takiego czworonoga, który byłby jej godzien. Zatem psa nie mieli.

Najwyraźniej – aż do teraz.

Kilka dni wcześniej, wieczorem, Romuald skończył czytać kolejną powieść. Tak się zaczytał, że zapomniał o całym świecie, a w szczególności o zaopatrzeniu lodówki. Wyszedł zatem do sklepu. Postanowił nie brać samochodu, tylko przejść się kawałek, bo miał wrażenie, że się zasiedział. Do tej pory regularnie chodzili z Gertrudą na spacery. Nawet nie spodziewał się, że tak bardzo to lubił. Gdy Gertruda wyjechała, zupełnie przestał się ruszać. Dobrze, że teraz dzieciaki zawozi i odbiera, przynajmniej ma po co wstawać z łóżka.

Wtedy jednak wziął wielką torbę i udał się do sklepu. Niedaleko. Może kilometr? Szedł zamyślony, nie zauważył, by ktoś lub coś za nim szło. Dopiero gdy wychodził ze sklepu z pieczywem, kawałkiem kiełbasy, pomidorami i butelką wina, zobaczył, że ktoś na niego czeka. Wielki, biszkoptowy pies. Najwyraźniej się ucieszył na widok mężczyzny, bo szybko wstał i zaczął merdać ogonem. Romuald się rozejrzał. Miał ochotę zawołać:

– Hej, stary, ale ty mnie chyba z kimś pomyliłeś!

Rozejrzał się jeszcze raz wokół. Nie było właściciela. Pies sam stał przed sklepem i najwyraźniej nie czekał na nikogo innego, tylko na niego, Romualda Poniatowskiego.

Mężczyzna spojrzał na psa jeszcze raz. Jasny, wielki labrador, patrzący na niego ufnymi, brązowymi oczami. Pies nie był szczeniakiem, ale te iskierki w oczach wskazywały, że sędziwego wieku również jeszcze nie osiągnął. Kolor sierści miał dokładnie taki sam jak włosy w tej nowej peruce Gertrudy. No, może nieco ciemniejszy.

Romuald zawahał się chwilę, ale jednak stanowczo ruszył w stronę domu. Pies za nim.

– Psa się na smyczy trzyma! – wykrzyknęła za nim jakaś kobieta. – W szczególności takiego dużego! Przecież toto może ugryźć!

Nie sprostował, że to nie jest jego pies. Szedł ulicą, nie odwracając się za siebie.

Wtedy zostawił go przed furtką. Mimo że labrador próbował wetknąć nos przez szparę w płocie. Następnego dnia rano, gdy odwoził małych Jagodzińskich do szkoły, pies radośnie go przywitał. Jednak gdy zobaczył, że Romuald uruchamia samochód, grzecznie położył się z powrotem przed furtką. Romuald zastanawiał się, czy nie wywiesić ogłoszenia, że znalazł takiego psa. Przecież on musiał być czyjś. Później zadzwoni do schroniska.

Gdy po południu wracał z dzieciakami, Biszkopt radośnie go przywitał. Jak swojego pana. Romuald nieśmiało pogłaskał go po głowie. Pies zamerdał ogonem. Wtedy chyba pierwszy raz pomyślał, że pies mógłby zostać z nim. Ale Gertruda, gdy wróci z wakacji, chyba tego nie zniesie. Pies przecież zostawia kłaki, gryzie meble i sika w salonie. Jego żona była zdecydowanie wyznawczynią teorii ojca Rydzyka, dotyczącej tego, że z psami się nie śpi w jednym łóżku. No, uważała nawet, że psy powinny mieć budę. Owszem, ogrzewaną i z pełnymi wygodami, ale budę. Romuald miał odmienne zdanie, jednak lata spędzone z Gertrudą na pewno odcisnęły na tyle silne piętno na jego charakterze, że do domu Biszkopta – jak cały czas nazywał go w myślach – nie zdecydował się zaprosić.

Jednak tamtego dnia, wieczorem, pozwolił mu wejść do ogrodu.

– Nie wejdziesz do domu, Biszkopciku – stwierdził. – Poczekaj. Coś ci dam.

Na słowa: „coś ci dam" – pies natychmiast usiadł grzecznie. Wydawało się, że doskonale zna tę komendę.

Romuald się uśmiechnął. Musiał przynieść coś dla psa. Tylko co? Kości nie miał, smakołyków nie miał. Zajrzał do garnka. Resztki wołowiny z rosołu. Umiał gotować rosół i pomidorówkę, zatem jadł je naprzemiennie. Dziś był pierwszy dzień gotowania, zatem był rosół. Wyjął mięso z garnka i nałożył na porcelanowy talerz. Gertruda chyba nie byłaby zadowolona. Ba! Zdecydowanie byłaby niezadowolona. Nie mógł jednak znaleźć niczego, co przypominało mu miskę dla psa. Sam Ćmielów i Rosenthal. Wybrał zatem Ćmielów. Wyniósł talerz na ganek. Biszkopt siedział grzecznie i czekał. Romuald postawił przed nim talerz. Nie wiedział, czy istnieje pies, który jada na porcelanie z Ćmielowa, jednak temu w ogóle to nie przeszkadzało. Nie pomagało prawdopodobnie też. Mężczyzna uśmiechnął się do siebie. Biszkopt zajadał łakomie, mlaszcząc i oblizując się co chwilę.

– Przyniosę ci wody. – Romuald wszedł do domu. Po chwili wrócił z głębokim talerzem, a jakże – z Ćmielowa, pełnym wody. Pies zanurzył różowy język w płynie. Chłeptał, rozchlapując wodę wokół.

Romuald spojrzał na zegarek. Dochodziła dwudziesta druga. Odkąd Gertruda wyjechała, chodził spać szybko. W zasadzie nawet nie po to, by spać, tylko żeby położyć się beztrosko z książką i uciec w krainę fantazji. Zostawił Biszkopta na dworze. Zamknął mu drzwi przed nosem. Pies wyglądał jakby chciał wejść do domu, ale grzecznie czekał. Romuald czuł na sobie psie spojrzenie.

– No, nie mogłem go wpuścić. – Westchnął, kładąc się do łóżka.

Nie mógł skupić się na książce. Zimny, listopadowy wieczór, a ten biedny pies na ganku. Przecież tak się nie robi. Czy stanie się coś, jak na jedną noc zabierze Biszkopta do domu? Przecież nie powinno. Zamyślił się. Nawet jeśli zostawi kłaki, to do powrotu Gertrudy się je wyczyści. Nie będzie śladu.

– No, a w zasadzie, dlaczego nie mogłem? – zapytał sam siebie.

Wstał z łóżka. Założył ciepłe kapcie i szlafrok. Zszedł na dół i otworzył drzwi wejściowe. Od razu poczuł na sobie wzrok psa. Szczery, lojalny, oddany.

– Chodź, Biszkopcie – powiedział. – Nie będziesz spał tutaj sam na zimnie.

Biszkopt podniósł się natychmiast i wszedł za Romualdem. Najpierw do domu, a potem, nieśmiało obwąchując wszystkie stopnie, na górę do sypialni.

Romuald rozejrzał się niepewnie, jakby robił coś bardzo niedozwolonego. Jakby wprowadził do sypialni co najmniej kochankę! No, a jego Gertruda? Siedziała na wakacjach. Tyle się czyta o tej seks-turystyce. Ale jego żona i seks-turystyka? To nie było do niej podobne. Tylko ostatnio zaskakiwało go w życiu wiele rzeczy. No cóż. Pies ją też zaskoczy. Tylko ona wraca dopiero za kilka dni. Biszkopt już na pewno zniknie do tego czasu.

Biszkopt nie miał chyba zamiaru znikać. Właśnie wskoczył na fotel w stylu Ludwika Szesnastego, zwinął się w kłębek i łypał na Romualda swoimi brązowymi oczami.

– Tak, Biszkopcie. Wreszcie mam towarzystwo. Nawet wspólnie możemy sobie poopowiadać nową książkę Geritssen. Wiesz, taka bardziej dla bab. Ale, mówiąc między nami, mężczyznami, taką też czasem można poczytać. Prawda?

Biszkopt nie odpowiedział. Pewnie zabrałby głos w dyskusji, gdyby nie spał, jednak ostatnie dni były dla niego dość męczące i teraz z zadowoleniem chrapał w ciepłym i dość wygodnym fotelu.

Romuald również zasnął. W spaniu zupełnie nie przeszkadzały mu okulary, które miał na nosie, ani dźwięki radiowej jedynki.

Dobrze mu się spało, do czasu, gdy poczuł coś mokrego na swojej twarzy. Na początku zupełnie nie miał pomysłu, co to jest. Po chwili jednak przypomniał sobie swojego nowego przyjaciela.

Otworzył oczy. Pies położył łeb na skraju łóżka i merdał ogonem.

Doprawdy. Kiedy ktoś tak się cieszył tylko z tego powodu, że Romuald się obudził?

Chyba nigdy.

Od razu lepiej się wstaje i wita dzień.

Od razu człowiek czuje się potrzebny. Wręcz niezbędny.

Mężczyzna pogłaskał kremowy łeb leżący na jego kołdrze. To będzie dobry dzień, stwierdził, i udał się do łazienki w towarzystwie psa i jego ogona, który radośnie uderzał we wszystko, co napotkał na drodze.

***

Tego dnia Romuald oczywiście znowu zawoził dzieciaki Jagodzińskich do szkoły. Zajrzał poprzedniego dnia do pani Ewy, ale ta w dalszym ciągu umierała na katar.

– Czy my możemy mówić na ciebie dziadek? – zapytał Kornel od progu. – Na wujka jesteś za stary, bo masz białe włosy, a skoro zawozisz i przywozisz nas ze szkoły, to „panem" też nie jesteś. Bo pan to jest obcy.

– No... – zająknął się „dziadek". – Oczywiście, możesz mówić do mnie „dziadku".

– To ja też będę – powiedziała Marietta.

– A ten pies to twój? – pytał chłopiec. – Nie możesz go trzymać na zewnątrz jak jest twój. On strasznie nie lubi naszego Pikusia.

Romuald zastanawiał się, czy jego pies (o matko, pomyślał: JEGO PIES) w ogóle był w stanie kogokolwiek nie lubić.

– Kornel ma rację – stwierdziła Marietta. – Kiedyś wyprowadziliśmy Pikusia na spacer i ten się na niego strasznie rzucił. Na szczęście przerzuciłam Pikusia przez płot, bo mogłoby się to skończyć tragicznie. Doprawdy, zżarłby go.

Romuald spojrzał na psa z powątpiewaniem. Pies spojrzał na Romualda z miną niewiniątka. Mężczyzna nie wiedział, komu wierzyć, czy dzieciom, czy psu.

– A, zapomniałem ci, dziadku, powiedzieć – przerwał temat Kornel. – Wczoraj w szkole oglądaliśmy Kubę i grzybicę.

Romuald niemal się zakrztusił.

– Kuba miał grzybicę?

– Nie, to było osobno. Ta grzybica była taka klejąca, że do dzisiaj nie mogę domyć rąk.

Romuald zastanawiał się, czy w całym swoim lekarskim życiu widział kiedyś klejącą grzybicę.

– A z czego ta grzybica była? – zapytał, od razu chcąc pomóc.

– Z drzewa – odparł pewnie Kornel.

– Drzewa? – powtórzył niepewnie Romuald. Spojrzał błagalnie na Mariettę.

– Dziadku, bo mu o ten grzyb chodzi! I to klejące!

Romuald zastanawiał się, czy, kiedy Augustyn był mały, też miewał takie problemy z dogadaniem się z nim.

– Hm... Klejący grzyb, powiadasz.

– No, huba! I nie grzybica, tylko to co spływa z drzewa!

– Żywica! – wykrzyknął Romuald na całą ulicę.

– No.

– Fajnie to było oglądać – dodał poważnym głosem Kornel.

No, fajnie. Romuald odetchnął z ulgą, że żadnej grzybicy i żadnego Kuby nie będzie musiał dziś oglądać, ani tym bardziej leczyć.

Tego popołudnia postanowił iść do pani Janinki. Zapas książek mu się skończył, odwiedziłby też Cyryla i Anulę. Jakoś przez myśl mu nie przeszło, że Cyryl wcale tam nie mieszka. Za każdym razem, gdy chłopak tam był, szarogęsił się jak u siebie. Wyszedł z domu, oczywiście biszkoptowy labrador wraz z nim.

– No dobra, ale mam wziąć cię ze sobą? W gości?

Pies pomerdał ogonem, jakby to było oczywiste, że psa zabiera się wszędzie.

– Jak ja cię wsadzę do samochodu? – zapytał. Nie musiał jednak go „wsadzać". Biszkopt od razu wskoczył na siedzenie pasażera i grzecznie czekał, aż Romuald wyruszy.

Dotarł do domu syna.

– No, dobra. Idziemy, piesku, w gości.

Piesek pomerdał ogonem.

Romuald zadzwonił do drzwi. Najpierw do pani Janeczki. Otworzyła mu bez pytania „kto tam".

– Dzień dobry. Mam coś dla pana. – Wręczyła mu książkę. – Posiedzi pan. Oni wracają dopiero koło szesnastej. Dla niego woda? – Wskazała na psa.

– Woda. Ja bym poprosił kawę ...

Zrobiła mu kawę w wielkim kubku. Uśmiechnął się. Taką wolał zdecydowanie. Ale czy kiedyś powiedział o tym Gertrudzie? Że nienawidzi tych małych, filigranowych filiżaneczek, które można potłuc, jeżeli się je nieco silniej złapie?

Nie powiedział jej o tym nigdy.

Nigdy w życiu.

A przecież to było takie proste. Na wiele rzeczy się zgadzał, wielu nie akceptował, ale dzielnie je znosił. A przecież nie musiało tak być. Tak jak z tymi zakopiańskimi kapciami. Wytłumaczył jej, że takie lubi i nie miała z tym kłopotu. Ustawiała je tylko równo koło łóżka, gdy jeszcze spał, a potem nawet sama kupiła mu drugą parę identycznych, gdy te pierwsze się zniszczyły. Może z kubkami też by tak było? Może znalazłaby jakiś wielki kubek z Rosenthala, Ćmielowa albo Miśnieńskiej porcelany, w którym piłby codziennie swoją kawę z mlekiem albo herbatę z pomarańczą, goździkami i miodem? Przecież nie muszą wszystkiego robić razem. Jak ona lubi tę swoją Maltę, to niech jedzie. Może innym razem pojadą razem gdzieś nad polskie morze, tak jak on lubił. Dlaczego całe życie trzeba się miotać? To normalne, że ludzie są inni, różni od siebie. Jak kocha buty, to niech je nosi. Sam lubił patrzeć na jej zgrabne nogi w szpilkach i na to, jak zgrabnie potrafiła w nich chodzić. Pewnie nawet biegać by potrafiła! Zawsze przecież biegała jak jeszcze pracowała w szpitalu, niemalże frunęła szpitalnymi korytarzami. Uśmiechnął się do siebie. Zobaczył ją właśnie taką, jak biegła zaaferowana, bo ktoś na nią czekał, jak przechodząc obok niego przesłała mu pocałunek, nie zatrzymując się ani na chwilę.

– Dziękuję, pani Janino – powiedział nagle Romuald.

– Za co? – zdziwiła się kobieta.

– Za tę kawę w kubku. W tym ogromnym kubku. Dużo mi pokazał.

Pani Janina się uśmiechnęła.

– Mój mąż zawsze pił w szklankach. W takich typowych szklankach. Z koszyczkiem słomianym albo z metalową rączką. Wie pan w jakich?

– Wiem.

– Nienawidziłam tych szklanek. No, ale on je kochał. Przecież ja nie muszę w nich pić, prawda? A skoro mu to sprawiało przyjemność? Życie składa się z drobnych przyjemności! O, proszę zobaczyć. Wrócili. Rozbijają się już za ścianą.

Romuald nic nie słyszał, jednak Biszkopt wstał i nasłuchiwał.

– Wrócili, wrócili. – Janina się uśmiechnęła. – Słuch mam bardzo dobry. W przeciwieństwie do oczu. – Poprawiła okulary i zaczęła czytać.

Romuald powiedział cicho „do widzenia". Chyba nawet mu nie odpowiedziała.

Po chwili był już u Cyryla i Anuli. A w zasadzie u Anuli i u Augustyna, który siedział jeszcze gdzieś daleko w Massachusetts i pewnie operował bogate Amerykanki.

Cóż za rodzina. Syn w Bostonie, żona pewnie leżała i delektowała się maltańskim słońcem...

Zastukał do drzwi.

Od razu mu otworzono.

– Dzień dobry, panie Romualdzie! – Anula znowu miała na sobie coś ekstremalnie krótkiego. Nerki przeziębi i po lekarzach będzie musiała latać. – O matko, ma pan psa?

– To nie mój pies.

– Aaa... A czyj? – zainteresowała się Ania. – Nie z panem przyszedł?

– Ze mną, ze mną – przytaknął Romuald. – Chwilowo się nim opiekuję. Muszę porozwieszać ogłoszenia... Komuś się zgubił.

Prawdę mówiąc, Romuald miał już coraz mniejszą ochotę na rozwieszanie ogłoszeń.

– Wiem, że Gutka nie ma. Ale tak przyszedłem... Co u was słychać. Sam siedzę, dobrze, że chociaż pies jest.

Cyryl wyjął piwo z lodówki i spojrzeniem zapytał Romualda, czy ten ma ochotę.

Romuald pokręcił głową.

– Autem przyjechałem. Tym razem nie.

– Kiedy wraca nasz bohater? – zapytał Cyryl.

– Pojutrze. A Gertruda dzień później. Czy wiesz, Cyrylu, że ja się za nią stęskniłem? Tyle naszych rozmów, tyle dylematów. I ta... hmmm... sytuacja z Alicją, która nie miała wcale na imię Alicja... A ja chyba kocham moją żonę. Na pewno ją kocham. I zobacz, dostrzegłem to, dopiero gdy wyjechała. Zostawiła mnie na trzy tygodnie, a ja chciałem ją zostawić na całe życie. Co ja bym zrobił, Cyrylu? Samotne życie jest nieciekawe. A z nową kobietą? Przyzwyczajać się do jej szpilek, filiżanek i innych dziwactw? Uczyć się słabych stron, by absolutnie nie nadepnąć jej na odcisk? Już by mi się nie chciało.

– To co, akcja odwołana?

– Zdecydowanie odwołana. Teraz mi powiedz, co zrobić, by ta moja żona znowu się we mnie zakochała. Tak jak dawno, dawno temu. Cóż zrobić, by się zakochała, Cyrylu, wiesz?

Rozdział 20

Dywagacje na temat poligamii i podrapanych kolan oraz grudzień – miesiąc niespodzianek

Cyryl niestety nie wiedział. Nie wiedział, bo choć spędzał każdą wolną chwilę z Anulą, rozmawiał z nią, biegali razem, razem gotowali sobie zdrowe jedzenie i łykali BCAA, żeby im bieganie nie spaliło mięśni, to Anula cały czas twierdziła, że jeżeli chodzi o seks, to w grę nie wchodzi żadna miłość, tylko po prostu: „miała ochotę, to sobie wzięła". Była przekonana, że prawdziwych mężczyzn na tym padole łez i rozpaczy już nie ma, odeszli razem z Marcinem, i że teraz ona ich będzie traktowała bardzo instrumentalnie. Nie będzie się angażować, by potem nie przeżyć rozczarowania i by znowu, po raz kolejny, nie płakać przez mężczyznę. Bo na płakanie przez faceta ona jest zbyt młoda. Zbyt młoda, zbyt ładna i w ogóle „zbyt".

W związku z tym Cyryl był załamany. W całym swoim ponad trzydziestoletnim życiu to on dyktował warunki. To on wybierał sobie kobiety, z którymi chciał być, to on sobie brał, gdy miał ochotę. A teraz? Nie chciał nikogo innego oprócz Anuli. Odpowiadała mu pod każdym względem. Nawet owsiankę robiła najlepszą. I przy bieganiu była dla niego wyzwaniem. Może na dłuższe dystanse był lepszy, ale na krótkie musiał się bardzo namęczyć, by ją dogonić. I tak cały czas za nią gonił. Jak pies.

Augustyn, taka cicha woda. Niby nic, a nagle miłość, zaręczyny, zaraz będzie ślub i gromadka dzieci. Cyryl dzieci jeszcze nie chciał, ale, jakby to powiedzieć, chciałby sobie Anulę przyklepać. Przyklepać i zaklepać. Śmiał się z Gutka, gdy mówił mu o tym dotkniętym chlebie czy zupie w szkole, do której napluł. Teraz doskonale to rozumiał. A tutaj wciąż słyszy: „mam ochotę, to sobie biorę". No, nie odmawia. Nigdy nie odmawia. Ale gdyby raz odmówił? Gdyby nie był na każde zawołanie? Gdyby to on raz powiedział, że nie, że się umówił z inną koleżanką na kawę, na wino? Chyba musi sobie wynająć taką Alicję, która wcale nie będzie miała na imię Alicja, tylko po to, by wzbudzić zazdrość u Anuli.

Nie lubił tego robić, zawsze grywał w otwarte karty. To, że zwykle spotykał się z kilkoma dziewczynami jednocześnie, było dla niego zupełnie normalne. Wydawało mu się, że jest klasycznym poligamistą. Zawsze w rozmowie przy winie z piękną kobietą drążył teorie.

– Kochana, natury nie oszukasz – mówił. – Poligamia jest we krwi. Wszyscy ludzie mają dość podły dla romantycznych dusz mechanizm. Jest nim naturalna skłonność do poligamii – teoretyzował. – Po prostu tak zostaliśmy zaprogramowani i doprawdy nic nie możemy na to poradzić. – Wzruszał ramionami. – Nawet jakbyśmy chcieli inaczej, to jest ciężko.

Wtedy zwykle albo kobieta uciekała z płaczem, albo zostawała, godząc się na to, że nie będzie jedyna. Zdarzały się też przypadki, że odchodząc mocno waliła Cyryla w pysk. Na szczęście te sytuacje były w zdecydowanej mniejszości.

Odkąd poznał Anulę, gdy wyrwała mu włosy na klacie, poligamia go nie interesowała. Wcale. Prawdopodobnie nawet gdyby nagle przed jego oczami pojawiła się piękna naga kobieta, zapraszająca go do wspólnej kąpieli, to nie poszedłby. Chyba.

Ale gdyby Ania przeszła obok niego w tych swoich krótkich szortach, pokazując zadrapane kolana i siniaki na łydkach, poszedłby wszędzie za tymi łydkami i kolanami. Niczym pies.

Zastanawiał się, czy nie poradzić się kogoś w kwestii Anuli, ale przecież zwykle to on był od doradzania w kwestiach damsko-męskich. Przypomniał sobie tamtą noc, gdy spała u niego. W jego T-shircie z maratonu warszawskiego, w jego pościeli. Wstał wtedy specjalnie wcześniej, by sobie na nią popatrzeć. To wtedy zrobiła mu owsiankę. Zjedli ją, siedząc w łóżku. Fakt, śniadanie do łóżka kojarzy się z francuskimi croissantami, a nie z płatkami owsianymi zalanymi wodą, ale jemu wydawało się najlepsze na świecie. Potrzebował przyjaciela. Potrzebował go, by pogadać, napić się piwa i ustalić plan strategiczny podbicia najbardziej żelaznej dziewicy świata.

E tam, dziewicy.

Jej ciało już zdobył. Było cudowne.

Trudniej było zdobyć jej serce. Ale to też mu się uda.

Niecierpliwie czekał na Augustyna.

***

Na Augustyna czekała też jego narzeczona. Faktycznie, nie miała zbyt dużo czasu, bo była pochłonięta opieką nad panią Basią. Chociaż to nawet nie była opieka. To był miły czas w towarzystwie. Pani Basia wynajęła dwupokojowe mieszkanie, w pełni umeblowane i wyposażone. Anita miała zostać z nią „w razie czego". Po operacji pani Basia bardzo szybko dochodziła do siebie. Drugiego dnia stwierdziła, że Anita ma zbyt zgrabne nogi, by chodzić w płaskich butach.

– Takie nogi trzeba eksponować, dziewczyno! Dekolt, sukienka i jesteś królową.

Anita nie wspominała, że przy Augustynie czuje się królową nawet naga, tylko grzecznie założyła szpilki należące do pani Basi. Pasowały jak ulał, tylko w ogóle nie potrafiła w nich chodzić.

– Ja cię nauczę – stwierdziła pani Basia. – Po prostu próbuj tak. – Wstała z łóżka i z gracją zaczęła się przechadzać po salonie.

Potem Anita. Gracja była zdecydowanie mniejsza. Dostały ataku śmiechu.

– Ja cię poznam z moim synem – stwierdziła pani Basia.

– Pani Basiu, ale ja mam narzeczonego – powiedziała Anita. – Bardzo się kochamy.

– A gdzie ten narzeczony, kochana, że tyle czasu tutaj przesiadujesz, a on nawet cię nie odwiedził?

– Daleko, pani Basiu. Pracuje.

Pani Basia popatrzyła na Anitę. Wiele by dała, by jej syn był na tyle mądry, żeby zakochał się w takiej dziewczynie. A on? Zwykle w jakichś lafiryndach, takich, co nie potrafią trzech słów sklecić poprawnie. Nie mówiąc już o wdzięku i empatii. No, ale może da się coś z tym zrobić.

Anicie nawet nie przeszło przez myśl, że mogłaby spotkać się z kimś innym. Odliczała dni do powrotu Augustyna. Szczególnie po jego ostatnim mailu, który przeczytała w komórce, bo w domu pani Basi komputera nie było. A poza tym przecież tutaj pracowała.

Kochanie,

Ten mój wyjazd trwa zdecydowanie zbyt długo. Znam tu już wszystkie kąty, przepracowałem dziesiątki godzin. Profesor jest bardzo pomocny, myślę, że kiedyś jeszcze tu przyjadę. To była niesamowita medyczna przygoda, spore doświadczenie, jednak już cieszę się, że nadchodzi dzień, kiedy się spakuję i wrócę do Ciebie. Przyjedziesz po mnie na lotnisko?

Chyba powiem mojej rodzinie, że wracam dzień później, bo matka nie dałaby mi spędzić czasu z Tobą, tylko koniecznie chciałaby mnie widzieć u siebie. Ja wiem, że zaraz mi napiszesz, że nie mam tak mówić, bo Ty już nie masz takiej szansy. Musimy do niej pójść oboje. Ma trudny charakter, ale żonę sobie sam wybiorę. Ona nie będzie o tym decydować!

Niteczko, a może byśmy wzięli ślub na Gwiazdkę? Ja wiem, że mało czasu zostało, że to pewnie trzeba wielu żmudnych przygotowań... Ale może by się udało? Moja mama pewnie złapie się kilka razy za serce, które ma po prawej stronie, ale jakoś to przetrwa. Ma końskie zdrowie i nawet ślub jedynaka nie jest w stanie go popsuć. A my? Będziemy razem. Ja założę gabinet, będzie więcej kasy. Wiesz? Jakoś nigdy nie myślałem o pieniądzach, zawsze były. Teraz sobie wszystko układam. Klinika, szpital, prywatna praktyka. Dam radę.

Szukaj sukienki! Wiem, że to pewnie dla Ciebie ważne!

Augustyn.

***

Gdyby Gertruda Piontek wiedziała, jakie plany ma jej syn ze zwykłą SALOWĄ, złapałaby się za serce i po prawej, i po lewej stronie. Na szczęście tego nie wiedziała.

Stała zmarznięta na lotnisku i czekała na Romualda, który miał lada chwila po nią podjechać.

Przestępowała z nogi na nogę. Nie był to dobry czas na oczekiwania. Listopad. Wydawało jej się, że w nocy spadł pierwszy śnieg. Nie miała ze sobą cieplejszego płaszcza, wszak po co na Malcie jej ciepły płaszcz? Do niczego.

Zamyśliła się. Nawet nie zauważyła, gdy obok niej stanął samochód. Romuald. Uśmiechnęła się. Bardzo się za nim stęskniła. Nawet nie spodziewała się, że aż tak bardzo.

Nie spodziewała się też, że po tych trzech tygodniach nieobecności w domu zaszły tak wielkie zmiany.

Romuald też nie wiedział, jak jego żona te zmiany zniesie.

Trzy tygodnie wakacji... Przez ten czas jej mąż zdążył zostać dziadkiem i to dość odchowanych już wnuków oraz dorobił się psiego lokatora w sypialni, czyli „pchlarza", jak Gertruda miała w zwyczaju pieszczotliwie nazywać wszystkie czworonogi na świecie.

Jak na razie nic nie zapowiadało katastrofy. „Pchlarz" siedział cicho na tylnym siedzeniu, nie dając znaku życia, a Romuald wyskoczył z samochodu z bukietem kwiatów i rzucił się obściskiwać swoją żonę.

Nie była przygotowana na tak wylewne powitanie, ale sprawiło jej ono ogromną radość. Chciała już wracać do domu, do siebie. Do swojego łóżka, wykrochmalonej pościeli, garderoby pełnej butów i ubrań w różnych kolorach tęczy. Chciała po prostu poczuć się bezpiecznie, pewnie, z dala od zapachów... Malty...

Wsiadła do samochodu i poczuła inny zapach. Pies? Odwróciła głowę do tyłu i natknęła się wprost na ufne, brązowe oczy jasnego psa.

– Romualdzie? – zapytała wyczekująco. – Co robi tutaj ten pies?

To, że nie nazwała Biszkopta „pchlarzem", Romuald wziął to za dobrą monetę.

– Gertrudo... Bo jak cię nie było... To on się przybłąkał.

– Przybłąkał?

– No, stał pod naszą furtką, zziębnięty... Bo, wiesz, zimno już jest, przymrozki były. Ty w tych ciepłych krajach nawet nie zauważyłaś...

– No, nie zauważyłam. – Gertruda pomyślała o swoim cienkim płaszczu.

– Kochanie, porozmawiamy jak odpoczniesz. Teraz na pewno jesteś zmęczona po podróży. Musisz się zregenerować. – Spojrzał na żonę.

W ogóle nie wydawała mu się wypoczęta. Miała podkrążone oczy, jakby schudła. Chyba nie wyszło jej na dobre to samotne wyjeżdżanie.

– A... A... – zaczął się jąkać. – Zadowolona jesteś w ogóle?

– Tak, „mąszeri" – powiedziała Gertruda. Chwilowo nie miała siły drążyć tematu psa, który spokojnie siedział na tylnym siedzeniu. – Nawet bardzo. Było lepiej, niż myślałam – powiedziała smutno.

Nie wyglądała na taką, której przez ostatnie trzy tygodnie było dobrze. Wyglądała na zmęczoną życiem kobietę. Chyba ugotuje jej rosół. A na drugi dzień pomidorówkę. Trochę ją musi podtuczyć, zregenerować. Dobrze, że już wróciła.

***

Kilka chwil po Gertrudzie Poniatowskiej na lotnisku zjawiła się Anita. Ona, w przeciwieństwie do pani Piontek, była przygotowana na zimową aurę w listopadzie. Założyła białą kurtkę, na głowę nasunęła kolorową czapkę i omotała się wielkim szalem tak, że nie dałoby się jej wcale poznać gdyby nie jej wystające, rude loki.

Oczywiście Augustyn nie miał z tym problemu. Porzucił walizkę, by do niej pobiec. Wziął ją na ręce i długo trzymał wysoko w górze, zachwycając się jej ciepłem, zapachem, smakiem.

– Ja już chyba nigdy nie wyjadę – stwierdził. – Bez sensu takie wyjeżdżanie – szepnął jej prosto w ucho.

– Bez sensu – przyznała Anita. W tym momencie zadzwonił telefon.

– Mama! – szepnął niemalże bezgłośnie. – Skąd ona wie, że ja już jestem?

– Odbierz.

Augustyn niechętnie kliknął zieloną słuchawkę.

– Cześć, mamo! Skąd wiesz, że już wylądowałem?

– Cześć, kochanie! Nie wiem, jak mogłabym to przeoczyć! Przecież widziałam twoje bilety! Ja się trochę źle czuję, ale tata już po ciebie jedzie!

– Mamo, nie jestem sam.

– Pożegnaj się zatem z koleżanką i przyjedź do domu.

– Z narzeczoną.

– Synku. Aby się z kimś żenić, trzeba zjeść z nim beczkę soli. Ty nawet łyżeczki z nią nie zjadłeś.

– Ślub chcemy wziąć w grudniu – powiedział stanowczo Augustyn.

– Porozmawiamy, kochanie. Przyjeżdżaj.

– Nie przyjadę teraz, mamo. Dziś spędzam czas z narzeczoną – mówił stanowczo Augustyn, bliski rozłączenia się.

– Czekam – powiedziała Gertruda. – Ojciec powinien tam już być.

Rozłączyła się.

W tym momencie podszedł do nich mężczyzna.

– Tata! – Augustyn przywitał się z ojcem.

– Dzień dobry. Poniatowski. – Romuald wyciągnął rękę do Anity.

– Dzień dobry. – Anita dygnęła, niczym dobrze wychowana pensjonarka.

Romuald uśmiechnął się. Ona też. Ależ miała cudowne dołeczki. I piegi.

Augustyn spojrzał na ojca i już wszystko wiedział. Jego narzeczona oczarowała go tak jak jego samego.

– Tato, to moja narzeczona. – Spojrzał na ojca.

Romuald popatrzył na syna i jego wybrankę. Młodzi patrzyli na niego wyczekująco. Objął ich oboje i stali tak przez chwilę.

– Gdzie was podwieźć? – zapytał po chwili.

– Do domu – powiedział Augustyn.

Ojciec spojrzał pytająco.

– Do mojego domu. Nie waszego. Do was przyjdziemy jutro. Oboje.

Romuald pokiwał głową.

Augustyn wziął walizkę i poszli na parking.

– Tato, wy macie psa? – zdziwił się.

Biszkopt był już zajęty oblizywaniem twarzy śmiejącej się Anity. Im bardziej się śmiała, tym bardziej pies odbierał to jako zaproszenie do zabawy.

– Tak, mam psa, ale tak naprawdę nie jest to mój pies.

Świat jest dziwny. Najpierw jego pies, który nie był jego psem, a przedtem Alicja, która wcale nie miała na imię Alicja. Nie spodziewał się jeszcze najgorszego. Że nazajutrz, gdy wszyscy spotkają się przy rodzinnym obiedzie, jego żona opowie mu o pobycie na Malcie, która wcale nie była Maltą. Ale czy ktoś kiedyś powiedział, że życie jest zwyczajne?

Rozdział 21

Piesek, Hendryk i cztery mile za Warszawą

– Cześć, kochanie! – Gertruda zawołała z sypialni, myśląc, że jej własny mąż przyprowadził jej jak najbardziej własnego i cudownego syna, który przyjechał prosto z dalekiego świata.

– Cześć, kochanie – odpowiedział Romuald.

– A gdzie nasz syn? – zapytała głośno.

– Zawiozłem ich do domu – odpowiedział dużo ciszej Romuald, łudząc się, że jego małżonka nie dosłyszała.

– Do jakiego domu? – Gertruda groźnie spojrzała na męża z góry. Rzadko jej się to udawało, bo była co najmniej o głowę niższa od swojego męża i mimo szpilek nigdy nie patrzyła na niego wprost, a tym bardziej z góry.

– Do swojego... – szepnął cicho Romuald.

– Mówisz o tym mieszkaniu, które wynajmuje razem z tą lafiryndą i Cyrylem Przebrzydłym? – Trzasnęła drzwiami od sypialni, nie czekając na odpowiedź.

Pies się skulił. Jego nowy pan (który w zasadzie nie był jego panem) również.

– Może byśmy tak poszli na spacerek? – powiedział na głos Romuald.

Na dźwięk słów „na spacer" pies się ożywił.

– Musimy ci smycz kupić – powiedział na głos. Po czym zaraz pomyślał, że po co kupować smycz. Przecież pewnie ktoś szuka takiego fajnego psa i zaraz mu zabierze. To niemożliwe, że taki pies nie ma żadnego pana.

Pies spojrzał na niego wyczekująco. Pewnie był bardzo zdziwiony, dlaczego taki fajny pan nie ma jeszcze swojego psa.

***

– Ratuj Pikusia! – usłyszał głos Kornela.

Jego (a w zasadzie nie jego) pies zawył i zaczął przeokropnie ujadać, zamienił się w wielką pędzącą kulę i pobiegł w stronę krzyków.

– Pikuś! – Krzyk Marietty.

– Przez płot go wrzuć!

Po chwili słychać było tylko ujadanie Biszkopta. Nie spodziewał się, że ten łagodny pies może mieć w sobie tyle agresji.

– Widziałeś, dziadku? – powiedział zdyszany Kornel. – Mówiliśmy ci, że on nienawidzi naszego Pikusia!

Faktycznie.

Romuald się zmartwił. Przecież, nie daj Boże, kiedyś zapomni zamknąć furtkę, to jego pies po prostu zje tego małego. Rozszarpie go na drobne strzępy!

Nie mógł do tego dopuścić.

Wrócił do domu. Biszkopt szedł ze spuszczoną głową, jakby wstydził się swojego zachowania. Cóż, każdy może mieć swoje słabości. Biszkopt jest agresywny na widok Pikusia, a Gertruda – gdy słyszy o Cyrylu Przebrzydłym. A też raczej spokojna z niej osoba.

– Ty chyba nie sądzisz, że ten pies u nas zostanie? – odezwała się przy kolacji. – Jakie masz plany wobec niego? Chcesz, by został u nas w domu?

– No, właśnie tak sądziłem – powiedział Romuald nieśmiało.

– Jak ty sobie TO wyobrażasz? Z psem? – zapytała głośno.

No, może on sobie TEGO z psem nie wyobrażał, niemniej jednak podobało mu się życie z psem. Przynajmniej ktoś się cieszył na jego widok i zupełnie bezinteresownie i za nic go kochał. To była naprawdę miłość od pierwszego wejrzenia. Nie zamierzał z niej rezygnować. Zastanawiał się wprawdzie nad tym, co zrobi, gdy ktoś zgłosi się po Biszkopta, ale miał nadzieję, że to nigdy nie nastąpi.

– Wydrukowałam kilka ulotek – powiedziała Gertruda. – Powiedz dzieciakom z naprzeciwka, by je porozwieszały w okolicy. Taki zadbany pies nie może być bezpański.

„Zadbany pies” – jest nadzieja.

Wziął plik ulotek od żony. Wyszedł z domu. Tym razem bez psa. Szedł przecież do Jagodzińskich.

Pani Ewa była już zdrowa. Przywitała go herbatą i ciastem. Pikuś spał, a dzieciaki w piżamach oglądały bajkę.

– Oni w tygodniu nigdy nie oglądają bajek – tłumaczyła się. – Dzisiaj wyjątkowo – dodała, upijając łyk herbaty. – Bardzo dziękuję za pomoc. Nie dałabym sobie bez pana rady. A teraz ciężko o opiekunkę... A raczej ciężko opiekunkom z moimi dziećmi.

– Ciężko? – zdziwił się Romuald. – Przecież to bardzo miłe dzieci.

– Tak. Tak. Miłe – zamyśliła się pani Ewa. – Ale też bardzo... Hmm... Dociekliwe... I kreatywne. Niestety, opiekunki zwykle dość szybko kończyły z nami współpracę.

– Bo jedna nie lubiła, jak wszystko oglądałem przez lupę – powiedział Kornel, nie odwracając wzroku od telewizora.

– A druga nie lubiła się bawić w pogrzeby.

– W pogrzeby? – zdziwił się Romuald. – Moja żona bardzo lubi bawić się w pogrzeby – wymsknęło mu się bezwiednie. Przypomniał sobie, jak musiał trzymać lustro, by Gertruda zobaczyła, jak będzie wyglądała na łożu śmierci.

– Naprawdę? – zainteresowane dzieci oderwały wzrok od bajki. – To my musimy kiedyś do was przyjść. Pani Jola, nasza poprzednia opiekunka, nie lubiła!

Pani Ewa jęknęła.

– Spać! – zawołała głośno. – Myć zęby i spać. Potem możecie zejść jeszcze powiedzieć „dobranoc".

Dzieci posłusznie poszły na górę, wcześniej wyłączając telewizor.

Romuald nie wytrzymał.

– Jak się bawili w pogrzeby?

Pani Ewa się roześmiała.

– Pani Jola to przyjaciółka mojej mamy. Moja mama mieszka w małym miasteczku. Wtedy jeszcze dość czynnie udzielała się w gminie, więc postanowiła poprosić panią Jolę, by czasem się zajęła jej wnukami. Pani Jola chciała sobie dorobić do emerytury, więc się zgodziła. Wszyscy byli zadowoleni, dzieci też, bo bardzo ją lubiły. Pani Jola miała strasznie dużo znajomych. Co chwilę ktoś umierał i ona z lubością chadzała na pogrzeby.

– Zupełnie jak moja żona.

– No, widzi pan, może w pewnym wieku takie hobby jest popularne – roześmiała się pani Jagodzińska. – I ona na te pogrzeby niestety zabierała moje dzieci. One oczywiście nic sobie z tego nie robiły. Wie pan, jak jest na wsiach. Gdy ktoś umrze, ciało wystawiane jest w otwartej trumnie, ręce ma złożone, różaniec, w rękach gromnica. I moje dzieci się tego naoglądały i, jak później z nimi rozmawiałam, nawet to lubiły. Kiedyś pani Jola się zdrzemnęła. Nie była zbyt dobrą opiekunką, nie pochwalam tego, ale tak było. Dzieci chciały jej zrobić przyjemność, bo wie pan, w gruncie rzeczy to dobre dzieciaki. Chciały zrobić jej przyjemność i jak ona tak leżała na wznak na tapczanie, ze złożonymi dłońmi, niczym nieboszczyk, wyjęli ze szkatułki jej duże drewniane korale, związali jej nimi dłonie i włożyli w nie świeczkę. Stanęli obok, złapali się za ręce i zaczęli śpiewać najbardziej smutną piosenkę jaką znają. – Pani Ewa westchnęła.

– Jaką?

Ewa zaczęła śpiewać bardzo żałośnie:

Cztery mile za Warszawą.
Ojciec wydał córkę za mąż,
Ona wyszła za Hendryka,
Za wielkiego rozbójnika,
On po górach on po lasach,
Ona sama w tych szałasach…

– No – przestała śpiewać. – Dalej jest jeszcze gorzej. Jak doszły do zwrotki o tym, że Hendryk jej obciął rączkę i wyłupił oczka, pani Jola się obudziła. Jak zobaczyła, że leży, jest związana różańcem i trzyma w ręku świeczkę, to pomyślała, że umarła i jest w trumnie. I że najpewniej ktoś jej wyłupił oczka. I tak ją sparaliżowało, że nie była w stanie wstać.

Romuald dostał ataku śmiechu. Wyobraził sobie panią Jolę w tej sytuacji.

– Oczywiście powiedziała, że już nie chce mieć nic więcej wspólnego z moimi dziećmi.

– Pani Ewo, trochę się nie dziwię.

– Ja też nie. Więc nie naciskałam. – Wzruszyła ramionami. – Dobrze, że nie zrobili wszystkiego, co zamierzali. Kolejnym etapem „pogrzebu" miało być przykrycie zwłok, czyli zupełnie żywotnej pani Joli planszą od gry Twister. Podejrzewam, że po tym naprawdę mogłaby się już nie obudzić. Potem była inna pani ze wsi. Taka trochę niechlujna. A moje dzieci wtedy miały fazę na oglądanie wszystkiego przez lupę i pod mikroskopem. Kiedyś wzięli na warsztat widelec, którym kazała im jeść… Powiedzieli, że więcej do niej nie pójdą…

Romuald był coraz bardziej przekonany, że te upiorne, aczkolwiek niebywale kreatywne dzieci będą doskonale nadawały się do celu, do jakiego on miał zamiar je wykorzystać. Tylko musiał pogadać z nimi sam na sam. Szkoda, że nie będzie woził ich już do szkoły, bo miałby okazję, a tak będzie musiał coś wykombinować.

Na chwilę zeszły na dół powiedzieć „dobranoc".

– Ja to właściwie mam do was interes – powiedział Romuald.

– Jaki?

– Ile można zarobić? – dopytywała się Marietta.

– Marietta! – zwróciła jej uwagę mama.

– A ile można stracić? – zapytał Kornel.

– Dzieci, dajcie panu Poniatowskiemu wreszcie powiedzieć, o co chodzi.

– Bo, jak wiecie, przybłąkał się do mnie pies – zaczął.

– Ten, co nienawidzi Pikusia.

– No, tak. – Westchnął Romuald. – Ale to jest jego jedyna wada.

– I?

– I ja mam tu ulotki, informujące o tym, że go znalazłem. Możecie je porozwieszać tutaj niedaleko?

– Jasne – powiedziała Marietta.

– Płacę pięć złotych – dodał Romuald.

– Na głowę? – zapytała dziewczynka.

– Dziecko! – strofowała ją mama. – Ja naprawdę nie mogę tego słuchać! – Pokręciła głową i wstała od stołu. – Pogadajcie chwilę z panem Poniatowskim, a ja pójdę jeszcze do suszarni i wstawię pranie.

Wyszła z salonu.

– Dzieciaki – szepnął cicho Romuald. – Dorzucę pięć zeta na głowę, jeśli tak naprawdę nie powiesicie tych ulotek, ale jeżeli ktokolwiek będzie was pytał, czy powiesiliście, będziecie przysięgać, że tak! Szczególnie jeśli zapyta moja żona.

– E, to proste – stwierdził Kornel – ła-twi-zna!

Marietta przytaknęła.

Romuald odetchnął z ulgą. No, trochę to było niepedagogiczne – płacić dzieciom za kłamstwo, ale nie miał wyjścia.

– Nie mieliśmy wyjścia, piesku – powiedział do Biszkopta, gdy wrócił do domu, a wielki pies przywitał go w progu z radością.

***

Pies był na tyle lojalny, że nie wszedł za Romualdem do sypialni. Czuł, że małżonkowie powinni spędzić ten wieczór razem, sam na sam. Potem będzie się zaprzyjaźniał z panią. Ma swoje metody.

Ze słodkiego „sam na sam" nic nie wyszło. Gertruda nie pozwoliła się nawet przytulić. Można powiedzieć, że unikała go jak ognia. Był zaskoczony. Nie to, że seks był częstym elementem ich wspólnego życia, szczególnie ostatnio, ale się przytulali. A dzisiaj? Cholera, a może ona kogoś poznała na tej Malcie?

Rozdział 22

O Malcie, która wcale nie była Maltą, o Gertrudzie, która nie była Gertrudą, o narzeczonej, która okazała się właściwą narzeczoną i o psie, który okazał się własnym psem

– Poznałam kogoś na… Malcie – stwierdziła kilka chwil później Gertruda.

Romuald jęknął. Wiedział. Wszystko składało mu się już w jedną całość.

– To dziewczyna…

Mężczyzna usiadł na łóżku. Tego się nie spodziewał po swojej małżonce, małżonce od ponad trzydziestu pięciu lat.

– Gertrudo!

– Jest niesamowita. Czuła, empatyczna. Bardzo inteligentna. Niebywale miła.

Romuald czuł jakby ktoś zakopywał go głęboko pod ziemią. Uprzednio przykrywszy planszą do gry w Twistera. Albo nawet nie. Właśnie się dowiedział, jak czują się ci wszyscy bohaterowie seriali z milionem odcinków, gdy ich małżonkowie informują, że są gejami, lesbijkami albo gdy po prostu odchodzą do zakonu. Właśnie tak. Tak, jak on się teraz czuł. Dobrze, że ma chociaż psa. Za żadne skarby go teraz nie odda.

– Romualdzie, czy ty mnie w ogóle słuchasz? – usłyszał, jak Gertruda krzyknęła mu wprost do ucha.

– No... No... – jąkał się Romuald. – Wiesz, bardzo trudno mi słuchać tego, co ty do mnie mówisz...

– No, jak to? Wiesz, statystyki mówią, że kojarzone małżeństwa są bardzo trwałe...

– Jakie kojarzone małżeństwa? – zapytał zdezorientowany Romuald.

– Jak to jakie? Ty mnie w ogóle nie słuchasz, Romualdzie! Mówię ci właśnie, że poznałam cudną dziewczynę i że ona nadawałaby się na żonę dla naszego syna!

Romualda zalała dla odmiany fala gorąca. Nie był zadowolony, że jego małżonka swata syna z jakąś poznaną na Malcie kobietą, ale odetchnął z ulgą, że to nie ona się zakochała i że nie oświadcza mu, że odchodzi do innej. Na domiar złego, na Maltę.

– No i co ty na to? – Zadowolona z siebie Gertruda zatarła ręce. – Jak jutro Gutek przyjdzie na kolacje, zaproszę tę moją dziewczynkę, by się poznali.

– Kochanie, ale nasz syn właśnie dziś przedstawił mi swoją narzeczoną!

– A tam, zaraz narzeczoną. Znają się miesiąc i zaraz wielka narzeczona.

– Nie, właśnie ona jest niewielka. I… Kochanie, ona jest naprawdę sympatyczna.

– Poznasz moją kandydatkę na żonę dla naszego syna. Ta to dopiero jest sympatyczna!

Romuald powątpiewał, czy kobieta, z którą jego żona była na wycieczce na Malcie, może być w ogóle fajna. Gdyby była fajna, latałby za nią tłum adoratorów i nie musiałaby szukać męża przez jakąś zakręconą, starą wariatkę. O Boże, jak on pomyślał o żonie.

– Gertrudo. Nadal uważam, że lepiej by było decyzję o żonie zostawić naszemu synowi.

Gertruda myślała inaczej, ale wiedziała, że jej mąż się z nią nie zgodzi. Cóż, nie pierwszy raz i nie ostatni. Wzruszyła ramionami. I tak będzie tak, jak ona postanowi. Zawsze tak było.

***

Augustyn właśnie umawiał się z Anitą w sprawie jutrzejszego wyjścia do jego rodziców.

– Kochanie, tatę już poznałaś.

– Ale mamy nie.

– Wiesz… Mama najchętniej sama by mi znalazła żonę. Dziękuję za taką żonę – prychnął. – Ja już sobie znalazłem i innej nie chcę.

Zadzwonił jej telefon.

– Pani Basia.

Anita rozmawiała chwilę.

– I widzisz? Masz problem z głowy. – Wzruszyła ramionami. – Muszę jutro panią Basię zaprowadzić do lekarza.

– Żartujesz? O której?

– Dokładnie o tej samej, o której twoja mama wydaje kolację na cześć swojego syna – odpowiedziała. – Gutek, pójdziesz sam. Spokojnie. Co się odwlecze, to nie uciecze.

– Nigdzie sam nie będę chodził.

Wyciągnął telefon i wystukał numer Gertrudy.

– Mamo, jutro nie przyjdziemy – powiedział. – Moja… – zająknął się. – Moja narzeczona musi iść do pracy.

– Ależ mi to zupełnie nie przeszkadza, że ona musi iść do pracy – powiedziała Gertruda. – Niech ona idzie do pracy, a ty do nas przyjedź. Po prostu. Tym lepiej.

– Mamo, nie. Przyjdę pojutrze. – Spojrzał pytająco na Anitę. Ta kiwnęła głową.

– No cóż. Może być i wtorek. Zmienię nieco plany.

Augustyn się uśmiechnął. Był z siebie dumny. Najwyraźniej matka przestała go już tak kontrolować jak dawniej.

Przytulił się do piersi Anity, jak zwykle chwilowo stracił oddech i poczuł się bardzo szczęśliwy. I tak się z nią ożeni.

– W grudniu – wymruczał.

– Co mówisz?

– W grudniu? – zapytał.

– Mhm... Może... – zamruczała.

***

Następnego dnia rano Augustyn był zły jak osa. Pani Basia, skądinąd według Anity bardzo urocza kobieta, zaczęła go wnerwiać. Rano wysłała SMS-a, że musiała przesunąć wizytę u lekarza. Na kiedy? Oczywiście na wtorek na osiemnastą. Dokładnie na tę samą godzinę, na którą byli umówieni do jego matki na kolację.

– Gutek, ty się nie denerwuj. Przecież muszę pomóc kobiecie. Jest słaba, po operacji. Ale mam pomysł. Ty pójdziesz do mamy, a ja po prostu tam dojadę. Pani Basia mówiła, że to długo nie potrwa.

Augustyn siedział naburmuszony.

– No, nie denerwuj się już. – Najpiękniejsze piegi i najpiękniejsze dołeczki uśmiechały się do niego. Nie mógł się dłużej denerwować.

***

Denerwował się natomiast Romuald.

Denerwował się tym, że dziwnym trafem ktoś zgłosi się po Biszkopta. Że pozbawi go przyjaciela, który na pewno zawsze go zrozumie.

Że nie będzie miał z kim pogadać na temat nowej książki Musso. Bo przecież Gertruda wolała Noblistów.

Pogłaskał psa, ten go polizał.

– Stary. Nie wchodź mojej żonie w drogę, to może cię jakoś zaakceptuje. Nie będzie to wprawdzie miłość, ale wiesz... Wystarczy, by cię tolerowała. Rozumiemy się?

Chyba się rozumieli.

Zostawił psa w domu, jak sądził – na pastwę swojej żony, i wyszedł. Musiał załatwić kilka spraw urzędowych, więc nie mógł zabrać ze sobą Biszkopta, nad czym szczerze ubolewał.

Biszkopt, pomny na zakaz wchodzenia Gertrudzie w drogę, cicho udał się na górę do sypialni. Przez pewien czas zastanawiał się, czy nie zająć wygrzanego miejsca swojego pana, jednak zmienił zdanie. Mogłaby to być zbytnia poufałość.

Gertruda przekręciła się z boku na bok. Biszkopt czujnie ją obserwował. Otworzyła oczy. Oczywiście od razu zobaczyła wzrok wpatrzonego w nią psa.

– Cześć – rzuciła.

Biszkopt polizał ją po dłoni. Gertruda z obrzydzeniem schowała rękę pod kołdrę.

– Nie rób tego.

Wstała z łóżka. Słabo się czuła. Chyba za szybko chciała wrócić do pionu po operacji.

Otworzyła drzwi wejściowe, wypuszczając Biszkopta. Zrobiło jej się słabo. Zachwiała się i usiadła na schodach. Biszkopt był tuż przy niej. Nie zważając na jej protesty, mokrym jęzorem polizał ją po twarzy. Od razu poczuła się lepiej.

Uśmiechnęła się do niego. Podrapała go za uszami i przytuliła głowę do jego łba. Może nie warto się go pozbywać? Może przyda im się taki towarzysz na stare lata?

Pies merdał ogonem jakby chciał ją przekonać do trafności jej przemyśleń. Dzieci z naprzeciwka wychodziły właśnie do szkoły. Pomachały jej. Odmachała. Po chwili Biszkopt zaczął strasznie ujadać. No, niech kiedyś będzie otwarta furtka. On tego Pikusia sąsiadów naprawdę nienawidzi...

– Kornel! – zawołała.

Chłopiec szybko przybiegł.

– Słuchaj, ja jestem żoną tego pana, co was woził do szkoły.

– Wiem. To znaczy jesteś babcią Trudzią.

Gertruda westchnęła. Na co jej przyszło. Babcia jej męża była „Grą Mer Żosefin", a ona ma być babcią Trudzią. No cóż. Każdy jest taką babcią, na jaką sobie zapracował. Nie pomoże porcelana Rosenthala ani buty od Louboutina.

– Mam do was prośbę – powiedziała cicho. – Wczoraj był u was mój mąż i prosił was, byście porozklejali te ulotki, że znaleziono psa. Prawda?

– Prawda – powiedział Kornel z miną pokerzysty.

– To ja mam prośbę. Dam każdemu z was pięć złotych, jak szybko pobiegniecie w te miejsca, gdzie rozkleiliście te ulotki, i szybko je pozrywacie. Najlepiej jeszcze przed szkołą. I oczywiście nic nikomu nie mówcie, a już na pewno nie mojemu mężowi.

Kornel spojrzał na nią uważnie. Bardzo mu się podobał dziadek Aldek i babcia Trudzia, ale najwyraźniej – jakby to powiedział tata – mieli problemy z komunikacją.

Nie powiedział jednak nic, wziął od Gertrudy dziesięć złotych – po pięć dla siebie i dla siostry – i pobiegł do trąbiącego już na niego samochodu.

Gertruda się uśmiechnęła. Nieźle to sobie wszystko obmyśliła.

Biszkopt zaczął głośno szczekać. Nie widziała bez okularów, ale pewnie do ogrodu u sąsiadów wyszedł Pikuś. Jak taki mały piesek mógł wywoływać tyle agresji w takim dużym psie? Tego Gertruda nie wiedziała. Wszak nigdy nie była agresywna, prawda?

***

Romuald wrócił po kilku godzinach. Gertruda była w domu, leżała na górze. Biszkopta nie było. Zniknął gdzieś. Na początku mężczyzna się poważnie zaniepokoił, ale nagle usłyszał:

– No, chodź do mamusi, Biszkopciku.

Gdy wszedł do sypialni, nie wierzył własnym oczom. Na łóżku leżała jego filigranowa żona, a obok, na jego miejscu, pies. I oboje czytali książkę. Przynajmniej tak to wyglądało. I to nie jakiegoś noblisty, tylko najnormalniejszego na świecie Nicholasa Sparksa. Nie poznawał żony.

– Zmieszczę się? – zapytał.

Biszkopt podniósł łeb z posłania.

Gertruda spojrzała na męża znad okularów.

– Jasne! „Mąszeri", masz coś jeszcze tego Sparksa, bo już kończę.

Tym razem to Romualdowi wydało się, że jest w raju.

***

W raju nie była natomiast Anita, która kilka godzin później przybyła do domu pani Basi, gdzie okazało się, że wcale nie ma ona wizyty u żadnego lekarza, tylko wydaje elegancką kolację na jej cześć. W podziękowaniu, że taka była miła. Na nic przekonywania, że Anita jest umówiona z narzeczonym.

– Anitko, nie cieszysz się? – Pani Basia była rozczarowana. – Zaraz przyjdzie mój mąż... I syn... Wprawdzie syn ma przyjść z narzeczoną... Niestety...

– Pani Basiu, czy nie mogła pani od razu powiedzieć, że to ma być kolacja? Przecież zrozumiałabym.

– Chodź, kochanie. Usiądziemy do stołu, porozmawiamy.

Ostatnie na co miała Anita ochotę, to porozmawiać przy stole. Zabrzmiał dzwonek do drzwi.

– Mój syn idzie! – Uśmiechnęła się pani Basia i pobiegła otworzyć drzwi.

Korzystając, że nikogo nie było w pokoju, Anita wyciągnęła komórkę.

Kochanie. Przepraszam. Jestem uziemiona. Nie dam rady przyjść.

W korytarzu rozległ się dźwięk nadchodzącego SMS-a. I usłyszała męski głos. Jakże jej bliski!

– Mamo, ale ja naprawdę nie mam zamiaru nikogo poznawać. Zaraz przyjdzie Anita, to ją poznasz.

– Anita? – Dziewczyna usłyszała zaskoczony głos pani Basi.

Do pokoju wszedł mężczyzna.

– Anita? – zapytał zdumiony Augustyn, który był tym mężczyzną. – Anita, co ty tu robisz?

– A co ty tu robisz? – Dziewczyna wstała. Co chwilę patrzyła to na Augustyna, to na panią Basię.

– To jest mój syn – przyznała się pani Basia.

– A to jest... – zaczął Augustyn. – Pani Basia? Mamo, to ty byłaś w szpitalu? – Usiadł na krześle. – Jezu, mamo, byłaś w szpitalu, miałaś raka i nic nam nie powiedziałaś!

Gertruda stała ze spuszczoną głową, zaciskając dłonie w pięści.

– Gutek, to jest twoja mama? – Anita w ogóle już nie wiedziała, co ma o tym wszystkim myśleć.

– Mamo, jak ty się czujesz? Jak ty mogłaś nam nie powiedzieć o operacji?

– O jakiej operacji? – Okazało się, że od pewnego czasu rozmowie przysłuchuje się Romuald. – O jakiej operacji?

Gertruda, alias Basia, usiadła u szczytu stołu. Miała spuszczoną głowę i wydawała się bardzo drobna i niewielka. Taka też była w istocie. Ale zwykle panowała nad otoczeniem. Swoim głosem, charyzmą. Teraz było inaczej. Mała, krucha, niepewnie wypowiadająca słowa.

– Bo ja nie chciałam was wszystkich martwić – powiedziała. – Zaraz wam opowiem. Tylko, Gutek, ty mi powiedz, kim dla ciebie jest Anita?

– Anita? – Uśmiechnął się. – To moja narzeczona. Próbuję ci ją właśnie przedstawić!

Anita uśmiechnęła się niepewnie. Coraz bardziej miała wrażenie, że to, co się dzieje, nie dzieje się naprawdę. Ale cóż... Miała poczekać na wyjaśnienie całej sytuacji przez Gertrudę. Albo Basię. Było jej doprawdy wszystko jedno.

– Latem dowiedziałam się, że mam raka – zaczęła Gertruda. – Że prawdopodobnie mam raka. Syn ginekolog, a ja z rakiem macicy... Szewc bez butów chodzi.

– Mamo... Przepraszam...

– No co ty, to nie twoja wina. I tak byś mnie przecież nie zbadał. Starałam się to obracać w żart. Ale wiele na ten temat myślałam. Kupiłam nawet sobie peruki, w kolorze naszego psa. I buty do trumny. Louboutina... – Zamyśliła się. – Te peruki kupiłam specjalnie, byś myślał, że je lubię. Byś potem, gdy stracę włosy nie zauważył... – Położyła swoją niewielką dłoń na dłoni męża. – Tak naprawdę do Warszawy pojechałam wtedy z Gutkiem do kliniki. Ale nie po to, by załatwiać swoje służbowe sprawy, tylko na dodatkowe badania, które potwierdziły niestety moje przypuszczenia. Znam rokowania, przecież jestem lekarzem. Trzeba było szybko działać. Ale nie chciałam was martwić. Zadzwoniłam do Łotysza do Bostonu, czy by cię nie przygarnął na kilka tygodni, tak, byś był daleko i by żadna informacja do ciebie nie dotarła. Przecież wiadomo, że będę operowana tam, gdzie pracujesz. Ty i tak byś mnie nie operował, a Orłowski jest przecież dobry.

– Najlepszy – potwierdził Augustyn.

– Wiedziałam, że w szpitalu będę jakiś tydzień. Potem powinnam dojść do siebie. Nakłamałam, że jadę na Maltę.

– Kochanie! – Romuald przysunął się do niej. – Nie mogłaś mi wszystkiego powiedzieć?

– Po co? Byście się martwili. – Wzruszyła ramionami. – W szpitalu poznałam Anitkę. Cudownego człowieka.

– Widzisz, mamo? Ja też w szpitalu poznałem Anitkę. Cudownego człowieka. – Objął dziewczynę ramieniem. Gertruda się uśmiechnęła.

– Gdybym wiedziała, że to jest ona, już dawno byście byli po ślubie. Nie wypuszczaj jej z rąk, kochanie. – Uśmiechnęła się.

– Mamo... Ale jak badania? – zapytał Augustyn. – Strasznie trudno mi teraz to wszystko przetrawić, ale byłem z twoją historią na bieżąco. Anita mi pisała.

– To pewnie wiesz, że wszystko wycięli – powiedziała cicho Gertruda. – Nie chciałam się do ciebie przytulać, byś nie wyczuł świeżej blizny – powiedziała ze łzami w oczach do Romualda. Natychmiast podszedł do niej Biszkopt i położył łeb na jej kolanach.

– Potem, wiecie... Przyszły wstępne badania i okazało się, że wszystko wycięli. Nie muszę mieć chemioterapii ani radioterapii. Udało się. Teraz tylko kontrola...

– Mamo... Że też ty nam nic nie powiedziałaś... – Augustyn pokiwał głową.

– Że też ja nie zorientowałam się, że to twoja mama... – stwierdziła Anita.

– Skąd mogłaś wiedzieć?

– A dlaczego Basia? – zapytała dziewczyna.

– Jestem Gertruda Barbara. Przecież w szpitalach prawie nikt nie zwraca na to uwagi. Mnie tam i tak wszyscy znali. Prosiłam o anonimowość.

– I Orłowski mi nic nie powiedział – zamyślił się Gutek. – Przecież dzwoniłem do niego kilka razy ze Stanów.

– Prosiłam go o to. Pewnie jakby było źle, to by ci powiedział.

– Ale było dobrze.

Anita siedziała cicho i nadal nie wierzyła w to, co się dzieje.

– Dobra, kochani, to kiedy ślub? – zapytała nagle z uśmiechem Gertruda.

– A już nam nie powiesz, że w grudniu to za szybko? Że trzeba razem zjeść beczkę soli?

– Nie, no skąd. Mogłoby być szybciej, ale w adwent nikt wam ślubu, kochani, nie da.

***

– Co za historia… – stwierdziła z niedowierzaniem Anita, gdy przyjechali z powrotem do Augustyna. Chcieli na spokojnie zaplanować dalsze kroki. O niebo łatwiej było to robić z błogosławieństwem mamusi.

– Już nic mnie chyba nie zdziwi – stwierdził Augustyn, nalewając wina do kieliszków.

– No, mnie też nic.

Usłyszeli dźwięk otwieranego zamka w drzwiach.

– Ja się pierwsza kąpię!

– Nie, ja!

– Ojej, będziemy się kłócić, razem wejdziemy do wanny!

– Czy my wam w czymś przeszkadzamy? – zawołał Augustyn z kuchni.

– Gutek! – W kuchni pojawili się Cyryl i Anula. Oboje ubrani w stroje do biegania.

Po chwili Anula zobaczyła Anitę.

– O Boże, Anita! Co ty robisz w mojej kuchni?

– To moja narzeczona. – Uśmiechnął się Gutek.

– My... Studiujemy razem! – powiedziała Anula. – Umyjemy się i wrócimy. – Pociągnęła Cyryla za rękę i wciągnęła do łazienki.

– Cyryl! To jest Klęska!

– Jaka klęska? – zainteresował się Cyryl.

– No, jak to jaka? – zdziwiła się Anula. – Klęska Nieżywiołowa.

– To jest Klęska Nieżywiołowa? – zapytał Cyryl.

– A myślałam, że nic już nie jest w stanie mnie dzisiaj zaskoczyć – stwierdziła Anita i wypiła duszkiem wino, które nalał jej Augustyn.

***

Jeżeli chodzi o dom państwa Poniatowskich, to wszyscy myśleli, że najgorsze już za nimi. Biszkopt stwierdził jednak, że zbyt długo się nim nikt nie zajmował, i postanowił uciec, wykorzystując niedomkniętą furtkę, którą zostawili Augustyn i Anita.

– Jezu. Dorwie Pikusia – powiedziała pani Gertruda. I, co gorsza, miała rację.

Po chwili na ich ganku pojawił się pies. Teoretycznie oaza łagodności, w praktyce – jak się okazało – morderca małych Pikusiów. Pies morderca trzymał w pysku niegdyś białą, teraz zaś bardzo brudną, puchatą kulkę. I na dodatek energicznie nią potrząsał.

Gertruda wrzasnęła. Romuald ścisnął ją mocno za rękę.

– Załatwił Pikusia – stwierdził mężczyzna. – Do cholery, jak my się teraz Jagodzińskim pokażemy?

Gertruda spojrzała na niego. Zacisnęła usta.

– Wiem. – Poszła do domu po rękawiczki ogrodowe. Przyniosła je dla siebie i dla męża. – Wkładaj. – Podniosła z ziemi ciało Pikusia, którym ich pies nagle przestał zdradzać zainteresowanie. – Musimy go umyć.

Romuald przytaknął. Z autopsji wszakże wiedział, że zawsze wychodzi na lepsze, gdy słucha się żony.

Gertruda nalała wody do zlewu. Wzięła szampon do włosów farbowanych i namydliła bezwładne ciałko psa. Romuald dzielnie jej asystował, chociaż nie był przekonany o trafności tego postępowania.

Dzielnie umyli pieska, pomagając sobie nawzajem. Potem wysuszyli go suszarką i uczesali starą szczotką Gertrudy. Pikuś wyglądał jak zawsze. Można by się pokusić o stwierdzenie, że jak nowo narodzony, ale byłoby to zdecydowanie niestosowne.

– I co teraz? – zapytał Romuald, przerażony całą sytuacją.

– Teraz poczekamy, aż u Jagodzińskich zgasną wszystkie światła. Pójdziesz tam i zostawisz Pikusia na ganku, Romualdzie, jak gdyby nigdy nic.

Jednak jego żona była wiedźmą.

Ale zrobił tak, jak kazała.

Na drugi dzień, około szóstej rano, z domu państwa Jagodzińskich rozległ się głośny krzyk. Gertruda się obudziła. Romuald też już nie spał.

– Znalazła – stwierdził z przerażeniem.

Gertruda przytaknęła. Cały dzień starali się unikać sąsiadów. Ciężko było. Tym bardziej że prowadzili szemrane interesy z małymi Jagodzińskimi, którzy szczególnie upodobali sobie babcię Trudzię i dziadka Aldeczka.

Młodzi Jagodzińscy przyszli do Poniatowskich po południu. Po szkole.

Gertruda wyciągnęła ciasteczka, które trzymała na podobne okazje.

– Wiecie co? – zaczęła konspiracyjnym szeptem Marietta. – U nas się bardzo dziwne rzeczy dzieją.

No, niewątpliwie, pomyślała Gertruda. Bardzo dziwne. Doświadczyła tego na własnej skórze.

– Bo wiecie co? Nasz Pikuś był bardzo chory. Bardzo. Jeździliśmy z nim do weterynarza, ale lekarz powiedział, że trzeba go uśpić, bo by bardzo cierpiał. I trzy dni temu to zrobiliśmy. Zakopaliśmy go wspólnie z tatą pod drzewem, a dzisiaj rano mama wychodzi na ganek, a tam leży Pikuś! Czysty, jak zawsze. A nie jakby w ziemi trzy dni leżał!

Gertruda złapała się za serce. Standardowo, po prawej stronie. Romuald zakrztusił się herbatą. Szybko wyszedł do łazienki.

– No, to my już pójdziemy – stwierdziły dzieci grzecznie. – Do widzenia.

Dopiero gdy leżeli w łóżku, a pomiędzy nimi Biszkopt – sprawca całego zamieszania, dostali ataku śmiechu.

– Biszkopt, posuń się – powiedział Romuald. – Muszę przytulić moją żonę.

Przytulił ją. Odchylił jej koszulę nocną i spojrzał na świeżą bliznę.

– Nie okłamuj mnie nigdy. Choćbym miał się martwić razem z tobą. Zawsze chcę wiedzieć.

Gertruda pokiwała głową.

– Kocham cię – powiedział Romuald.

Fajnie było coś takiego usłyszeć, po ponad trzydziestu latach małżeństwa. I fajnie też było coś takiego mówić. Gertruda przytuliła się do męża.

– Też cię kocham. I nie polecę bez ciebie na żadną Maltę.

– Teraz to nigdzie nie polecimy. Mamy psa.

Pies, jakby wiedząc, że o nim mowa, poruszył się. Dobrze mu było.

Zakończenie

Boże Narodzenie – jakiś czas później

Gertruda poprawiła swój kapelusz. Przecież zawsze na śluby wkłada się kapelusz. No, panna młoda musi mieć welon. Tak z Anitką ustaliły. Pomagała jej szukać sukienki, bo przecież Anita nie miała już mamy, więc trzeba było tę lukę zapełnić.

O!

Właśnie przysięgają sobie miłość.

Czy jest możliwa aż do śmierci? Gertruda spojrzała na Romualda. Ach, jakże elegancko wyglądał w tym smokingu z muchą. Już zapomniała, jaki był przystojny.

Czy możliwa jest miłość aż do śmierci? I uczciwość małżeńska? Z tą uczciwością było u niej ostatnio trochę krucho. Ale wyszło wszystkim na zdrowie.

Spojrzała na męża. Uśmiechnęła się. Potem na Cyryla. Ta Anula go trochę utemperowała, trzeba przyznać. Zwykle to dziewczyny za nim latały, a teraz on stoi wpatrzony w nią jak w obrazek.

Właśnie teraz. Patrzy się na nią jak na jakieś zjawisko. Dziewczyna odwzajemniła jego wzrok. Coś powiedziała.

– Kocham cię. – Gertruda wyczytała z ruchu jej warg. Nareszcie. Należy się chłopakowi. Już długo o to zabiegał. Musi powiedzieć Anicie, by wiankiem rzuciła w Anulę. Augustyn będzie rzucał muszką w Cyryla. To pewne.

Wszystko dobrze się skończyło. Pomimo strachu – jest zdrowa. Augustyn ma cudowną żonę. Dokładnie taką, jaką sobie dla niego wymarzyła. Wkrótce otwiera prywatny gabinet.

Jak zawsze postawiła na swoim.

Koniec mszy. Uklękła, by się pomodlić. Podziękować za wszystkie dobre rzeczy, które działy się wokół niej. Nie miała wątpliwości, że ktoś tam u góry jest i nad nią czuwa.

Odwróciła się dyskretnie, by sprawdzić, jak wyglądają szpilki od Louboutina na jej smukłych nogach. Gdy klęczała, czerwoną podeszwę widać było bardzo wyraźnie.

Cóż. Miały być na pogrzeb.

Ale są ważniejsze okazje.

Tak. W kościele, gdy klęczy, zdecydowanie lepiej się prezentują. Uśmiechnęła się. A jak ją będą chować, będzie jej już wszystko jedno. Najważniejsze było życie. Tu i teraz. Z najbliższymi.

Była szczęśliwa. Nie bała się tego powiedzieć. Wszystko udało się tak, jak to sobie zaplanowała.

Jak zawsze.

Koniec

Gdańsk, 29 marca 2015, godz. 3:43.

Podziękowania

Kochane Czytelniczki i kochani Czytelnicy (też tacy są!).

Bardzo dziękuję, że jest Was coraz więcej i że namawiacie mnie wciąż do pisania kolejnych powieści...

Lubię pisać podziękowania, bo bez Was ta książka nie byłaby taka, jaka jest obecnie...

Zatem... Dziękuję!

Magdzie Fryt, za optymizm, uśmiech i natarczywe pytania „Kiedy Augustyn"?

Icie Radziałowskiej – za ponaglania... I za serce, które wkłada we wszystko!

Lilianie Fabisińskiej, za przyjaźń po prostu (Lila, każą mi się zmieścić na jednej stronie, więc wiesz!).

Bognie Kozłowskiej za to, że przy tej książce również była moją muzą. I za zabawne historie, które co jakiś czas mi opowiada. Słuchaj Krystyna, cieszę się, że jesteś!

Sarze van Buuren – za pewien incydent w przedszkolu! Iwona, ja Cię nieustająco przepraszam za matkę wariatkę! ☺

Magdzie Korożan za konsultacje lekarskie.

Nie pamiętam kto mi opowiadał o zabawie w pogrzeb… No nie pamiętam. Ale dziękuję Ci!

Katarzynie Kurowskiej za planszę do twistera.

Historię o piesku usłyszałam jako opowieść prawdziwą, która spotkała znajomych znajomych. Potem usłyszałam ją od jeszcze kogoś innego… Zastanawiałam się, czy ją umieścić, ale… Jest tak cudna, że postanowiłam się nią podzielić.

Moim rodzicom za wszystko.

Dzieciakom i mężowi za to, że i tym razem za bardzo mi nie przeszkadzali w realizacji celu.

Tę powieść pisałam, często zmęczona po morderczych treningach… Czasem nawet w Fitstacji, gdy czekałam na trening. Tak to jest, gdy przed czterdziestką chce się być FIT ☺. Marlenka, dziękuję za MOJĄ kawę! Robert, zawsze marudzisz, że o tobie nie wspominam, to masz! Robercie Rojkowski, jesteś najlepszym trenerem ever. Mam nadzieję, że gdy ta książka będzie w księgarniach osiągniemy półmetek. A potem już z górki!

Pewnie jak zwykle o kimś zapomniałam. Przepraszam.

Piszcie: magdalena.witkiewicz@gmail.com

Urocze, inteligentne i niewątpliwie podnoszące na duchu powieści

MAGDALENA WITKIEWICZ

Milaczek
&
Panny roztropne
&
Szczęście pachnące wanilią

Czasem niespodziewany gość odmienia twoje życie

Historia przyjaźni, która po latach rodzi się na nowo,
miłości, która wybucha gwałtownie i niespodziewanie.
Opowieść o trudnych wyborach, które mogą podarować komuś życie,
o przebaczeniu i zrozumieniu oraz o wielkiej nadziei i sile kobiet.

FILIA

Kochanek sprzed lat.
Obietnica złożona małej dziewczynce.
Sekret, który może kosztować życie wielu ludzi.

Córeczka to powieść o różnych obliczach miłości,
o sile, którą może odnaleźć w sobie kobieta w najtrudniejszej
w życiu chwili. O przeszłości, która staje się teraźniejszością
i o odpowiedzialności, która czasami każe
dokonywać śmiertelnie trudnych wyborów.

FILIA